BUZZ

© Marina Dutra, 2024
© Buzz Editora, 2024

PUBLISHER Anderson Cavalcante
COORDENADORA EDITORIAL Diana Szylit
EDITOR-ASSISTENTE Nestor Turano Jr.
ANALISTA EDITORIAL Érika Tamashiro
PREPARAÇÃO Marina Saraiva
REVISÃO Camila Gonçalves e Giovanna Caleiro
PROJETO GRÁFICO Estúdio Grifo
ASSISTENTE DE DESIGN Júlia França
ILUSTRAÇÃO DE CAPA Joana Fraga

*Nesta edição, respeitou-se o novo
Acordo Ortográfico da Língua Portuguesa.*

Dados Internacionais de Catalogação na Publicação (CIP)
(Câmara Brasileira do Livro, SP, Brasil)

Dutra, Marina
    Sonho e Pesadelo / Marina Dutra
    São Paulo: Buzz Editora, 2024
    368 pp.

ISBN 978-65-5393-362-0

1. Ficção de fantasia 2. Literatura brasileira
I. Título.

24-215263   CDD B869.93

Índice para catálogo sistemático:
1. Ficção de fantasia : Literatura brasileira B869.93

Eliane de Freitas Leite — Bibliotecária — CRB 8/8415

Todos os direitos reservados à:
Buzz Editora Ltda.
Av. Paulista, 726, Mezanino
CEP 01310-100, São Paulo, SP
[55 11] 4171 2317
www.buzzeditora.com.br

Marina Dutra

Sonho e Pesadelo

*Para aqueles que já engoliram estrelas e sentiram o coração pesar.
E para minha mãe, que, antes de tudo, me ensinou a sonhar.*

FRAGMENTOS

Todos pensam que deuses não podem morrer; se isso fosse verdade, eu não estaria desvanecendo agora.

Já posso sentir o turbilhão de vontades me engolir, pedaço por pedaço.

Meus ossos são palavras que Tempo fez questão de amarelar até se tornarem ilegíveis, completamente esquecíveis. Minha coluna é como a lombada de um livro, marcada pela reação contida em cada ação: capa aberta, capa fechada. Talvez, se Vida permitir, eu ainda possa compartilhar uma última respiração.

No fim de meus parágrafos, as vírgulas se tornam pontos finais. Há dor na conclusão, sim, mas também há outro sentimento estranho. Um pedaço de memória; algo importante que eu deveria lembrar.

Uma história.

Sim, tudo sempre começa com uma história.

Você me leria, se eu estivesse disposto a contar?

A casa dos Deuses antigos tem muitas moradas.

Tantas que deram a cada um de nós um reino para zelar.

E nós sorrimos e choramos enquanto aprendíamos sobre a dor da ignorância. Conhecíamos nossa insignificância. Éramos crianças felizes em um campo de colheita eterna.

Tanto o trigo quanto o joio.

O bem e o mal, juntos. Nunca éramos obrigados a nos separar.

Pois eu sou.
Nós éramos.
O todo.
O indivisível.

A manifestação viva do poder que emana de Aéther, o primeiro e único céu, do qual vieram e no qual foram feitas todas as coisas.

Até que um dia...

Bem, *nós destruímos tudo.*

1

Sonho

Tudo, dentre todas as coisas que já foram criadas, nasceu em pares. Ao menos foi assim que minhas mães me ensinaram.

— Para manter o equilíbrio. — Acharam melhor esclarecer, conforme a luz preguiçosa do luar era embalada nos braços da penumbra, que caía sobre nós na forma de um orvalho fresco.

O luar testemunhou o primeiro suspiro deste meu corpo refeito em carne e fumaça etérea. Eu estava ainda um pouco adormecida; tinha os membros, moles e desobedientes; as pálpebras, emperradas como janelas; e, em vez de tomar ar, podemos considerar que engoli palavras. Regras. Ou melhor, a única regra que verdadeiramente importava.

— Separação — disseram as mamães, pois assim haviam sido incumbidas pelas próprias correntes.

Outros deuses, que mais tarde descobri serem como irmãos, foram os primeiros a entoar a ordem.

— Separação — repeti, depois de um pouco de incentivo, descobrindo o quanto a palavra pesava em minha boca.

Era grossa como os elos que se apertavam pela primeira vez em torno do meu pescoço, e tinha gosto de ferro, sangue eterno e opressão.

Até hoje, nunca a desobedeci.

༄

— Luz e Escuridão. Amor e Maldade. Caridade e Ganância. Verdade e Mentira. Modéstia e Vaidade... — murmuro o nome dos deuses que vieram antes de mim até que me vejo sem dedos nas mãos para enumerar.

Somos muitos; em maior quantidade do que as estrelas que os Criadores espalharam pelos céus de sal. Mais do você conseguiria imaginar.

Então me agacho para continuar a contagem com os dedos dos pés, e percebo que o esmalte cor-de-rosa que passei da última vez em que fui ao reino dos mortais está descascado. Talvez eu pinte as unhas de azul na próxima oportunidade. Quem sabe do mesmo roxo das lavandas? Daria um contraste bonito com a minha pele negra marrom-escura.

Libélulas sobrevoam a minha cabeça, e as asas pálidas, reluzentes como vidro forjado no fim de um arco-íris, me recordam de que entrei em mais um devaneio.

Onde é que eu estava mesmo?

Ah, sim.

Mordo o lábio inferior e volto a passear pela longa hierarquia divina enquanto envolvo minhas mãos, ligeiras, no aroma sutil dos campos.

— Uma pétala — conto. — Duas, três... — E os nomes dos que vivem acima e abaixo e ao lado e em todo lugar fluem sem parar.

É uma brincadeira, um jogo para quando estou sem inspiração: enumero coisas que conheço na esperança de fazer nascer algo novo através da junção de sons ou, quem sabe, até das sensações que causam.

Sou imortal, mas minha criatividade não é assim tão infinita.

Hoje não são apenas coisas, é claro. São deuses, embora os mortais há muito tenham deixado de pensar ou acreditar em nós. Talvez o esquecimento também faça parte da punição.

Me embrenho no dossel de copas, me recostando junto ao musgo carregado de orvalho, e o dia logo brinca de virar noite. No entanto, a lista praticamente chega ao fim antes que eu tenha qualquer ideia boa. Os nomes escapolem pelos meus lábios com a mesma rapidez do vento até que sobram apenas dois:

— Eu e Pe... — Quase digo, perdida em sonhos ainda não sonhados, mas me interrompo bem a tempo de completar a frase, e as sílabas que engulo, apressada, raspam minha garganta feito cometas.

Aos meus pés, formigas seguem em uma longa fila. Carregam pedaços de folha cortados com habilidade, e eu me ajoelho junto à terra úmida quando todas param para me saudar. Não seria educado da minha parte ignorá-las.

— Bom trabalho — incentivo, ainda um pouco preocupada demais para pensar em algo mais simpático ou significativo. — Não façam igual às cigarras, que só cantam por todo o verão.

Os insetos assentem — são mesmo criações muito obedientes —, para depois seguirem o longo caminho até o formigueiro. Se notaram a minha inquietude, escolhem não comentar. Mas a verdade é que não devem fazer ideia de como meu coração bate acelerado e temeroso, já que há muitos éons as mamães me fizeram jurar que eu jamais sequer pensaria *nele*, quanto mais diria o nome profano dele assim, em voz alta e por brincadeira.

Perigoso. Desequilibrado. Dissimulado. Essas eram apenas algumas das palavras que elas usavam para se referir ao deus que é, por assim dizer, meu complemento divino. Felizmente estou sozinha agora, na companhia apenas do luar, que, lá do alto, pisca com olhos feitos de crateras em uma confidência silenciosa, e ninguém jamais saberá do meu — quase — deslize.

Me ergo sem dificuldade, joelhos salpicados de barro. O que devo fazer agora é me esquecer dele e dessa ideia terrível de nomear os deuses que vieram antes de nós. Antes *de mim*. Balanço a cabeça, e cachos rebeldes e prateados se embolam com meus cílios alvos.

Eu.

Sozinha.

Deste lado do muro não poderia haver um *nós*. Nunca houve, na verdade. Eu sempre vivi aqui, e ele, lá, pois é assim que nossos Criadores desejam.

11

Como se meus suspiros perturbassem as copas das árvores, vaga-lumes se erguem entre as copas mais ao longe; reluzem em códigos, carregando a noite com um brilho fugaz. A brisa suave farfalha os dentes-de-leão e, enquanto conta segredos, leva consigo sementes cheias dos sonhos que plantei para semearem os campos. Meus olhos feitos de estrelas se fixam no céu, distinguindo nuvens passageiras que tomam quaisquer formas que eu quiser, basta imaginar.

Eu sou Sonho, nascida na noite mais terna e bonita, abençoada de bom grado pela força do luar.

Naquela noite, pouco depois de os Deuses antigos se retirarem para sempre, Esperança e Vontade disseram que faltava algo — uma centelha, um sopro — para me dar vida. Reunidos em torno da cintilância da última criação, todos os deuses que vieram antes, meus irmãos, aguardaram até que meu corpo se animasse, prontos para me nomear.

Porém, todos logo perceberam que algo não estava certo, e, sem pestanejar, elas foram as primeiras a oferecer um pouco de si mesmas para me completar. Embora também sejam filhas dos Criadores, pelo tanto que me deram quando eu nem mesmo tinha como pedir, sempre as considerei como mães. Mas não se engane: não tenho donos, muito menos senhores. Minha existência é livre.

E do outro lado do bosque celestial, onde as sequoias, as castanheiras e os ipês murcham e morrem sem razão, onde a limpidez dos riachos perece, contaminada por uma praga silenciosa que pinta as águas com fios grossos de escuridão, há um deus diferente de mim em quase tudo.

Meu oposto. Meu contrário. Meu avesso.

O peso que me equilibra.

Dizem que ele nasceu na noite mais tempestuosa e terrível. A centelha que faltou nele no último suspiro dos Criadores, da mesma forma que aconteceu comigo, foi preenchida pela essência de Angústia e Medo que, ouvi dizer, hesitaram muito antes de fazê-lo.

Não devo pensar nele, fui proibida e avisada. Sou boa em deixar as coisas para lá; guardá-las em potinhos pequenos como as sardas que pincelam meu rosto, mas é tarde demais para me impedir agora.

Eu quero falar.

Então parto bem os lábios e deixo o ar entrar. As sílabas se formam, amargas e hepáticas. Eu as sussurro apenas para mim:

— Eu e *Pesadelo*.

2
Pesadelo

Os dias, as noites e os espaços entre eles passam sempre da mesma forma para mim.

Vagueio por aí, cutucando raízes farelentas até que minhas trevas as absorvam por completo. Inspiro paranoias, expiro perversidades. Mergulho em águas lodosas para me refrescar, às vezes até pesco peixes muito feios, com corpos gelatinosos translúcidos e dentes afiados, na expectativa de que a repulsa me dê ideias para novos pesadelos. É tão entediante quanto parece, e com frequência penso que minha sanidade se mantém amarrada por uma corda que eu mesmo mastiguei.

Vez ou outra vou até o reino dos mortais para trabalhar. A frequência é variável, preciso aguardar que o equilíbrio penda para não ser punido por excessos, porém esses, sim, são dias extremamente divertidos e sequer vejo o tempo passar enquanto solto meus horrores um filamento por vez.

Hoje, no entanto, é apenas mais um dos dias enfadonhos que passo em meu reino, a expressão mais material de minha essência. Enquanto encaro a noite que sempre desce rápido demais com meus olhos ainda mais escuros do que o céu, escondido por nuvens carregadas de relâmpejos sinistros, me embrenho na mata.

Isso está prestes a mudar.

Com passos despreocupados, cruzo charcos fedendo a enxofre e sinto quando espinhos de roseiras secas se prendem à barra de minha túnica em um aviso fúnebre. Agarro o tecido acinzentado e o puxo sem cuidado algum, pois pouco me importo com prenúncios da natureza. *Eu* sou a coisa mais perigosa por aqui. Em seguida, transponho o leito de um riacho onde mosquitos zunem, tão irritantes quanto os criei para ser, e sigo para um lugar que só agora, *sozinho*, terei a chance de explorar.

Tê-lo encontrado, há não mais do que meia dúzia de noites, foi um estranho acaso. Talvez eu até arriscasse dizer que o evento foi guiado pelos Criadores, mas duvido muito que eles fariam algo do tipo. Não, não por mim.

Se devo agradecer a alguma intervenção divina, dirigiria orações à minha genetriz, a própria deusa-emoção Angústia, que, por implicância com uma das minhas novas criações, me proporcionou esse achado.

Imagine só: eu tinha acabado de materializar uma ave enorme de olhinhos injetados vermelhos, penas oleosas, garras perfurantes feito agulhas e uma boca sorridente perturbadora, e como faço sempre com os primeiros de cada nova espécie, a trouxe para casa comigo. Precisava pensar em quais hábitos lhe dar, em que mundo a colocar, e muitos outros detalhes que, sinceramente, tornam meu trabalho burocrático demais.

A criatura, no entanto, desenvolveu o hábito particular de voar, agourenta, em círculos sobre a cabeça da minha mãe enquanto tentava abocanhá-la. Após um punhado de noites e muitos tufos de cabelo perdidos, Angústia me implorou de joelhos para extinguir o animal da realidade, o que me vi, desgostoso, obrigado a fazer — afinal, qualquer um que já tentou contrariar a própria mãe sabe que isso não costuma terminar bem.

Ela não é a minha mãe de verdade, é claro; somos todos filhos dos Criadores. Pode parecer complicado, mas na verdade é muito simples: os Deuses antigos nos fizeram, mas Angústia cedeu um pedaço de si para animar meu espírito, porque, na noite terrível do meu nascimento, sabe-se que quase esvaneci. Desde então, eu a chamo de mãe, primeiro por pensar que a perturbaria, depois por perceber que a ideia a agradava, e essa era minha maneira de retribuir o favor que me fez. Mas isso não vem ao caso agora.

Como eu dizia, estava curioso para saber, mesmo diante de sua extinção, o que o pássaro recém-criado era capaz de fazer com a boa estrutura de asas que lhe dei. Talvez eu pudesse aproveitar parte da ideia em outro pesadelo. Por isso, o soltei pela primeira e última vez no bosque, e então fiz o que qualquer deus criador em sã consciência faria: eu o persegui, ou melhor, o *cacei*.

E apesar de toda a resistência que a ave tentou oferecer, consegui emboscá-la pelas copas das árvores, rochedos e penhascos, a ponto de me divertir o suficiente para lamentar sua destruição.

Talvez eu a recrie em algum momento mais propício...

Satisfeito com o pensamento, forço mais um passo e logo começo a afastar os mesmos ciprestes apodrecidos por onde passei naquela outra noite, sem me desculpar com os besouros que os tinham como casa. Com um tom roxo metálico que exala perigo, os insetos voam, pesados.

Ficariam bonitos como brincos, penso ao observar seus corpos rajados contra a pouca luz que escapa de trás das nuvens. Então, eu os seguro com dedos impossivelmente compridos, que se confundem com a minha sombra no chão.

— Vocês enfeitariam minhas orelhas?

As criaturas assentem com as cabeças curvadas no formato de longos chifres — na verdade, nunca pensei que fossem dizer não ao próprio criador —, e na fração de um pensamento, transformo duas delas em pendentes tão supérfluos quanto o tecido fúnebre que me cobre. Prendo uma de cada lado e, com o movimento do pescoço, sinto balançarem.

Minhas sombras sussurram, inquietas com a demora, agarrando meus pensamentos em pleno ar. Me lembram do porquê estou — do porquê *estamos* — aqui.

Vingança, ssssentença, cassssstigo.

Essas palavras nem sempre existiram, foram inventadas pelos mundanos, mas nós, os filhos dos únicos Deuses, já conhecíamos o sentido antes mesmo que precisassem assumir qualquer significado.

— Silêncio — ordeno aos fios de escuridão que, a contragosto, param o murmúrio. Estão sempre remoendo, ainda que eu possa ter esquecido. — Estamos quase lá.

Preciso confessar que não dei nenhum crédito à fabulosa criatura alada naquela noite. Quando enfim se cansou de fugir, se debatendo, ficou enroscada em rebentos longos e delgados da árvore que a engaiolava por força da minha vontade. E me aproximei, ainda decidindo se esvaneceria mesmo um pesadelo tão majestoso como ela, quando vi uma coisa que não deveria estar ali. Mas com Angústia tão perto, pronta para recitar as mesmas malditas regras de sempre, para me lembrar de ser obediente, ou melhor, de *parecer* obediente, não pude roubar de Tempo sequer um único instante para analisá-la.

Agora que estou de volta, não pretendo deixar pedra sobre pedra.

Atrás de uma camada de galhos apodrecidos e folhas em decomposição, tiro alguns arbustos mortos do caminho e adentro a cobertura de um antigo salgueiro-chorão. Protegido pelo tronco de cortiça rompida, quase sinto o zunir de energia perturbada que me causa arrepios.

É um aviso.

Mas não me importo em provar um pouco do perigo.

Há um muro entre este mundo e o que existe o outro lado. Não se sabe de que modo ou com quais materiais foi erguido, mas o trabalho não poderia pertencer a ninguém mais senão a nossos Criadores, que há éons decretaram que os opostos não deveriam se misturar.

A cada um de nós foi dado um reino para zelar e eu, Pesadelo, devo apenas cuidar do meu.

Abro um sorrisinho.

Tantas regras chatas...

Sopro algumas mechas de cabelo do rosto, e elas ganham os contornos de sombras roliças antes de se esticarem novamente em fios.

A barreira pulsa em resposta à minha aproximação. É energia no estado mais puro, feita de tijolos cintilantes de luz de estrelas, densa como neblina. Um paredão, que se estende de uma ponta à outra no limiar dos meus domínios com o único propósito de me deixar contido deste lado e, principalmente, longe *dela* — a quem sempre me disseram que era perigoso nomear.

Minha boca saliva, perversa e nefasta, e concentro meus esforços na busca.

Onde estava?

Tateio, arranho, arreganho presas, e não demora até que um pontinho se destaque em meio à névoa e à umidade que se adensa nesta barreira odiosa. Me espremo entre as raízes, chutando para longe as lagartas que escalam meus tornozelos.

— Agora não é hora de brincar — aviso a uma lagartixa engraçadinha que dança em minhas costas por dentro da túnica.

Me remexo.

— Sai! — grito, furioso, quando ela resolve me escalar, e minha voz ecoa por todo o bosque na forma de um comando poderoso, feito de trevas e capricho. — Criaturinha abusada.

Me aprumo, indignado com o pouco respeito que minhas próprias criações dedicam ao deus que poderia fazê-las desaparecer com um simples pensamento. E com toda a expectativa — e agora um pouco de silêncio —, finalmente aproximo bem o rosto do paredão.

Minha visão já se acostumou ao brilho incandescente, e dá para ver que o que antes pensei se tratar de uma mancha ou um ponto entremeado à matéria dos tijolos é, na verdade, um buraquinho na massa de poder que forma o reboco.

Cheio de ansiedade, flexiono os joelhos e me agacho. Reduzo meu tamanho em meio a raízes e tentáculos — não se pode condenar um imortal por sua curiosidade. Aperto os olhos, um se fecha enquanto o outro descobre no que focar, e minhas sombras se debatem em expectativa, pois todas querem um vislumbre também.

Eu primeiro, rosno em pensamento assim que as domino.
E é aí que... Bem, é aí que eu a vejo pela primeira vez.
O problema é que pesadelos nunca antes se atreveram a sonhar.

FRAGMENTOS

Punição é uma palavra muito forte.

Os mundanos a inventaram. Usando essas coisas chamadas letras, e um punhado do que chamam sílabas. Mas as divindades filhas, as deidades ou *novos deuses,* como se referem a nós em algumas realidades, se lembram bem do porquê ela existe e do motivo pelo qual soa como soa.

A punição é o amparo de um ancião calejado, feito de ossos e recoberto pela pele flácida que arde diante das brasas de areia. É a mão severa que brande o poder, olhos vendados, justiça divina que não escolhe lados. É o torpor da ponta da flecha que corta a carne e a devolve à poeira, onde será comida por nebulosas, berçários de estrelas.

E, naquele dia, nós fomos punidos.

A separação é a marca dos nossos atos.

Mais tarde chamaram isso de *pecado* — outro termo inventado pelos mortais.

Eu, particularmente, prefiro me referir ao que os Criadores fizeram usando a palavra *injustiça,* afinal, não me parece certo que, no castigo aplicado, apenas alguns tenham sido destinados a sofrer perpetuamente.

Mas não se preocupe, sei que tudo pode estar um pouco confuso agora. São tantas palavras...

Punição.

Pecado.

Injustiça.

E, se eu puder, gostaria de apresentar mais uma: *vingança.*

3
Sonho

No começo de tudo, quando eu ainda era uma criança em corpo de deusa feita, foram as mãos gentis das minhas mães que me moldaram e me ensinaram o que era necessário sobre existir. Afinal, elas vieram primeiro — muitos éons antes, o suficiente para aprender tudo a respeito da ordem de separação —, e sempre achei que fossem muito sábias.

Essa ideia pode parecer um pouco estranha para um mortal, que cresce a partir de uma pequena semente, mas a verdade é que nasci muito completa, como todo deus que se preze. O que me faltava não eram palavras ou força, e sim o conhecimento de como e para quê usá-las.

Na primeira batida do meu coração, aprendi sobre todas as coisas que existiam, como começavam e a que fim levariam. Na segunda, aprendi a chorar com tudo o que vi. Na terceira, entendi que preferia ter permanecido ignorante, porém já era tarde demais para lamentar. Deuses podem ir e vir no tempo das demais criações da forma como bem entenderem, mas só existe uma direção para nós: em frente.

Então, por muitos éons, Esperança e Vontade quase sempre estiveram aqui, no reino que nasceu comigo, onde fiz crescer um sonho por vez. A presença delas era fonte de uma alegria inestimável para mim. Elas apenas representam as emoções que lhe dão nome, e nada sabem a respeito de fazer nascer sonhos, mas me mostraram como agradar aos Criadores da melhor maneira que podiam, e por mais de uma vez pedi, em minhas orações, que jamais me deixassem só.

Porém, o problema da infância, por mais tenra que seja para os deuses, é que ela passa. Sei reconhecer o egoísmo que desponta agora do meu peito como uma flecha enferrujada; o desejo de não ser mais tão cuidada. *Vigiada*. Talvez seja culpa da idade, embora eu já tenha perdido a conta de quanto vivi.

Não entenda mal essa minha confissão: as mamães ainda me alegram, e as amo muito. Entre todos os deuses, sou a única que teve quem chamar por mãe, essa palavra tão preciosa. Ou melhor, somente eu tive alguém que por ela respondesse. Os que vieram antes cresceram apenas com o silêncio dos nossos Criadores. Foram cuidadores uns dos outros, e mais erraram do que acertaram.

Não quero parecer ingrata; no entanto, sou a deusa dos sonhos e não sei mentir: ultimamente sinto que Esperança e Vontade me sufocam com os cuidados, as regras, as proibições.

Nunca me esqueço de quem sou ou de que minha função é primordial. Fui a última entre os servos do bem a nascer, e carrego uma centelha do poder de todos que vieram antes de mim. Sou a mais forte, a mais completa, e por isso também a mais vulnerável, então entendo as razões que elas têm para querer me proteger. Os sonhos são a última barreira que impede o avançar do mal e o completo desequilíbrio nos filamentos.

Ainda assim, não posso ignorar o desejo de me entender sozinha, experimentar e provar da solidão que aflige a tantos, mas que nunca me visitou. Entender para quê os Criadores realmente me fizeram, ou até onde eu iria se não houvesse ninguém para me amparar.

Será que existo apenas para sonhar os sonhos de outros?

ℵ

O humilde chalé que compartilho com Esperança e Vontade, quando elas me visitam, foi erguido no coração do meu reino com ripas aromáticas muito gentilmente cedidas por pinheiros e sabugueiros. Escolhemos decorá-lo com ramos de musgo, heras, damas-da-noite e belos botões de maracujá que crescem, felizes, nos grossos troncos que servem de vigas para sustentar o teto de samambaias. As paredes são cobertas por papéis bonitos, alguns com padrões de folhas desbotadas, e há todo tipo de quinquilharia espalhada pelas prateleiras e balcões: bibelôs de vidro colorido, pot-pourri de flores secas, chapéus bordados, e muitos outros pedaços de memórias aos quais me agarro. Se ficamos sem espaço, apenas peço às paredes e aos balcões que se estiquem.

Depois de me certificar que deixei as janelas abertas para que a brisa não precise contornar a construção para passar, pesco um livro de uma prateleira qualquer e o levo, debaixo do braço, para junto dos girassóis no campo. As coroas das flores estão baixas, mas, quando me aproximo, todas se voltam para mim e se abrem, desejando boa-noite. Ao redor, abelhas zumbem, felizes, com a doçura perfeita do néctar oferecido de bom grado.

A capa inominada se firma sob minhas mãos, e eu a abro com muita delicadeza. Mamãe Vontade é quem os encaderna sem pedir nada em troca: cada volume narra os sonhos que inspirei e os que realmente se realizaram na vida de alguém, e ela diz que, por meio do estudo dos meus sucessos e fracassos, aprenderei a ser uma deusa melhor.

— Este é um bom ponto de partida para alguém que nunca ficou sozinha? — pergunto ao luar, me esquecendo de que ele não pode falar. — É, deve ser — murmuro. — Preciso começar aos poucos e não me deixar levar pela emoção, porque Euforia leva à deusa Danação, e sei que as mamães não iam gostar de que eu recebesse a visita de nenhuma das duas deusas-emoção.

Esperança e Vontade saíram para trabalhar no mundo mortal e só devem voltar daqui a algumas noites, mas quero provar para elas que posso ser responsável por minhas tarefas de deusa e me cuidar sozinha. Todos os outros deuses respeitam Luz e Amor, que vieram antes, e não há quem lhes fique cobrando qualquer coisa.

Me sinto tão madura enquanto me aconchego, despreocupada e de repente tão sozinha que mal percebo a companhia das cigarras, cantando longas serenatas sobre o brilho do sonhar.

Viro uma página atrás da outra até encontrar onde parei da última vez que me dediquei a ler esta história e me esforço para terminá-la. No entanto, poucos parágrafos se passaram quando um barulho que nunca ouvi antes no bosque desperta uma distração inevitável que me impede de prosseguir com a leitura.

— Vocês ouviram isso? — pergunto às borboletas, que se levantam das minhas costas como sentinelas, rabiscos, linhas e rascunhos antes de se corporificar.

Todas me encaram e mexem as antenas, as asas brilhando como belas pedras preciosas de todas as cores já inventadas. Elas são meus filtros de sonho, partes da minha própria consciência, e estão dizendo que sim.

— Que estranho.

Trato de me levantar e coloco as mãos na cintura. As contas reluzentes costuradas no tecido fino da túnica, que se abre aos meus pés, tilintam, feitas de orvalho, e eu me esgueiro pela relva alta.

Será algum outro deus que veio me visitar?

Mas não sinto a presença conhecida de ninguém. A terra me diria caso outros pés a tocassem. Afinal, toda matéria e substância que habita este mundo é feita do que eu sou.

Incerta, volto a procurar. De um lado, um riacho gorgoleja e faz um convite para que me banhe em suas águas tranquilas. Do outro, mangueiras esticam os troncos enormes até que os galhos carregados de frutas maduras estejam a meu alcance. Agradeço e colho uma manga cheirosa, que guardo no bolso para mais tarde.

Deuses não precisam comer ou beber, é verdade. Também não precisamos respirar nem dormir ou falar em voz alta para nos fazer ouvir, mas esses atos mundanos nos aproximam das criações mortais que devemos proteger. Sentir sua fome e seu cansaço, em todos os sentidos, é fundamental para compreender os mais profundos anseios que, como deidades, estamos destinados a atender.

Houve um tempo em que deuses eram servidos e adorados. Orações e oferendas eram estendidas em altares para nós, joelhos se dobravam diante da simples menção a um de nós, nomes tão antigos quanto impronunciáveis. Mas depois da ordem de separação, nós é que passamos à condição de servos. Por mim, tudo bem. Gosto de ser a deusa dos sonhos e da sensação de fazer as coisas crescerem. Talvez essa sempre tenha sido a minha vocação.

Permaneço no caminho que meus ouvidos indicaram, buscando o estranho eco que, pensando bem, se parece muito com o anúncio de uma tempestade, algo que experienciei apenas em filamentos do mundo mortal. Já estou perto dos limites do meu reino quando vejo, de trás de uma fileira de árvores quase sem cor, o muro se avolumar no horizonte.

Aperto os olhos diante do paredão que reflete o luar. Nenhuma das minhas criações ousa se achegar aqui sozinha, e eu mesma tento me manter longe da barreira sempre que posso, pois a reconheço e reverencio como o último expurgo do poder dos Criadores. Nessa zona estacionada no tempo, quase suspensa, nada cresce, e tudo o que é vivo por pouco resiste à ausência deles.

Segurando o fôlego, quase sinto o vento sussurrar.

Separação.

Viro a cabeça e, por entre os troncos, procuro o barulho. Não me enganei, nem me iludi: sei que partiu daqui, pois as folhas de grama e os galhos me contaram; eles também o ouviram.

As mamães sempre disseram que eu podia muito bem ser filha da Curiosidade... Guiada pela minha incontrolável vontade de bisbilhotar, corro os dedos pelos tijolos cintilantes da barreira que me repele com a mesma força que aplico em sua superfície. Quem sabe se eu for gentil, ela também será.

Talvez eu devesse temê-la, como todos os outros, mas não há uma única gota de medo em mim. Foi Coragem quem abençoou meu nascimento, e, sob a proteção dela, finalmente vejo algo que tenho certeza de que não deveria estar ali.

Um buraco.

Um *buraco?*

Chego mais perto para analisá-lo. O buraquinho é tão pequeno que podia ter sido deixado por uma lagarta faminta antes de se encasular. Através dele, rastros escuros de fumaça ameaçam vazar para o meu lado do bosque.

Não sei o que são, nunca vi nem sonhei com nada igual, mas não gosto da sensação que me causam. Eles certamente pertencem ao reino contíguo, mas como?

O muro *é* separação.

Dou um passo para trás, incrédula com a visão perturbadora: algo maculou o paredão. Ao meu redor, as borboletas gritam e imploram para que me afaste das trevas nefastas e volte para o coração do bosque, onde a pureza da minha essência preenche toda a substância.

Eu decerto deveria ouvi-las. Deveria chamar por Luz ou Amor; pedir o auxílio de outros irmãos. Mas não posso fazer o que aconselham, e nem o que sei que é certo. *Não consigo*. Porque, do outro lado do buraco, um olho negro como os espaços vazios entre os filamentos pisca para mim.

E enfim posso dar um rosto aos meus pesadelos.

FRAGMENTOS

Separação.
Esse foi o único mandamento passado ao longo de éons, de novo deus para novo deus, deixado por nossos progenitores divinos, que se exilaram em Aéther para viver sem se lamentar pelo que fizemos.

Ou por nos terem feito.

Eles nos abandonaram neste entremeio e se retiraram para dormir um sono eterno, certos de que nós, poder do poder deles, imaterialidade da imaterialidade deles, jamais ousaríamos atentar contra os princípios designados. Ao menos, não outra vez.

O comando deixado pesa em meus lábios, se transforma em presas cheias de veneno, e eu o rememoro como um símbolo. Posso pronunciá-lo sem nem mesmo falar, pois está emaranhado em meu cabelo, marcado com tinta invisível, feita do sangue que me rega. Cada sílaba forma os elos das correntes que me prendem, mas não tão fortes que eu não possa decidir, por conta própria, se as afrouxo ou me enforco de vez.

4
Pesadelo

— Pesadelo.

A voz dela não passa de uma confidência feita ao vento, mas ainda assim me atinge com poder suficiente para legitimar a minha presença aqui, no entremeio onde nenhum de nós deveria estar e no qual o decreto dos Deuses antigos impera.

As correntes apertam, as sílabas corrompem minha vontade. Me dobram e me torcem para que eu aceite o destino eterno: me curvar ao mandamento inquebrável. Dessa vez, no entanto, não me permito obedecer.

O muro pulsa, a barreira ecoa, os Criadores ordenam, mas meus joelhos não cedem e eu resisto à separação, pois a voz da deusa dos sonhos é a coisa mais desesperadora que já ouvi em toda a minha infeliz existência e, por um instante, me esqueço de que deveria odiá-la por tomar algo que já foi meu.

O sentimento agridoce é benigno o suficiente para afrouxar um pouco o aperto das correntes, e eu respiro sem precisar. Tenho certeza de que elas me puniriam ao mínimo indício de intenção de causar mal, mas entendem que só estou curioso.

Ofegante, uno as sobrancelhas materializadas em breu. Não compreendo como um nome tão feio como o meu, feito para assombrar e ferir, poderia soar tão suave e completo. Talvez seja algum poder nos lábios dela, redondos e cheios, mas eu jamais saberia sem testá-los.

Ssssufocar.
Apertar.
Ouvir gritar.

Balanço a cabeça, me livrando das sugestões murmuradas pelas bocas incorpóreas de minhas sombras.

— Sonho — digo o nome dela em resposta, de repente mais rouco do que me lembrava.

Pigarreio, tossindo geleiras inteiras, o que não me ajuda a parecer menos impactado pela presença da deusa que é meu complemento divino, meu oposto.

Nunca pensei que a veria de verdade em seu próprio reino. É proibido.

Então ergo os olhos só um pouquinho. Não o bastante para revelar a extensão da minha curiosidade, porém o suficiente para flagrar as borboletas que se desprendem dos ombros nus dela antes de se dispersarem por entre as copas cheias das árvores do bosque em que habitam. Algumas não passam de rabiscos que sequer tiveram tempo de tomar forma.

Ah, então estão fugindo.

Essas criaturas irrelevantes dos sonhos e eu não falamos a mesma língua, mas pavor é uma emoção que carrega um significado próprio. O ar fica denso com o prenúncio da aparição do deus-emoção que lhe dá nome e quase sorrio, porém não me atrevo a maquinar perversidades — não aqui, na presença do muro que sabe ler tão bem a verdade das minhas intenções.

— É melhor fugir como os seus insetos coloridos, deusa dos sonhos, se você sabe quem sou eu — aconselho com desprezo, me convencendo de que isso é muito mais divertido do que me agarrar a cada um dos detalhes dela.

Gravo o pequeno rosto, pincelado por sardas, e a maneira elegante como pendentes brilhantes descem feito gotas de chuva costuradas no decote de sua túnica, se avolumando em torno dos quadris largos.

Minhas sombras se rebelam com a perspectiva de deixar uma presa tão saborosa escapar. Me picam como um enxame de marimbondos, e sou obrigado a cerrar as mãos em punhos e apertar as coleiras invisíveis de poder que nos unem. Eu mando, elas obedecem, não o contrário.

Silêncio, ordeno em minha mente. *Ela não pode ser tocada, muito menos devorada.*

Mas não vou negar que eu gostaria de tentar.

O buraquinho no material do paredão é pequeno e não garante a melhor das vistas, mas é o suficiente para eu observar as pernas grossas de Sonho a levarem para longe. Estou pronto para vê-la sair correndo, ou até mesmo desaparecer e clamar por ajuda para resolver qualquer que seja o problema desse muro desprezível, quando percebo que a deusa não se afastou mais.

Aperto os olhos e tento entender por qual motivo ela parece apenas confidenciar algo ao vento, que carrega para longe seus segredos ainda mornos, em vez de fugir das minhas ameaças. Enquanto me pergunto se a deusa é muito corajosa ou apenas ingênua demais, ela se volta para mim, e a boca se abre muito devagar. Os lábios cheios se descolam, e penso que estou vendo flores desabrocharem em pétalas cheias do doce néctar, algo que passei toda a minha existência pensando em um jeito de arruinar.

Sonho pisca — os cílios são plumas brancas contra a pele negra marrom-escura pulsando com vida — e então apenas sorri.

— Não entendi como o acaso nos reuniu. Por acaso você sabe o que fez esse buraco?

As mãos pequenininhas da deusa se juntam, e noto como suas unhas estão sujas de terra. Ao redor de seus pulsos delicados, uma coleção de pulseiras feitas de anéis de planetas tilinta em um som que conheço bem, afinal, sempre me afasto quando o ouço.

— Mas não sei se isso realmente importa agora, porque a verdade é que eu sempre quis te conhecer — conclui Sonho.

A frase soa como uma confissão, embora não aparente ter lhe custado muito.

Com passos tímidos, a deusa se aproxima o tanto quanto pode da barreira que nos separa, e lá está o sorriso, ou o que consigo ver dele, outra vez. É bem aberto e sincero, não tem nada a esconder, e é todo para mim.

Um arrepio indecente me transpassa. Sem aviso, sou levado para fora do meu corpo e, dando cambalhotas, me acomodo mais uma vez na estranha matéria que me corporifica. Nem de todo um deus, nem de todo um mortal: apenas preso entre as piores partes de cada definição.

Para sempre metade.

Para sempre punido.

Sonho esconde os braços atrás do corpo de curvas fartas como os poderes que os Criadores lhe deram, e o luar incide sobre ela como se já tivessem sido apaixonados um pelo outro há muito tempo. O luar faz seu longo cabelo quase branco, que se perde por entre a relva em cachos largos e caprichosos, acender como se fosse poeira celestial, e de repente eu o odeio com a intensidade de milhões de supernovas.

Maldito, maldito, maldito! Como ousa brilhar tanto para ela?

— Me conhecer? — pergunto, sem saber por que me importo ou soo tão magoado. — Isso não faz o menor sentido.

Os Deuses antigos decretaram, no momento da nossa criação, que serviríamos a fins distintos. Somos forças opostas e trabalhamos no mundo mortal para manter o equilíbrio, então não haveria motivos lógicos para nos conhecermos.

Até porque ela tirou tudo de mim.

Como eu poderia suportar sua presença, senão para tramar sabotagens e coisas verdadeiramente ruins contra sua felicidade?

Não nego que já nutri alguma curiosidade a respeito dela no começo, diante da beleza de suas criações. Eu era muito mais tolo e tinha muito mais medo do julgamento dos Deuses antigos, naqueles éons pueris, mas recebi avisos o suficiente para ficar longe.

Meus irmãos e irmãs disseram que, diferente do que eu poderia pensar, a deusa dos sonhos não seria complacente com a minha perda. Os mortais rezariam para ela e me rejeitariam;

sempre desejariam sonhar. Que motivos teria para me ceder algo de volta?

Ela tem o poder de me destruir, assim como eu tenho o poder de destruí-la, e, ainda assim... ela não *me* teme? Não hesita nem um pouquinho, parada diante desse buraco com os pés descalços enquanto enfia os dedões na terra? Não consigo me decidir se é prepotência ou pura ingenuidade.

— Porque nós somos iguais, você e eu, não importa o que digam. — Sua resposta me desperta do devaneio, e a escolha de palavras conta toda uma história própria.

Não importa o que digam... Por acaso os deuses que servem ao bem andam falando sobre mim?

Sonho inclina a cabeça e aperta os olhos, me analisando pelo buraquinho no muro que nos une e nos separa com o mesmo propósito incerto. Suas íris são movimento, mais vivas que qualquer outra parte do corpo carregado de poder: feitas de nebulosas que espelham Aéther. Percebo que, se insistir em encará-las apenas por mais um instante, queimarei com o brilho. Ainda assim, tento e me regozijo com a intensidade da dor.

É saudade e raiva.

Nostalgia e rancor.

É casa, mas não é lar.

Não mais.

— Nós nascemos juntos, somos metades — prossegue ela, com uma simplicidade aterradora. Parece do tipo que me entregaria qualquer segredo sem nem perceber, e isso me irrita. — Durante todos esses éons, senti a sua presença nos mundos que visitei, e todos eles me perguntei, Pesadelo, como você era. Se você se parecia comigo de alguma forma.

Agora, a deusa está mordendo os lábios, parecendo nervosa e sem jeito. Então acrescenta, aos sussurros:

— Mesmo que isso fosse um pouco contra as regras, levei muito mais tempo do que precisava em uma esquina ou outra, tentei espiar pelas fechaduras dos mundos e nos cantos dos filamentos, na esperança de ver pelo menos um rastro das sombras sobre as quais sempre ouvi falar.

Aperto as mãos com força diante daquela alegação e acabo esmagando algumas aranhas desavisadas que teciam entre os meus dedos. Bem-feito para elas, pois não dei permissão para que o fizessem, mas ainda assim as trago para perto da boca, como fui ensinado a fazer desde a noite tempestuosa em que Medo e Angústia cederam uma parte de si mesmos para completar minha criação. Sopro, e a vida logo preenche novamente os pequenos corpos que, com todo horror e meticulosidade, um dia criei para povoar pesadelos.

— Nós não somos nem um pouco iguais — digo, por fim, para Sonho, que ainda me encara com curiosidade e expectativa. Espero não magoá-la, pois assim como não há sabor em esmagar aranhas sem querer, não há vitória em sangue derramado sem intenção. Gosto de sentir cada golpe, de planejar cada aflição. — Na verdade, eu diria que não poderíamos ser mais diferentes. Não fique nos comparando; é patético. — Ergo a barra esfarrapada da túnica antes de dar as costas para o muro, me misturando com o escuro. As sombras dançam ao meu redor, agitadas, e o silêncio se estica quase ao ponto de partir. — Além disso, *deusa dos sonhos*, você não me interessa em nada.

Agora sim escolhi dizer isso, da maneira como disse, para feri-la. Fico ali por um instante, esperando o cheiro de tristeza ou mágoa exalar da ferida.

Sonho, no entanto, parece se recusar a sangrar.

— Por que você veio até aqui então? — pergunta ela, sem perder a doçura ou a complacência. Será que sequer entende todas as minhas camadas de ironia? — Por que você estava olhando pelo buraco? Tenho certeza de que você está tão curioso quanto eu, não tente negar.

Com dificuldade, engulo meu orgulho, e minhas sombras rastejam pelas raízes, corroendo tudo o que tocam. As correntes se apertam assim que começo a pensar em fazer a deusa se arrepender pela insolência com a qual se dirige a mim.

— Como você se atreve? — Não ouso me virar e encarar os olhos dela outra vez.

Mas Sonho ainda tem coragem o suficiente para me interromper:

— Me encontre aqui amanhã! — Suas palavras saem atrapalhadas.

— E ainda por cima acha que está em condições de fazer exigências — falo comigo mesmo, alto o suficiente, é claro, para que ela ouça meu tom carregado de deboche.

— Não foi uma exigência, Pesadelo. — A condescendência dela me causa arrepios de ódio, mas é o modo como Sonho fala meu nome que me paralisa. Parece... uma prece. Mas como eu poderia saber, se nunca ninguém rezou pelo deus dos pesadelos? — Foi um *pedido* — conclui.

Conforme me afasto sem qualquer despedida e desapareço por entre as árvores retorcidas, começo a pensar que as palavras se assemelharam mais a uma promessa, e isso por pouco não devolve algumas cores para o meu lado do bosque. De qualquer forma, elas não encontrarão terreno para vingar.

Sonho e Pesadelo.

Somos metades, sim. Faces do mesmo destino.

Mas onde existe um, o outro jamais poderá estar.

5
Sonho

Respiro tão rápido que passarinhos cantarolam enquanto saltitam aos meus pés na esperança de que suas melodias suaves me acalmem. Meu coração, no entanto, bate mais rápido que o dos beija-flores.

— Eu fiz uma coisa terrível — conto a eles, sem ter mais com quem falar.

Logo em seguida, cubro a boca com as mãos, temerosa de que as mamães se materializem ao meu lado de repente, convocadas pela força da confissão.

O que elas pensariam de mim se soubessem?

Me jogo sobre o tapete de junco que cobre o chão da saleta da cabana, e caio de bunda entre as almofadas recheadas de folhas e ervas frescas. *Camomila*, inspiro, com alguma alegria.

Meu rosto arde, e eu o escondo com os braços, muito consciente do peso de sentimentos tão estranhos, certa de que nem assim me livrarei da vergonha das palavras que disse a Pesadelo na noite passada. É tarde demais quando me lembro de que não deveria sequer pensar no nome dele, mas de que isso adiantaria agora, se passei o dia todo o entoando enquanto trabalhava? Eu o encontrei, eu o *vi*. Falei com ele e até podei um arbusto com sua forma cabulosa antes de me dar conta do que fazia.

Puxo a barra da túnica espessa com a qual saí para trabalhar no mundo mortal e a embolo na altura dos joelhos, tomada por mais uma onda repentina de calor. Me sinto incapacitada pela insensatez das minhas ações, porém o que mais me aflige é pensar naquele último pedido desesperado.

Me encontre aqui amanhã.

Se eu fosse até o muro... Se eu fosse até lá neste instante, será que Pesadelo realmente me encontraria em algum momento da noite? E se ele fosse, então o que eu faria? O que diria?

Deixo o corpo escorregar e encaro o teto, enfeitado com lindas damas-da-noite que abrem suas pétalas para mim. Elas querem me incentivar, pois as criei para serem flores capazes de realizar desejos, e ali mesmo deposito os meus. Confidencio todos em silêncio, certa de que estou descumprindo todas as regras que já aprendi.

Separação.

Recito até a palavra se ativar em meu coração, sentindo cada elo das correntes que me prendem com suavidade, pois nunca tentei tensioná-las. O mandamento imperturbável embala meu corpo com a certeza de que estou cumprindo o propósito que conceberam em Aéther para a minha imortalidade, seja qual for.

Rolo para o lado, presa entre os cachos teimosos de meu cabelo alvo. As mamães disseram que Pesadelo era perigoso. Que ele representava tudo o que eu jamais seria.

Destruição.

Ruína.

Profanação.

A separação é a única resposta para manter o equilíbrio; para me manter a salvo dele. Mas meu corpo todo reage à mera lembrança de sua voz como se já a conhecesse, e parece querer me dizer outra coisa.

Opostos, não.

Complementos.

O silêncio dele combina com o meu barulho, suas sombras se encaixam bem entre os espaços deixados pela minha luz. Estou assim tão errada em querer ao menos descobrir quem ele é? *Como* ele é? Será que ele é mesmo tudo o que me contaram, ou a separação nos colocou de lados diferentes há tantos éons que sequer nos lembramos mais da verdade?

Às vezes, sonho com uma memória. É só um esboço, uma imagem borrada atrás de uma queda-d'água, uma marola que perturba meu reflexo no vidro, mas às vezes me pego quase capaz de me lembrar de um momento esquecido, perdido entre as camadas de quem sou. De um tempo em que existia um *nós*.

— Não vou me colocar em perigo — afirmo para as borboletas. — Apesar do buraco, a barreira ainda nos separa. Vocês viram.

Elas não parecem muito convencidas e, honestamente, nem eu mesma estou. Desde meu nascimento aprendi que a barreira era o último suspiro dos Criadores e que, nela, se concentrava todo o poder de sua ordem.

O que teria tanta força para causar o buraco?

— Será que eu deveria contar para alguém?

As borboletas assentem, aflitas.

— Não façam essas poses de antenas feias para mim. — Cruzo os braços, um pouco carrancuda também. — Nós sempre quisemos ver o mundo, e agora o mundo está lá, do outro lado de um buraco. *Eu não posso ficar aqui* — confesso num sussurro. Contraio os dedos dos pés sobre o tapete, fisicamente tão inquieta quanto em pensamentos. — Eu preciso ir, e, sim, eu *sei* que isso é insensato. Sei que já devia ter avisado Luz ou Amor, pedido que viessem ver com os próprios olhos o que aconteceu aqui, e vou fazer isso. — As borboletas não parecem muito dispostas a acreditar em minhas promessas. — Vou fazer isso amanhã. Só preciso desta noite.

E antes que elas descubram uma forma de me impedir, saio pela porta da cabana e corro em meio à relva que me abraça. Meu coração é uma explosão, pronta para fazer nascer mais algumas estrelas que brilharão em meus olhos.

Sou toda feita de sonhos.

Os meus.

Os seus.

Talvez até mesmo os *dele*.

E quando vejo o muro, não estou mais correndo. Me aproximo com cautela, temendo perturbar a solidez do paredão, ou talvez não encontrar nada do outro lado.

No entanto, me surpreendo ao perceber que o buraco através do qual conversei com o deus dos pesadelos durante o último anoitecer não só ainda está lá, material como minha própria carne, como aumentou consideravelmente. Abriu caminho entre vários tijolos de névoa como se os tivesse mastigado e, no reino contíguo, agora muito mais visível, *ele* já me espera todo envolto em trevas.

Pesadelo. Pesadelo. Pesadelo.

Não entendo por qual motivo seu nome, sempre proibido, insiste em brincar em minha língua, ou a se esconder em meus pensamentos, se não para me atormentar.

— Você veio — deixo escapar. Depois cubro o rosto com as mãos, fazendo as joaninhas pousadas em minhas orelhas avoarem.

Pelos deuses, como posso ter a língua tão solta? Deve ser culpa da parte cedida por mamãe Vontade esse meu ímpeto de falar.

Um silvo terrível me encontra. Soa como galhos secos se debatendo no vendaval, como mentiras sujas ditas por uma boca bonita, e quando abro os olhos, afastando um pouquinho os dedos, sou recebida por um sorriso sobre o qual já ouvi sussurros no reino dos mortais. Meu corpo todo esquenta, quase ferve por debaixo da pele, como se eu tivesse mergulhado em uma estrela. Mesmo que eu saiba que deveria manter distância, como sempre me disseram para fazer, apenas o encaro cada vez mais ávida pelos detalhes que não parece disposto a entregar de bom grado.

Para mim, Pesadelo é como um espelho estilhaçado: para entendê-lo por completo, devo observar os cacos.

O cabelo do deus é puro nanquim e, como se a cor ainda pingasse da ponta da pena que o desenhou, escorre até a altura dos ombros, estreitos, porém fortes. Traços suaves se acomodam no rosto de modo a torná-lo uma pintura viva, quase uma escultura de mármore que os mestres mortais que inspiro dariam tudo para reivindicar. O que mais impressiona, no entanto, são as sombras. Linhas inconstantes de escuridão que escapam de sua túnica, fumaça negra que o envolve formando contornos pontudos. Está viva, tem vontades, e vez ou outra se atira na minha direção.

O que faria comigo se não houvesse uma barreira entre nós?

— Por que você está se escondendo, deusa dos sonhos? — pergunta ele, com o tom grave que faz até mesmo a relva estremecer em resposta ao arrepio que sobe pela minha coluna. — Não foi você que me convidou?

Sua voz é danação pura. É prenúncio de um tipo de caos que parte a terra e perturba os céus. É promessa de violência.

Uma provocação.

E, ainda assim, me agarro a ela como se, quando esses encontros acabarem e eu voltar a ser apenas a obediente deusa dos sonhos, esta fosse uma memória com a qual eu mesma pudesse sonhar.

Abaixo os braços sem bem saber o que fazer com eles. Seria rude da minha parte usá-los para me proteger? Pesco as joaninhas de volta, uma a uma, apenas para dar às minhas mãos algo em que trabalhar, e me esforço para manter o controle das funções motoras deste corpo que, por vezes, parece não conter muito bem minha essência celestial.

— Estou com vergonha — confesso, por fim, e sinto meu rosto esquentar.

Não fui ensinada a mentir, mas quase sinto que gostaria de ter sido, em vez de incentivada a sempre ser sincera sobre meus sentimentos.

— Não parecia que você estava com vergonha ontem ao me insultar tanto.

Os dedos dele pendem, e das pontas das unhas limpas e curtas escorrem sombras oleosas que mergulham na terra rachada, tomando a forma de minhocas, que se estrebucham. Seus olhos estreitos e maliciosos, de pálpebras finas e baixas, me perscrutam.

— Não foi minha intenção. — Meus punhos estão fechados, bem apertados, e me obrigo a não me deixar ser intimidada por mais que queira me encolher. Também sou uma deusa e, pelo que sei, não fiz nada de errado. Meus modos são sempre exemplares. — Mas já que tocou no assunto, você também me insultou.

Enquanto faço minha acusação, meu indicador aponta altivo e sem qualquer pudor em direção a onde imagino que seja seu peito, e logo o escondo com a outra mão.

As sobrancelhas do deus se arqueiam em uma pergunta silenciosa, embora nenhuma ruga ou marca de expressão possa ser vista no rosto pálido. Conforme se inclina e seu cabelo balança, vejo brincos de um roxo selvagem penderem de suas orelhas.

São... besouros?

— É mesmo? — Vislumbro o esboço de um sorriso frágil brincando entre seus lábios finos. — De que maneira, deusa dos sonhos?

As mãos grandes de Pesadelo agarram a beirada do buraco pelo qual conversamos como se ele quisesse rasgá-lo. E ele não parece se importar com a resposta do poder celestial à evidente profanação, que faz o muro chiar e estalar e o empurrar para longe.

Engulo em seco, sentindo o cheiro de sua carne celestial queimada.

— Você pensou o pior de mim — começo a dizer. — Deduziu que as minhas palavras eram insultos.

— E você esperava algo diferente vindo do deus dos pesadelos? O erro foi seu. — Ele dá de ombros, despreocupado.

Meus olhos correm por seu rosto, agora quase completamente oculto por um emaranhado de fios de escuridão que o sombreiam feito hematomas.

— Talvez nós possamos começar de novo, então? — Dou um passo para a frente, confiando sem pestanejar na proteção que a barreira, apesar do buraco, oferece. — Eu sou Sonho. — Estico um braço, e faço surgir a ilusão de pequenas borboletas com asas reluzentes feito diamantes, sorrisos de crianças e corações apaixonados.

Não podemos nos tocar, então isso é o mais perto de um cumprimento que consigo improvisar.

Pesadelo me encara por um longo instante dentro do qual imagino milhares de cenários. Seu olhar se afia ainda mais, até que enfim me oferece sua própria ilusão: círculos de sombras pretas que me mostram presas enormes feitas de fome e medo.

— Pesadelo — se apresenta, com um tom a mundos de distância de ser cordial. Os braços se cruzam na frente do peito, pálidos como o luar que, bem no alto do meu céu, finge que não nos vê. — É um desprazer te conhecer e, finalmente, entender a razão pela qual as suas criações são sempre tão irritantes e divertidas de desfazer.

Não sei por que, mas seu desdém me faz sorrir.

Pesadelo bufa ao se sentar, e eu o imito, me acomodando sobre os joelhos. Como teria que erguer o rosto para vê-lo através do recorte nos tijolos do muro, já que é muito mais alto que eu, apenas faço meu pescoço se esticar, como uma flor galgando um caramanchão. Percebo seus olhos fixos em mim e faço o possível para ignorar.

— Como você chama essas coisinhas? — pergunta ele, por fim, apontando para minhas orelhas.

Levo um instante para entender ao que exatamente está se referindo, então alcanço as joaninhas que voltaram a se acomodar no lugar de costume e peço a gentileza de que subam nos meus dedos.

— Joaninhas — digo, e as estendo em direção ao buraco no paredão para que ele possa vê-las melhor.

— São tão feias — sentencia ele, de modo simples.

— Elas não são feias! — Me esforço para não me sentir insultada, embora apenas entenda o conceito de tal emoção.

O deus cerra os olhos escuros, nenhuma ruga se forma em sua fronte enquanto as observa.

— Essas cores...

— Prefiro as amarelas — conto, ainda que nada tenha sido perguntado. — Mas, por favor, não comentem nada disso com as outras... — Trato logo de pedir aos insetos enfileirados em meus indicadores. — Não quero que as vermelhas fiquem tristes.

— Amarelo — ele repete, como se testasse o som.

A letra R se enrosca em sua língua de modo demorado, como se ele a mastigasse e pensasse em cuspir fora.

— Você não tem essa cor no seu reino?

Ele confirma meu palpite com um aceno breve de cabeça, e isso me entristece. Não consigo imaginar um mundo sem a benevolência reluzente do amarelo, que compõe desde os poentes de estrelas gêmeas até a suculência dos frutos que decidi chamar de *abacaxi* — eu os fiz doces, mas Pesadelo encontrou um modo de torná-los ácidos e, claro, enchê-los de espinhos.

— Talvez eu possa pedir para que algumas te visitem?

Pesadelo me analisa em silêncio como se eu tivesse dito o pior dos absurdos, e o peso de seus olhos infinitos me faz sentir pequena. São como o firmamento: feitos de uma matéria escura e densa e tão, mas tão imperscrutáveis.

— Não seja tola, deusa dos sonhos. — O modo como fala meu título quase chega a parecer um insulto. — Nada passaria pela barreira. Eu já *tentei*.

✧

Quando finalmente volto para minha cabana e me deito, não consigo deixar de pensar que as estrelas pinceladas em minhas íris são, talvez, o que falta para preencher o vazio obscuro e distante dos olhos dele.

6
Pesadelo

Poucas coisas em minha existência poderiam me horrorizar de verdade, afinal, sou o deus dos pesadelos e minha imaginação é tenebrosamente perigosa.

Agarrado aos lençóis roídos pelas traças, suando frio como se tivesse mergulhado em um gêiser que borbulha desde o fim de todos os mundos, decido que preciso falar, ainda que a mim mesmo — ainda que para os sapos que coaxam pelas lagoas turvas, e que em geral não me dão atenção diante de tantas moscas apetitosas —, o que aconteceu.

Fagulhas de escuridão me escapam cada vez mais longe, como se comprovando a falta de controle que tenho sobre minha forma, mas ainda assim me obrigo a sair da cama depois de tanto tempo deitado. Um passo de cada vez me leva para fora do quarto, para baixo da escada de pedras cobertas de limo e, por fim, para fora da minha choupana de madeira bruta, tão escura quanto meu coração.

Meus punhos seguem bem fechados.

À beira de um lago profundo e de águas pérfidas onde já cansei de afogar segredos, me pergunto se aqui é seguro o bastante para a minha confissão. Tudo neste reino, cada grão de poeira e veneno enevoado, sou eu. Já vi tudo, já fui a todos os lugares; conheço os cânions e as reentrâncias da minha prisão, exceto a saída definitiva.

Não há porta mágica nem chave que abra minhas correntes, e sei quem devo culpar.

Como pude me rebaixar *tanto*?

Das minhas palmas escorrem sombras que, traiçoeiras, me confrontam com a verdade. Cedo um dedo por vez quando elas apertam meus punhos, estrebuchando, e espio com cuidado o estorvo que carrego, pronto para atacar se for necessário. Contudo, nada acontece, e meu reino parece o mesmo de sempre, apesar do quão ultrajado me sinto. Raízes apodrecidas, brotos secos, sementes arrancadas de seus berços antes que tivessem a chance de germinar. Lagartas que provocam queimaduras, aranhas, escorpiões e jacarés. Criaturas com presas enormes ou ferrões pequenos. Estão todos voltados para mim em expectativa, olhos e galhos. Esperam que eu conte a história completa, como se quisessem um pedaço da minha vergonha para exibir por aí.

Eu me sento sobre uma pedra pontiaguda que machuca minhas coxas e suspiro, aproveitando bem a dor. Fios de cabelo escondem meu rosto e, certo de que cheguei ao limite da loucura, faço o possível para organizar meus pensamentos e os eventos inesperados de modo que façam algum sentido sob a luz da manhã.

Um lobo uiva nas montanhas, e quando sinto a fome em suas presas, as trevas se agitam em meu coração. Devo expurgar pecados tão frescos quanto a gota de sangue que brota do ponto onde a face afiada da rocha encontra minha pele fria e, para isso, é necessário confessar:

— Hoje sonhei pela primeira vez... mas não sei *como*.

Deixo que as palavras saiam, e depois estremeço quando viram fumaça. Resisto à vontade de tomá-las de volta para mim. Tenho medo até de que tenham o poder de convocar os Deuses antigos e de que sua ira divina recaia sobre mim por ter infectado minha essência nefasta com algo tão puro quanto um sonho.

Sempre tramei todo tipo de vingança contra a deusa dos sonhos. Minhas sombras já se refestelaram nas inúmeras possibilidades de dor que eu poderia infligir a ela, se não fosse a ordem de separação e aquele maldito muro...

Não sei no que estava pensando quando decidi me encontrar com ela na fronteira, ainda mais depois que me desrespeitou tanto quando nós nos conhecemos. Talvez estivesse desvirtuado demais pelo quanto queria humilhá-la e rebaixá-la, tão perdido nas minhas maquinações, que nem percebi do que ela era capaz.

Eu deveria ter colocado meus planos em ação quando descobri o buraco no muro, mas os olhos grandes e redondos de Sonho detinham algum poder sobre mim, e agora sinto que finalmente entendi o que Medo e Angústia e todos os meus irmãos sempre me disseram: ela podia mesmo me dominar e acabar comigo.

Venho tentando odiá-la mais a cada amanhecer, porém não consigo.

Qual seria o sabor de enganá-la?

Parece que isso não é algo que vou descobrir tão cedo, e o mais provável é que o gosto terrível que amarga minha boca seja o da minha própria estupidez, porque a deusa dos sonhos encontrou uma forma de me enganar primeiro.

Maldita.

Como ela foi capaz de me fazer sonhar?

Praguejando, termino de abrir as mãos e vejo a prova da minha fraqueza contrastando com meu céu emburrado: uma joaninha amarela.

Trago seu corpinho pequeno para bem perto do rosto.

Tantas perguntas a fazer... *Como ela chegou aqui? Como passou pelo muro?*

Se eu descobrisse esse segredo, tudo mudaria.

Meus olhos se fixam nos pontos pretos que pincelam as asas ainda abertas do inseto, como se ele pretendesse voar e me deixar. Cada um deles feito com esmero por uma criadora atenciosa.

Ela te mandou para mim.

Mas essa joaninha nunca mais vai voar.

Sonho te mandou para mim.

Porque quando acordei nessa manhã e a vi pousada em minhas mãos, meu coração mortal demais descompassou, e todos os meus músculos se retesaram.

E esmaguei a joaninha sem perceber.

7
Sonho

Pesadelo me encara com uma expressão que não se parece com nenhuma que já tenha visto em seu rosto, embora eu só o conheça há três noites, já que aquelas em que ele não apareceu — mais de cinco, ou teriam sido quinhentas? — não contam. Sentados um de frente para o outro, é inevitável observar seus lábios sem cor enquanto me pergunto se eles são tão tenros quanto os frutos do meu bosque.

— Acho que eu deveria te pedir uma coisa — fala ele depois de um longo silêncio, e as sombras se esticam ao seu redor cada vez mais distantes. Parecem querer fugir. — Mas ainda não decidi se vou ou não.

O muro de poder que divide nossos mundos segue rasgado, agora por uma verdadeira fenda: incontáveis tijolos foram engolidos, e posso vislumbrar muito do bosque pálido do outro lado. O entremeio onde nada cresce está quase vazio, a não ser por um salgueiro-chorão ancestral que se derrama em rebentos secos e desesperados por um pouco de atenção.

— Vá em frente.

Tento não ser tão curiosa, pois não quero dar a ele nenhum motivo para ir embora. Não depois de voltar aqui por tantas noites e não encontrá-lo; não depois de decidir que esta era a última vez que ainda teria esperança de vê-lo, e me deparar com um deus inquieto e arisco, andando de um lado para o outro, com seus fios de escuridão mais agitados do que nunca.

— Mas você... — Ele se interrompe, e quase vejo um rubor tomar as bochechas pálidas. Parecem tão afiadas que desejo tocá-

-las para saber se me cortariam. Por um instante, quase me imagino esticando as mãos. — Por acaso você está prestando alguma atenção, deusa dos sonhos?

Pisco assustada e, flagrada devaneando com o rosto dele, decerto sou eu quem fica corada.

— Estou — respondo, quase sem emitir som. Ainda não me acostumei com a forma como ele pronuncia meu nome, um misto de súplica, rancor e maldição, por isso me escondo um pouco atrás do cabelo que cascateia suavemente em meus ombros.

— Pensei muito sobre isso. A ideia de esmigalhar sonhos me apetece, mas nesse caso... Só para evitar uma guerra entre nós, acho que eu deveria pedir desculpa — diz ele, por fim, contra todas as probabilidades.

O peito largo sobe e desce violentamente, e imagino que as palavras custaram muito mais do que apenas sua força de vontade. Pareceram arrancadas; uma verdadeira erupção.

Será que estou ouvindo direito?

O deus baixa os olhos escuros e vira um pouco o rosto. As mechas cor de nanquim de seu cabelo o cobrem como fumaça, ondulam junto da consciência de seu dono, mas o maxilar apertado está bem visível e, por isso, sei que ele luta consigo mesmo. Estaria ruminando palavras?

— Desculpa? Pelo quê? — Parece o certo a questionar.

Do meu lado, onde imperam os deuses que servem ao bem, pedimos desculpas uns aos outros o tempo todo, pelos motivos mais bobos. Mas nunca imaginei ouvir tal palavra de um deus do outro lado.

— Por isso — revela Pesadelo, ainda sem me olhar.

As mãos grandes dele, entretanto, estão muito bem estendidas em frente ao buraco na barreira e, aninhado entre as palmas, vejo o corpinho de uma joaninha amarela.

Esmagado.

O estado em que o inseto se encontra me arranca um arfar e, de repente, meus olhos se enchem de água e pranteiam sementes, que logo criam raízes. Fariam nascer novas árvores, se algo ousasse desafiar os Deuses antigos e frutificar nesta zona.

— Por que você faria uma coisa dessas? — pergunto, engatinhando apressada para o mais perto do muro que posso. Sequer percebo que deveria me preocupar também com outra questão.

Como é possível que aquela joaninha tenha ido parar no reino de Pesadelo?

O bosque parece sentir minha tristeza em cada pedúnculo e animal, e em solidariedade à minha melancolia, até mesmo o luar brilha mais manso e frágil, se escondendo atrás das nuvens fofas, as quais faz de cama sempre que o dia raia.

O deus permanece imóvel, e nem mesmo suas sombras parecem inclinadas a se mover. Mas quando deposita as íris vazias sobre mim, me vejo inteiramente refletida, como se estivesse diante de águas paradas. Debaixo da superfície dança um mistério, e, feito uma presa perfeita, quase mergulho e me entrego.

Se o fizesse, talvez caísse até encontrar o fim do inverso.

— Porque eu sou Pesadelo — decreta, por fim, como se aquela resposta contivesse todas as explicações. É uma mudança brusca, considerando suas palavras anteriores. — Sou a ruína. Sou a destruição. Sou o que poderia existir de pior dentro de um coração. Você não deveria ter mandado esse *inseto* para me insultar, deusa dos sonhos.

Nego vigorosamente, incapaz de aceitar a perversidade de suas palavras que, embora ríspidas e carregadas de rancor, não parecem querer me ferir de verdade. Há pouco ele me pediu desculpa pelo que fez, e parecia sincero.

Era apenas um jogo perverso dele ou duas facetas poderiam coexistir ali dentro?

— Eu não mandei.

Ainda assim, não me sinto menos culpada, pois se aquela joaninha amarela cruzou a materialidade de meu reino e mergulhou até a inconsciência do deus dos pesadelos para sofrer com seus caprichos, foi porque, de algum modo, assim permiti.

Desejei.
Pedi?
Sem nem pensar nas consequências, tento passar as mãos pela fenda e alcançar a pobre joaninha cujo destino pesa em minha consciência. Está grande o suficiente para isso, porém o esforço é em vão: aquele ponto no muro apenas expõe nossos reinos um ao outro, mas não podemos atravessar nem irromper do outro lado, isso não mudou. Sou repelida com força suficiente para sentir um formigamento até os cotovelos, e minha pele queima e ameaça descolar dos ossos conforme os elos das correntes se acendem, me lembrando e sufocando com a literalidade da ordem de separação.

Aflita, fecho os olhos e me concentro no que posso fazer, me esquecendo da dor. Meus lábios se juntam e, com o poder que os Criadores me deram, sopro minha bênção, esperando que minha ideia funcione.

Não demoro a ouvir o barulho de um bater de asas tímido, e quando minhas pálpebras tornam a subir, sorrio ao perceber que o outro lado enfim ganhou um pouco de cor: a joaninha está viva!

Ainda que tão pequenos quanto uma joaninha amarela, sonhos jamais poderiam ser tão facilmente esmagados por pesadelos.

8

Pesadelo

— Você está estranho — diz Angústia, franzindo as sobrancelhas quase inexistentes, com um tom que sugere que estou pior do que de costume.

Ela vem me olhando assim, desconfiada, há muitas noites. Para ser mais específico, desde que sonhei com a joaninha. Às vezes, eu a pego farejando minha túnica, como se sentisse o cheiro do inseto, impregnado com o poder de Sonho, em mim.

Ela prepara uma jarra de café bem amargo à beira do fogaréu que sufoca a saleta da choupana, bem à vontade na frente das labaredas.

Não entendo, nem tento entender, mas ela adora tarefas manuais, embora seus cozidos sempre fiquem ralos ou salgados ou venenosos demais. Cuidar dos outros, talvez, seja a maneira que encontrou de lutar um pouco contra a própria natureza.

— Estou do mesmo jeito de sempre, mãe — digo, recostado à parede com os braços cruzados na frente do corpo. Me espreguiço, e fios de escuridão em formato de cabelo caem sobre o meu rosto. — Entediado, subestimado, endiabrado — enumero, com o auxílio de alguns dedos de juntas pálidas. — Não estou pendendo mais para um cataclisma do que de costume.

— Ainda assim, tem algo de diferente na sua aura — insiste a deusa, porque é do tipo que não deixa nem um mínimo detalhe passar; conscientemente ou não, ela se regozija com a angústia alheia.

Esquece o toco de madeira que tentava enfiar por entre as brasas esmorecidas e se volta para mim com olhos assustadores de tão claros, as íris leitosas, quase totalmente brancas, que enxergam bem mais do que eu gostaria de mostrar.

— O que você fez desde a última vez em que nós nos vimos?

— O que eu poderia ter feito de tão fantástico em não mais que alguns anoiteceres, além de executar a tarefa que os Deuses antigos me deram e encher o mundo com a minha essência? — dissimulo, sem perder tempo. Aponto para meu próprio pescoço, onde algumas sombras se enroscam no formato de uma coleira preta como se para ilustrar meus pensamentos. — Já se esqueceu das correntes que me mantêm na linha, *mamãezinha*? — Dou um puxão, para complementar a encenação. — Sou um animal preso em uma jaula celestial. Uma besta com fome de estrelas — grito, de braços abertos, em um gesto teatral.

Angústia arregala os olhos e abandona, sobre o balcão de tábuas irregulares, os grãos de café meio moídos aos quais se dedicava. A chaleira apita ainda mais alto e, enquanto a água fervente se derrama pelo piso empoeirado e um urubu-de-cabeça-preta arranha uma janela com seu bico enrugado, nós nos encaramos em um silêncio desconfortável, cheio de palavras não ditas.

Ela dá um passo em minha direção e quase ergue os braços. *Pensou em tampar minha boca? Ou talvez... em me abraçar e dizer que vamos ficar bem?* No meio do caminho, entretanto, desiste; deve ter se lembrado de que não gosto que me toquem sem permissão.

— Não diga uma coisa dessas, Pesadelo — adverte por fim com um sussurro, como se existisse algum lugar em todos os mundos, em todas as realidades, onde *eles* não pudessem ouvir minhas heresias.

Atrás da deusa, a pilha de tocos que Medo passou uma tarde inteira cortando e empilhando estremece sob o peso do urubu, que havia encontrado uma maneira de entrar em minha choupana.

Passos longos me levam até onde minha mãe permanece congelada, e minha boca se abre. Meu tamanho assoma, minha sombra engole e mastiga a dela, e mais fios de cabelo escondem o sorriso divertido que quer me estilhaçar. Os Deuses antigos são tudo e estão em toda parte.

— Não fale — repete Angústia mesmo assim, como se me conhecesse bem o bastante para saber o quanto quero gritar. E ela conhece. — Não fale nada, meu filho. *Eles* podem ouvir de lá.

Seus indicadores apontam para o alto, para além do telhado e das vigas que cedem umas sobre as outras. Para além do céu obscuro e das nebulosas que formaram esta realidade onde meu reino se ancora bem na borda, depois dos domínios de minhas irmãs mais velhas e de todas as outras.

Para Aéther.

Ela não precisa pronunciar o nome desse que um dia foi nosso lar, pois o peso dele paira entre nós, esmagando estes pulmões mundanos demais com os quais os Deuses antigos nos amaldiçoaram.

— Não faz diferença, eles já devem saber que nós planejamos voltar.

— Mesmo assim, Escuridão não vai ficar nada feliz...

— Já pensei no nome dela uma vez hoje, ou será que foi ontem? — interrompo minha mãe, cansado de seus cochichos conspiratórios empesteados de respeito pelos Criadores. — Agora você fala desse jeito, sem mais nem menos. Mais uma vez, e minha irmã com certeza vai ser convocada como um espectro, demônio maligno que é, para dentro desta casa.

— Mas Escurid...

— Não. — Ergo um dedo em aviso. — Não fale o nome dela outra vez, por favor. Prefiro não ter o desprazer da companhia da minha irmã mais velha neste momento.

— Pesadelo, francamente. Pare de me interromper.

— Deixe o garoto em paz, minha querida.

A voz de Medo ecoa desde a porta de entrada que, sem aviso, se abre de supetão, trazendo-o pelo portal que liga o meu reino aos demais filamentos. Ele insiste em chamar Angústia por esse termo que me causa náuseas mesmo depois de eu já ter pedido para não cometer um sacrilégio desses dentro da minha casa. E para não me chamar de *garoto*.

Quando me viro para olhá-lo, encontro seu rosto de porcelana tão inexpressivo quanto sempre, embora seja impossível ignorar as pinceladas de tormento que vincam os cantos de sua boca tão pálida quanto a minha.

Meu pai luta contra a porta por um instante interminável. Do lado de fora, picos nevados se misturam com milhões de olhos, que caem em formato de flocos de gelo afiados, e só por diversão ordeno à madeira que não ceda às suas investidas.

As ripas fazem o que podem, obedientes, mas logo a porta se fecha com um estampido surdo. Descabelado e com a túnica escura um pouco amassada, Medo bate os sapatos na soleira e adentra na saleta, encurvado, com passos que mal fazem barulho. Aproveito sua interrupção para me afastar de minha mãe que, imprensada contra uma parede, parece determinada a se defender de minhas sombras com o moedor de café, se necessário.

Bobagem da parte dela se sentir ameaçada, considerando o quanto me esforço para ser o mais perto de gentil possível em sua presença.

Angústia enfim solta um suspiro trêmulo e se volta para a bagunça que restou. Os ossos de sua coluna, ou a impressão deles, marcam a túnica azul sem graça que cobre seu corpo extremamente magro, e logo a chaleira está de volta ao fogo, com não mais que alguns resmungos de resistência; depois os grãos são distribuídos entre três xícaras descombinadas.

O urubu-de-cabeça-preta me encara fixamente e, de uma forma torta e antinatural, sorri com o bico escancarado.

Não ouse, é o que aviso.

— Vão ficar até quando? — pergunto.

Não porque tenho quaisquer segundas intenções, ou negócios, junto ao muro na fronteira de meu reino que não poderia resolver com os dois aqui, avaliando cada um dos meus gestos, prontos para me delatar à minha irmã Escuridão, mas só porque não gosto de ver minha casa cheia de convidados.

Especialmente aqueles que *não* convidei.

— Mal entrei em casa e já quer me expulsar?

Medo faz menção de se recostar em uma poltrona de couro carcomido, mas se afasta assim que percebe as aranhas subindo por suas costas. Ele as abomina, e por isso mesmo nunca me canso de fazê-las aparecer em sua presença. Belas e malignas armadeiras, repugnantes caranguejeiras e até mesmo uma ressequida aranha-da-areia.

— Esta não é a sua casa... — cantarolo com desgosto, lembrando a todos de que cada toco de madeira e parede desconjuntada, cada reboco tosco e viga embarrigada, foram criados da minha própria substância.

— Nossa casa é onde quer que estejamos todos reunidos. — Minha mãe abre um sorrisinho tímido, quase inexistente. A pele de seu rosto se estica, fina como papel. — E por acaso esse lugar é sempre aqui, meu querido.

Ah, como meu sangue ferve quando ela me chama de *querido*...

— Você não negaria um teto aos únicos que se apresentaram no momento da sua criação, negaria?

Meu pai se esconde na curva dos próprios ombros ainda mais. Como seus ossos e músculos não precisam obedecer a nenhuma lei, estou certo de que o pescoço realmente se encolheu e que as omoplatas engoliram seu queixo pontudo.

— Se não fosse por nós dois, você sequer teria ganhado vida.

Sinceramente, eu teria preferido esvanecer a continuar ouvindo essa conversa.

A chaleira apita, salvando a nós todos do desfecho entediante do assunto. Dessa vez, Angústia a pega do suporte de ferro antes que a água se derrame, e bolhas se espalham por suas mãos pequenas, em razão do contato com o metal incandescente desprotegido. O urubu tenta atrapalhar ao bicar seus ombros, mas ela desvia bem a tempo, e assim que deposita a chaleira sobre a bancada, os machucados logo somem.

Não demora até que o cheiro ácido do café passado preencha todo o interior da choupana. Se espalha para muito além das frestas dos troncos mal-assentados, como um sinal para as criaturas do bosque, que só ousam se aproximar para pedir favores ou bênçãos quando meus genitores estão, pois sabem que na presença deles tendo a ficar mais dócil, se é que posso ser algo assim.

— Para você, do jeito que gosta. — Minha mãe me entrega uma das xícaras que preparou, e sorvo o aroma mais agradecido do que poderia admitir.

Depois, se aproxima de meu pai e se equilibra bem na beirada do assento, o corpo colado ao dele em busca de apoio, observando-o bebericar o líquido aos poucos.

Medo a segura de modo afetuoso, e minhas sombras se atiçam com a situação. Enjoado, saio da saleta e levo minha xícara de barro lascada comigo.

— Façam isso fora da *minha* casa — ordeno, antes de bater a porta do quarto às minhas costas.

O teto estremece e racha com a força que aplico, e um pouco de poeira cai sobre mim na forma de cupins.

Pousada em um espinheiro retorcido que se agarra a uma parede inclinada demais para que dure muito de pé, a joaninha amarela que Sonho reviveu há algumas noites abre as asas pequenas, e eu me aproximo fazendo o possível para que ela não se assuste.

Não chegamos a um consenso sobre como aquela transação entre reinos foi possível, uma vez que a deusa afirmou — e não tenho por que duvidar das palavras de alguém que claramente não sabe mentir — que não teve absolutamente nada a ver com o fato, pelo menos não de propósito.

Eu jamais admitiria algo tão vergonhoso para ela, mas suspeito que a joaninha foi capaz de atravessar a barreira que separa os sonhos dos pesadelos enquanto dormíamos em razão de algo muito simples, embora nunca antes testado: predisposição.

A deusa dos sonhos muito provavelmente estava suscetível a mim, pensava em mim, e eu decerto pensava nela naquela noite, após nossa conversa. Não porque me importasse — *nunca* me importo. Mas certamente estávamos tão abertos um para o outro que a joaninha cruzou a imaterialidade e, deste lado, me alcançou.

Se eu não tivesse me assustado tanto, talvez ela tivesse esvanecido e não passasse de uma recordação borrada, como já ouvi dizer que acontece com os melhores sonhos — dizem que é impossível se lembrar deles com detalhes depois de acordar. Mas como me desesperei quando a vi em minhas mãos, dei a ela quase o caráter de um pesadelo e, bem... Todos sabem como pesadelos podem ser inesquecíveis.

Agora o pequeno inseto está totalmente corporificado, e suspeito que não possa ir embora senão pelo mesmo meio que chegou aqui, o que, honestamente, não consegui fazer acontecer. Talvez Sonho tenha erguido as próprias barreiras outra vez, ou talvez eu seja incapaz de baixar as minhas, temendo acordar com qualquer outra presença ou lembrete de tudo o que existe do outro lado e não posso mais ter.

— Não se preocupe comigo, não vou te machucar — sussurro, interrompendo os pensamentos. Estico um dedo devagar para permitir que a joaninha pouse em mim, e o faço tomar a aparência de um galho. — Esta é a sua casa agora, você gostando disso ou não.

Quero ganhar a confiança dela, e até mesmo instruí todos os outros animais a não devorá-la. As aranhas e lagartixas ficaram infelizes, mas quem se importava? Tudo por um pouco dos segredos do reino contíguo.

O inseto se agita, como se quisesse me dizer alguma coisa, e se estende em seu monólogo. Eu infelizmente não posso entendê-lo, mas estou bastante inclinado a encontrar uma forma de nos comunicarmos. Por isso, me sento sobre a cama de folhas amarronzadas e apoio os cotovelos nos joelhos, perigosamente paciente.

Melhor começar com perguntas simples:

— Você enfeitava as orelhas de Sonho?

Com um aceno de mãos, minhas sombras assumem os contornos da deusa com uma riqueza de detalhes que nem eu sabia que lembrava.

Um leve assentir, e quase sorrio.

— Como era? — digo, sem nem mesmo pensar na insensatez que deixa meus lábios. — Como *ela* é?

E lá se vai a regra das perguntas simples...

A joaninha me encara e balança as asas outra vez. Depois, me dá as costas e se enfia entre algumas raízes, talvez nutrindo a vã esperança de que haja algum lugar, neste reino, onde minha ira não possa encontrá-la.

— Não quer trair os segredos da sua criadora, não é? — Caio de costas contra as folhas de urtiga repousadas sobre a cama, que se espalham ao meu redor. Minhas sombras se enrolam e socam o ar, revoltosas. Algumas fazem menção de ir atrás do inseto, mas eu as impeço, apesar da minha impaciência. — Tudo bem, joaninha. Posso descobrir sozinho.

9
Sonho

Desde que Pesadelo e eu nos encontramos pela primeira vez junto ao buraquinho no muro que separa nossos reinos, não se passaram muitas madrugadas sem que nos perdêssemos entre perguntas afiadas. Com inegável curiosidade, assistimos aos tijolos de poder se dissolverem, às vezes um a um, às vezes aos montes, sem saber se nossas palavras eram meio ou fim para aquela desintegração imparável.

Não vim por você, ele deixou claro em mais de uma ocasião, com a voz sempre no limite da ameaça; mas não pôde evitar ceder às conversas iniciadas pela própria filha de Vontade. Mamãe não ficaria nem um pouco feliz se soubesse com qual intuito tenho usado suas habilidades, mas eu não negaria ser quem sou.

Muito embora nenhum de nós tenha sido capaz de oferecer uma explicação plausível para a barreira permitir que víssemos um ao outro após tantos éons de plena separação, entramos em consenso quanto à única coisa, ali no entremeio, não alterada: é impossível cruzar de um lado ao outro.

Seus fios de escuridão bem que tentaram, diversas vezes, e não acho que tenham nem um pingo de boa intenção.

O deus dos pesadelos pode nunca ter me dito por que retornava todas as noites, mas sei qual o meu motivo para voltar sem denunciar aos deuses da luz o que se passa junto ao muro.

Liberdade é uma palavra. Sílabas presas e amarradas, uma sonoridade inventada. Mas eu sou real. Sou deusa, mas tenho coração.

Vontades.

Sonhos.

E meu maior sonho, aquele no qual jamais me permiti pensar por inteiro, me contentando com migalhas, beiradas, ou um relancear de olhos, ou um vulto roubado, já não me veste nem me cabe.

Ele cresceu para além dos contornos do meu corpo, ficou enorme a ponto de eu não poder disfarçá-lo nem mesmo como um planeta ou como satélites orbitáveis. Tão excruciante é meu desejo de ser algo que já fui, que penso tê-lo esmagado a ponto de fazê-lo se passar por um buraco em um muro.

Não posso contar. Não ainda.

Não até me lembrar.

Por isso é que, apesar de ter recebido permissão para ir até o mundo mortal hoje e já estar embalada em uma de minhas túnicas finas, cheia de bolsos úteis para guardar projetos de sonhos, me dirijo aos limites do bosque quando saio da cabana.

— Boa noite, meu amigo mais querido — cumprimento o luar, debaixo de um céu estrelado.

Não fará mal avisar a Pesadelo que preciso sair, né? Me pergunto em silêncio. *Se fosse comigo, certamente não gostaria de ficar esperando por alguém que não aparecerá*, acrescento, ainda em debate com a voz sábia que habita minha mente.

As borboletas dizem que, ao que tudo indica, esta noite ele não virá — torcem para isso todas as noites. Mas eu sei — eu sinto — que ele vem. E assim convenço a mim mesma de que está tudo bem passar para vê-lo antes de trabalhar.

A brisa faz balançar o capinzal, e meu cabelo esvoaça junto, se arrastando pelo chão atrás de mim. Sinto um singelo formigar nas panturrilhas. Meus passos não fazem nenhum som, senão o das abelhas que me acompanham, coletando néctar das flores que trancei em meus cachos.

A barreira ruge, muito sutil, diante da minha aproximação. Corro ao seu lado, abençoando as árvores e flores que insistem em crescer perto dali, apenas para vê-las perder as cores instantaneamente. Pelo tamanho do buraco, já não preciso mais procurar com tanto afinco pelo ponto exato no muro, nem chegar assim tão perto para ver que Pesadelo já está sentado no lugar que costuma ocupar, imóvel como uma estátua em um jardim descuidado.

Suspiro, contida, pois os sonhos daquele deus, meu complemento divino, são os únicos que jamais poderei alcançar. Foco, então, naquilo que está aparente e posso ver: pernas compridas, cruzadas sobre folhas secas. Veias pulsantes circundando antebraços e mãos, com as quais ele segura um livro. A costura está cedendo, a capa há muito foi carcomida, mas ele parece não se importar e, entretido, leva um dedo à boca para umedecer com a ponta da língua e virar uma página amarelada, como se provasse das letras ali escritas. Os olhos se apertam, concentrados, e a cabeça dele pende levemente para o lado. Entre os fios de cabelo preto, seus brincos tilintam, e não há uma única sombra a lhe ocultar.

Prendo a respiração, desejando me fundir à relva para que ele nunca me note e eu possa admirá-lo em segredo até que os astros se desprendam do firmamento e os Deuses antigos retornem para nós. Pesadelo, entretanto, não é nenhum produto de sonhos: é um deus, onisciente e onipresente na medida permitida, e deve ter sentido a minha aparição.

Seus olhos vagueiam pela minha figura, e uma sobrancelha pintada em nanquim se curva. Uma pergunta silenciosa, quase desdenhosa, nos separa quase como a força da barreira que não podemos ver. Na matéria escura de suas íris, me transformo em apenas um parágrafo de interpretação simples que ele terminou de ler.

— Sonho.

Meu nome corta a noite, pronunciado por aquele tom rouco e perigosamente baixo que passei a conhecer bem. Sombras escapam, mas não conseguem chegar longe antes de se estrebucharem na matéria invisível que ainda cumpre a ordem de nos separar, tão encoleiradas quanto nós dois.

Talvez eu me sinta um pouco como elas, considerando o quão forte aperto os dedos dos pés.

— Oi, Pesadelo. — Sorrio, pois a verdade é que sou uma deusa simples. Meu contento é simplesmente vê-lo aqui. — Você chegou cedo.

— E por que meus hábitos deveriam ser comparados aos seus? — ele questiona, com a indulgência venenosa que parece sempre dançar na ponta de língua ofídica. Já a vi mais de uma vez; é bifurcada e comprida como a de suas serpentes malignas.

Meu rosto, traidor de sentimentos, esquenta.

— Não me diga que ainda acha que venho até aqui por sua causa, deusa dos sonhos — complementa Pesadelo, com uma pincelada de crueldade. — Já parou para pensar que é *você* que vem aqui por mim?

Antes que eu pense em alguma resposta para rivalizar com as provocações do deus dos pesadelos, um barulho de bater de asas familiar preenche nosso silêncio, e vejo a joaninha amarela que revivi sair das dobras da túnica dele e se aninhar no pescoço esculpido em pedra pálida. As trevas dançam em sua direção, tomando forma de milhares de bocas famintas, mas o deus as afasta de maneira arrogante, com um gesto.

— Você voltou a voar! — exclamo.

Me sinto tão aliviada que quase esqueço da culpa que senti quando vi sua pequenina carcaça esmagada nas mãos daquele mesmo deus que, como se eu subitamente tivesse perdido a graça, voltou a se ocupar apenas com as páginas do livro que estava lendo.

Animado por poder conversar com alguém e ser, de fato, entendido, o inseto me conta que tem passado bem, embora sinta falta das cores e dos amigos de meu reino. Narra de forma breve sobre as criaturas terríveis que espreitam no bosque de Pesadelo, e até comenta que passou a ser chamado por um nome estranho que não compreende.

— Um nome, você disse?

A joaninha assente, e explica que o deus dos pesadelos quase nunca a deixa sozinha. Ele a leva para todos os cantos enquanto se esforça para ser entendido na linguagem dos sinais e, vez ou outra, a chama por uma palavra específica que ela nunca ouviu ser dirigida a mais ninguém; nem mesmo aos outros deuses que o visitam, ou ao pássaro de bico enrugado com o qual o deus vive brigando.

Eu me sento sobre os calcanhares, desenhando e colorindo uma imagem mental do reino contíguo com base nas informações que acabei de receber. Imagino até mesmo Medo e Angústia, os deuses-emoções que o inseto mencionou ter espiado pelas frestas das paredes, mas não consigo encaixar um Pesadelo gentil nesse quadro. Parecem faltar peças, ou talvez eu tenha entendido tudo errado.

Será mesmo que ele trata a joaninha com carinho?

O riso floresce no canto dos meus lábios e não posso contê-lo quando ecoa, feito sinos.

— O que é assim tão engraçado?

Sequer notei que o deus havia fechado o livro e, tão atentamente, me observava como se pudesse roubar meus pensamentos.

Mordo meu lábio e escondo as mãos atrás do corpo.

— Nada, não — trato logo de dizer, com inocência. Aponto para a joaninha. — Ela me disse que ganhou um nome — desconverso, embora aquele assunto seja justamente o que me faz querer sorrir. Posso não saber mentir, mas sei, ao menos, como usar a verdade a meu favor.

As feições dele retornam ao desinteresse habitual.

— Ah. Sim, dei um nome apropriado para ela.

Então um longo silêncio se espalha, e fica claro que Pesadelo deve ter planejado isso desde o começo. Ele, tão ciente da minha curiosidade, vai me fazer enlouquecer ou implorar por aquela informação.

— Se importaria de me dizer qual é?

Quase vejo a satisfação presunçosa afiar ainda mais suas maçãs do rosto quando ele reabre o livro e vira a página.

— E por que eu faria isso?

— Apesar de ela viver nos seus domínios agora, essa joaninha é uma das minhas criações. Quando uma criatura é nomeada, a existência dela está finalmente completa — falo com confiança. — Eu tenho pelo menos o direito de saber o nome para pacificar o meu coração, já que ela vai te servir.

O deus me encara por tanto tempo que desconfio que terei que desviar os olhos quando sua atenção começa a me machucar.

— Chegue mais perto — pede ele, por fim, soando convencido. Seu tom é baixo, quase imaculado, porém o sorrisinho nefasto que se forma no canto de seus lábios pálidos não me engana.

Engatinho sobre a terra até estarmos tão perto que poderíamos nos tocar se não fosse o aperto de aviso das correntes. Meus olhos aproveitam e correm por seu rosto, gravando a força das linhas e a expressão que, por descuido, ele parece ter se esquecido de cobrir com indiferença.

A beleza incomum do deus dos pesadelos é, certamente, minha fraqueza.

— Escolhi o nome dela como uma homenagem para você. — Seu tom é um insulto por si só, o brilho de seus olhos, espinhoso. Ele certamente vai dizer algo terrível só para me magoar, e meu coração se aperta, de repente se esquecendo de que, se bate, é porque sou filha de Esperança. Ele volta a perguntar, a voz ainda mais grave: — Você quer mesmo saber?

Concordo mesmo assim, pois esse não seria o primeiro segredo que compartilhamos.

Pesadelo umedece os lábios sem pressa e faz parecer que podemos espremer todo o tempo dos mundos naquele instante. Quando finalmente fala, reparo muito mais no movimento de sua boca pronunciando a palavra do que ouço seu sussurro grave, carregado de uma estranha solenidade áspera:

— Perdição.

E conforme as sílabas lhe deixam a boca, sinto o calor do hálito dele tocar minha bochecha. Me envolvo por inteiro em trevas, que sussurram em meus ouvidos. Elas têm dedos compridos que brincam com as pontas do meu cabelo e afagam meus ombros com tanta, mas tanta delicadeza, que quase sou posta para dormir.

Perdição. Nossssa perdição, as sombras murmuram contra o meu pescoço, imitando seu mestre.

10
Pesadelo

Nossssa perdição, minhas sombras repetem, esfomeadas.

Faço o possível para silenciá-las, pois preciso de toda a concentração para manter essa abertura que encontrei na mente da deusa dos sonhos. Sei que a atingi pelo modo como ela baixa a guarda com tanta ingenuidade e, mesmo desperta, submerge nas planícies da inconsciência o suficiente para me permitir entrar.

Reúno meu poder celestial e foco em Sonho do outro lado da barreira, rodeada por borboletas que, feito esboços vivos, se descolam aos montes de suas costas. Uma ponte firme foi erguida entre nossos subconscientes no momento em que ela se deixou afetar; observo que a estrutura debaixo dos meus pés é pegajosa feito piche, mas do lado dela é composta de treliças grossas e flores que murcham e desbotam conforme serpenteio pelo caminho.

Atravesso, temendo a ativação das correntes caso eu não contenha a perversidade de meus pensamentos. A deusa não oferece nenhuma resistência quando me ponho ao seu lado, instintivamente comparando nossos tamanhos — ela é uma coisinha pequena e frágil, porém fatal para qualquer pesadelo.

Neste não lugar que é o inconsciente limítrofe onde sonhos e pesadelos se misturam, ergo dedos e sombras para tocar as pontas dos cachos dela muito suavemente, meus lábios se abrindo em um sorriso perigoso quando o faço. Ainda que nada se expresse na matéria densa que forma nossos corpos, eu a sinto em minha mente tanto quanto sei que ela me sente, e o que dança em minha boca é maligno demais para ignorar.

Afago seus ombros com apenas uma sugestão plantada de toque, uma lembrança terrível que mais tarde ela terá de encarar, e observo minhas mãos como se pudesse, de fato, sentir a curva suave de seu pescoço e toda a extensão de sua pele quente. Ela queima ao meu toque.

Sonho não me afasta, apesar do perigo iminente, e meus fios de escuridão se espalham cada vez mais fundo, buscando por sua essência imaterial.

Talvez, se eu for longe o bastante, possa tomar de volta as partes de mim que foram dadas a ela...

— Pesadelo. — Meu nome vaza pelo espaço deixado entre os lábios cheios da deusa, tão, mas tão doces, que quase me sinto enjoar.

Mergulhado no abismo de tudo o que ela é, sequer percebo se tratar de um aviso. A deusa desperta, e não há mais nada que posso fazer, nenhuma vontade para forçar, quando a conexão que por um breve instante nos ligou é interrompida de uma vez.

Espero que ela não me culpe por querer brincar.

— Eu não devia estar aqui. — O peito de Sonho sobe e desce, escondido pelo tecido fino da túnica que envolve muito pouco de sua pele. — Tenho trabalho a fazer.

— No reino mortal?

Ela assente, contida. Ainda está afetada por tudo o que a fiz imaginar, talvez até duvide de que realmente aconteceu, caso nunca tenha invadido o subconsciente de outros deuses antes. Eu, por outro lado, tenho bastante experiência no assunto, mas é claro que jamais revelarei a verdade — vai ser saboroso vê-la se torturar.

— Então talvez eu também deva ir — sugiro, com desinteresse fingido.

Sou quase um daqueles anjos caídos.

— Não devemos intentar...

— Ah, deixe de ser tão entediante, deusa dos sonhos — provoco, com uma pitadinha de deboche. Me recosto em um tronco apodrecido, os braços cruzados na frente do corpo. — A eternidade é um período longo demais para só fazer o que os outros esperam de você.

Os olhos dela se arregalam.

Ah, acertei em cheio.

— Você nunca pensou no que poderia atingir sozinha? Em experimentar os mundos quando nenhum outro deus está olhando? Você é uma deusa ou não é?

Quase sinto o conflito adensar as curvas de seus cachos pálidos como poeira estrelar.

— Não vamos atentar contra as regras da separação apenas indo ao reino mundano no mesmo momento. — Faço um gesto de mãos despreocupado. — Na verdade, aposto que isso já aconteceu milhões de outras vezes sem que nós soubéssemos. Se vamos fazer o trabalho sem interferir no do outro, o que tem de errado?

— Então por que agora? — Seu tom carrega muito mais do que foi perguntado.

Talvez a deusa dos sonhos esteja começando a entender a profundidade da selvageria que habita minha mente, e isso me causa uma pérfida onda de euforia.

— Porque quero jogar com você.

Já estou jogando com você.

A sobrancelha pálida dela sobe em uma indagação silenciosa. Seus traços são delicados de um jeito que não compreendo, e mesmo quando quero odiá-la, ela me intriga.

— Vamos ver se você vai saber me reconhecer. — Galhos e folhas estalam por debaixo de meus pés, e me divirto os reduzindo a pó. — Minha aparência pode ser um pouco diferente no reino mundano — esclareço. — Esse é o jogo.

— E o que o vencedor ganha?

Agora sim estamos nos entendendo.

— O vencedor ganha o direito de fazer um desejo que o perdedor vai ter que conceder, não importa o que seja.

Cada palavra é pronunciada com o peso e o significado que apenas um deus poderia dar ao tão simples conjunto de sons. E do outro lado da barreira vejo, outra vez, as borboletas da deusa dos sonhos se erguerem em revoada.

— Você me devolveria a joaninha?

Tão previsível.

— Antes, você precisa ganhar.

Sonho abre a boca. No entanto, desapareço antes que ela tenha a chance de discordar.

11
Sonho

No começo de tudo só existia Aéther, mas, com o passar dos éons, os Deuses antigos criaram mundos nas mais diversas realidades, com os quais eles nos presentearam.

 Tudo mudou pela ordem de separação, mas, em sua abençoada ignorância, os mundos permaneceram. Alguns são espaços vazios de bem ou de mal, escapes entre realidades distintas; outros, lar de vermes do mais profundo abissal. Em muitos, o tempo é relativo, uma dimensão navegável pela qual se pode ir para cima ou para baixo; assim como em outros, nada mais existe dele senão um ponteiro, ou uma fração que roubaram.

 O portal que cruzei em meu reino me trouxe até um planeta que já passou por coisas horríveis, e onde sonhos, afetados por pesadelos descontrolados, por pouco não desvaneceram completamente.

 Vim ver você, Gaia, falo, ou melhor, penso, pois não preciso verdadeiramente pronunciar qualquer palavra, e sei que a terra me entende quando, muito de leve, estremece debaixo de todas as suas camadas.

 Enquanto caminho, ouvindo o eco de meus saltos pelas ruas de asfalto rachado, me pergunto qual aparência terá tomado Pesadelo para jogar esse nosso perigoso jogo.

 Eu não deveria ter concordado. Na verdade, não deveria ter hesitado e demorado tanto para discordar da proposta; agora, a lembrança das palavras de meu complemento divino faz minha pele arrepiar de modo doloroso. Ele não está longe, eu *sinto*.

 Ainda não compreendo o que houve mais cedo, na divisa entre nossos reinos. Tudo o que sei é que, por um instante, mergulhei em uma intrincada alucinação na qual o deus dos pesadelos me alcançava sem receber nenhuma punição, imune ao muro e às próprias correntes, e não consigo deixar de me perguntar se teria sido apenas uma criação de minha mente, ou uma demonstração da extensão de seus poderes.

Fiquei abalada pela nomeação profana da pobre joaninha amarela, condenada a viver para sempre sob os caprichos dele e a ser chamada de *Perdição* — uma provocação evidente à minha existência oposta à dele —, mas teria sido o bastante para baixar minha guarda a ponto de, no inconsciente, ele ser capaz de me alcançar?

Me sentindo muito mais ingênua do que de costume, sigo em frente, ouvindo os pensamentos entre os despertos e aqueles que ainda dormem, pois em meu trabalho não há distinção entre desejos lúcidos ou confessados sob a influência do sono.

Ainda estou refletindo sobre Pesadelo e o prêmio que o vencedor dessa sinistra competição ganhará — um desejo, qualquer que seja sua natureza —, quando um idoso recostado em um contêiner de lixo me chama atenção. O mortal é o que denominam de *humano*, e ele me encara em uma esquina não tão longe. Seus olhos, há muito tempo consumidos pelo vício, parecem vagar sem rumo, porém sinto seu chamado brotar como um ramo teimoso que precisa ser regado.

Ele sonha em se libertar. Sonha em retornar para a família como alguém digno de ser amado, e eu jamais poderia ignorá-lo, não quando clama por mim com tanta força — sou a única que pode atendê-lo, já que neste filamento a sociedade falhou. Então me aproximo, feliz por ter sido vista, embora sua compreensão mundana não possa me perceber com detalhes. Sou a deusa dos sonhos, mas também sou o que o sonhador mais deseja ver e, confesso, não existe um corpo, um rosto ou um gesto que possa conter todo o poder da liberdade.

— Você — diz ele, erguendo um dedo imundo e trêmulo. Os olhos vermelhos não se fixam muito bem em mim, mas sei no que está pensando.

Ele acha que me conhece — e conhece, de fato, pois não há uma única alma entre os mundos, entre as realidades, que nunca tenha sonhado. Para alguns, sou muito próxima, uma amiga, quase da família; mas para outros não passo de uma lembrança esquecida.

— Estou aqui para te dar um presente — digo, com calma e paciência, tomando suas mãos entre as minhas.

O idoso se afasta com um salto, ou ao menos tenta, pois seus músculos mastigados pela fome estão pouco a pouco cedendo à fadiga. Aperta as costas contra o metal do contêiner, como se para fugir do meu toque, como se este tivesse o poder de queimá-lo, e noto o quanto minha sombra, recortada pela estrela castigada e vermelha, que aqui chamam de *Sol*, o assusta. Não demoro a perceber que ele me enxerga com imponentes asas de querubim.

— Não sou nenhum anjo, querida criação — esclareço, certa de que uma parte dele talvez me compreenda. — Não sou uma miragem, nem uma invenção.

— Doença — balbucia o homem, em sua própria língua mortal que compreendo tão bem como se fosse minha.

As seringas usadas estouram ao redor dele conforme se movimenta, alguns cacos se enfiam nas palmas das mãos.

— Sujo — choraminga.

Envolvo seu rosto com os dedos em um toque sutil e me ajoelho à sua frente, sem me importar com a precariedade da sua condição.

— Você não me machucaria nem me sujaria. — Seco as lágrimas que traçam caminhos na pele enrugada. Acaricio as feridas abertas e malcheirosas que cortam sua carne mortal em uma prece silenciosa, me perguntando se algum dia este meu corpo eterno e estranhamente perene também mostrará sinais da passagem do tempo. — Os Criadores vieram te abençoar hoje, e eu sou a portadora de sua palavra.

Ainda sorrindo para acalmá-lo, meu corpo incandesce com uma explosão de novas estrelas, poder celestial reunido em estado puro, e meus lábios se unem antes de soprar a vida e, essencialmente, a bênção junto de minhas palavras:

— Sonhe hoje, sonhe sempre, em sair daqui e abandonar as coisas terríveis que te consomem. Sonhe com um amor digno, não vindo dos outros, mas o tipo de amor que deve sentir por si mesmo.

O homem estremece uma última vez, consumido pelo próprio frenesi, e, quando os sonhos se assentam nele de modo mais profundo, recobra a sobriedade pouco a pouco. No alto do céu, o Sol parece mergulhar de forma rápida, mais dourado do que vermelho. Os painéis luminosos se acendem, e os meteoros caem e caem até que o véu leitoso de seus pesadelos se dissolve, e ele, enfim, olha ao redor. Desacreditado com o que causou a si mesmo, desaba em meu colo com pesar, e guardo as lágrimas em meus bolsos para regar sementes mais tarde.

Não sei bem o que é esperado que eu sinta, nem se os Criadores me recriminariam por sentir a compaixão com a qual me esculpiram, mas não poderia negar que amo cada um desses terrivelmente imperfeitos e ingênuos mortais. Eles sabem tão pouco sobre tudo.

Às vezes penso que somos iguais.

Os soluços abrandam com o tempo, conforme a angústia vai cedendo lugar à esperança, e o homem primeiro ergue a cabeça calva; os fios grisalhos que resistiram à velhice estão ralos e endurecidos pela sujeira. Depois seu corpo se endireita, fraco e faminto e, de maneira solene, beija o que apreende como sendo minhas mãos.

Seus pensamentos me juram eterna gratidão. Promessas escapam pelos buracos onde, antes, havia uma porção de dentes.

— Sonhe.

É a única coisa que eu poderia pedir em retribuição.

12
Pesadelo

Assim que atravesso e meus pés tocam o chão de asfalto rachado — é importante sempre pisar primeiro com o pé esquerdo —, minha aparência se transforma para se adequar melhor a esta realidade. Muito embora mortais só me vejam quando permito, gosto de fingir que sou alguém diferente em cada mundo que visito.

Sigo por uma rua quase deserta e coberta de lixo. Baratas me cumprimentam pelo caminho — são seres realmente asquerosos, mas pesadelos eficazes —, e com alguma nostalgia me recordo do momento em que as criei para habitar este planeta desprezível.

Cuspo no chão, que se dissolve com um chiar doloroso sob o efeito ácido.

Gaia, Gaia. Como eu odeio, detesto, abomino você, planetinha repugnante. Não suporto a ternura que os Criadores colocaram em seu leito rochoso; o zelo aplicado em seus ecossistemas, a benignidade de seu núcleo. Para mim, é incompreensível que, dentre tantas criações, tantos mundos e estrelas, os Deuses antigos decidiram se demorar aqui. Para onde quer que eu olhe, vejo a permissividade de Tempo, a passividade de Poder, a persistência de Vida.

Mas, ah, como eu adoro e prezo por seu terreno fértil para meus infames pesadelos. Como adoro vê-la chilrear poluição, tossir depravação e contaminar a si mesma com o produto das criações desses seus infelizes mortais, *humanos*, que não precisam de mais que um sussurro para destruir, destruir, destruir.

Abro bem os braços, com o queixo voltado para o céu de uma estrela vermelha e raivosa que está prestes a morrer. Quase sinto vontade de sorrir.

Ando por becos imundos. Corto caminho por dentro do coração de cada mortal, destilando pesadelos, sempre como um sopro tóxico, um cheiro desagradável, um pensamento execrável, e logo passo em frente à vitrine abandonada de uma loja. Os vidros estão sujos, alguns quebrados pela violência de um saque qualquer, mas mesmo assim me aproximo para ver meu reflexo nos estilhaços.

Estou todo de preto, a túnica sem graça que uso em meu reino substituída por um terno elegante e muito bem cortado. Meus dedos estão escondidos por luvas abotoadas nos pulsos, e o cabelo foi penteado para trás — preso com uma viúva-negra graúda que se ofereceu para me acompanhar hoje. Nas orelhas, os besouros roxos pendem como pedras preciosas que adornam muito bem a linha da minha mandíbula.

Alinho as mangas da camisa para esconder as sombras que dançam, ocultas, por debaixo do tecido, e materializo um cigarro, que se acende sozinho entre meus dedos. Solto alguns anéis de fumaça enquanto sigo meu caminho.

Quero muito que Sonho me encontre, mas não antes que eu a reconheça. É um jogo, afinal.

※

A garçonete sorri para mim, cheia de segundas intenções, depois de me entregar um cardápio feito de plástico. Retiro o paletó e o coloco no banco ao lado. Puxo do bolso um molho de chaves falsas — que abrem todas as portas e, ao mesmo tempo, não entram em nenhuma fechadura — e as coloco no balcão, pois aparentemente é isso que mundanos fazem em ambientes tão comuns quanto lanchonetes.

Como se fosse apenas mais um deles, me sento e enfim seguro as páginas engorduradas e desbotadas. É necessário bastante esforço para identificar o preço dos itens, o que me faz pensar que essa é exatamente a intenção.

— Café — peço, lisonjeado com a atenção descarada.

A humana cora ao som da minha voz e estufa o peito. Os botões do uniforme já bem puído estão quase estourando na altura do decote. Com um simples gesto de mãos, eu poderia fazê-los sair voando em público, para envergonhá-la, ou na privacidade do estoque quente e úmido ao final do corredor, no qual ela insiste em nos imaginar quase sem roupa.

Tentador, mas hoje, não.

— Tem certeza de que não quer mais nada? — pergunta ela, se debruçando em minha direção com uma inocência fingida. Os pensamentos que a rodeiam têm o gosto certo de luxúria, e eu os saborearia com violência se não tivesse outras coisas nas quais pensar.

Sei tudo sobre ela. O nome de batismo que consta em sua certidão. As roupas que queimou, cada comprimido que engoliu, e até mesmo o endereço da esposa, de quem nunca se separou. Eu a destruiria com uma única palavra, se quisesse; a desmontaria com uma singela estocada, mas estou jogando outro tipo de jogo hoje.

Por isso nem a olho quando digo:

— Tenho.

Tão divertido.

A mulher se afasta, decepcionada. Logo o suposto café é servido em uma xícara lascada, algo realmente muito antigo, de um tempo em que nem tudo aqui era feito de plástico, e o deixo esfriar enquanto acendo outro cigarro. Fecho os olhos, inspiro devagar, e silencio o barulho que me persegue não importa aonde eu vá.

Estou exaurido em razão de tantos pesadelos destilados. São muitos pensamentos para ouvir em um planeta tão populoso, o que não representa exatamente um problema para a minha função, apenas a tornaria mais fácil, porém este corpo quase material demais no qual fui moldado é um lembrete agridoce deixado pelos Criadores: mesmo deuses têm limites.

    Acendo outro cigarro. Depois de algumas baforadas, trago enquanto encaro o teto mofado, cinzas caindo sobre o balcão. A garçonete, agora dentro da cozinha, não cansa de me encarar com os braços cruzados enquanto cobre os lábios com batom — ela é do tipo que detesta ser recusada. Saboreando sua impaciência, afasto um pouco os joelhos enquanto, dolorosamente entediado, me ajeito no banquinho desconfortável e dobro as mangas da camisa.

    Sem dúvida, eu poderia me utilizar de suas fraquezas óbvias, mas sei que me excedi vindo até o reino mundano hoje e, se esse fosse um dia comum de trabalho, já deveria ter voltado ao bosque. Para não fazer minhas transgressões serem conhecidas e impedir quaisquer distúrbios no equilíbrio, provavelmente terei que faltar à próxima visita.

    É essencial, para quebrar as regras, saber exatamente até onde esticá-las e, é claro, quando parar.

    Dou um gole no café frio e ácido, igual ao que Angústia faz quando está em meu reino, e tombo a cabeça para trás. Escuridão destilaria veneno em mundos inteiros se descobrisse que ando brincando entre as realidades com a deusa dos sonhos; mas será que minha irmã mais velha realmente me recriminaria se soubesse como minha antítese é ingênua e fácil de enganar?

    Mal posso esperar pelo desejo absurdo que arrancarei de você quando a encontrar, Sonho.

    Minhas sombras concordam.

    Invadido por uma onda de alegria corrompida, acendo mais um cigarro — esta coisinha malévola é uma das minhas mais geniais invenções. A viúva-negra se remexe em meu cabelo, reclama que está com as patas cansadas, e alguns fios que se desprendem com o movimento caem sobre os meus olhos.

    — Pode ficar aqui, se quiser — digo à aranha, entre um gole e outro. — Mas se continuar desse jeito, você nunca mais vai voltar para casa.

Revigorado pela dose de ameaça, eu me levanto. Já descansei o suficiente — devo voltar ao jogo. No entanto, a porta da lanchonete se abre e o sino empoeirado afixado ao mecanismo soa, indicando a chegada de um novo cliente.

Meu corpo sente o empuxo de poder, e de repente Sonho está parada debaixo das luzes neon. Seus cachos quase brancos foram presos no topo da cabeça em um longo rabo que cascateia pelo corpo curvilíneo, coberto por um vestido azul que cintila contra sua pele. Porém, o que mais chama a minha atenção é a cor de seus olhos: acinzentados, disfarçados para caber no mundo dos mortais, porém ainda brilhando com toda a intensidade de uma explosão de nebulosas.

Ela sorri para mim, mas não sei interpretá-la. Talvez este seja um poder que perdi quando, por conta própria, arranquei uma parte da minha alma.

— Te encontrei, Pesadelo — fala a deusa.

E fica muito evidente que perdi.

FRAGMENTOS

Tempo, Poder e Vida.
Jamais esqueça esses nomes quando rezar.

13

Sonho

Pesadelo está diferente aqui, tão inesperadamente despido de suas sombras — mais humano do que deus. Já não duvido que eu o distinguiria independentemente da aparência que assumisse. Tão perto como jamais estivemos um do outro, sem o muro de poder entre nós, reconheço sua essência e sua força; o modo como deforma a realidade onde a toca, e isso ele não poderia esconder nem se quisesse.

Eu já o conheço há muitos éons, afinal. Imagino que poderia tê-lo encontrado em qualquer filamento de tempo, em qualquer mundo, se seguisse sua trilha obscura. Por mais que Luz sempre tenha cuidado de mim e garantido que meu trabalho estivesse livre de interferências, eu poderia ter ficado um pouco mais, ou me demorado o suficiente na hora de partir para vê-lo chegar.

O muro não existe para separar os deuses, e sim o cerne de nossas criações: aqui podemos fazer mal um ao outro, mas lá, no bosque, nós destruiríamos tudo o que o outro criou com um simples toque e, assim, colocaríamos em risco o delicado equilíbrio que os Criadores nos delegaram. Se ele caminhasse pelos meus campos, mataria até a última gramínea, e se eu desse apenas um passo em suas matas esmorecidas, faria brotar flores e ramos descontroladamente.

Nossos reinos são terra sagrada. Aqui, entretanto, somos apenas corpos encoleirados pela ordem máxima.

Se ele me fizesse algum mal, eu, mesmo sem intenção, faria mal a ele também. Somos parceiros de uma eterna dança de ação e reação.

— Sonho.

Os lábios do deus formam meu nome de um modo que não é nem uma pergunta, nem uma constatação. É íntimo como uma antiga maldição, tão familiar que se aconchega sem aviso na curva de um dos meus sorrisos. Ouço sua voz sobre a cacofonia dos grandes veículos que transportam cargas, das luzes que chiam, dos latidos de cães abandonados e do ribombar do coração no peito das pessoas, que sequer suspeitam estar na presença de deuses que poderiam lhes trazer alento ou desespero.

— Eu.

Ele fecha os olhos. Os cílios escuros e longos quase acariciam as maçãs do rosto esculpidas em pedra fria, e vejo o movimento nos cantos de seus lábios que, neste mundo, não são nem um pouco pálidos. Pelo contrário: são vermelhos como framboesas, tenros como os mais ácidos morangos.

Tão, mas tão perversos...

As correntes se apertam ao redor do meu pescoço em um aviso muito suave; me lembram da gravidade, da impertinência, da *proibição*, disso tudo que estamos fazendo, e de repente minha respiração descompassa a ponto de já não ser mais possível disfarçar o quão afetada estou.

Não posso baixar a guarda. Não posso deixá-lo entrar.

Meu peito dói, e não sei o que esperava conseguir vindo até aqui. Uma armadilha? Um amigo? Que bem faço a mim mesma descumprindo as regras, *quase mentindo*, apenas por um pouco de emoção?

Seria melhor retornar logo ao meu reino, onde sei que nem ele nem a minha insensatez poderiam me alcançar, e as borboletas que enfeitam as tiras dos meus sapatos batem as asas em concordância; só não temem mais ao deus dos pesadelos do que à fúria dos nossos Criadores.

Mamães sempre disseram que os servos do mal tinham uma forma muito especial de enganar, e já não duvido mais de que estejam certas. Enrodilhada na teia do meu complemento divino, sei o que devo fazer, mas me vejo sem forças para, simplesmente, me afastar.

Há algo entre nós.

Mas não é uma barreira, tampouco a ordem que impera e resvala nas amarras de meu coração. Não pensei que fosse possível estarmos assim, no mesmo mundo, no mesmo espaço, no mesmo cômodo mundano, sem ocasionar uma onda de caos e destruição.

Como se meus óbvios conflitos o divertissem, Pesadelo me estuda de um jeito próprio sem, contudo, jamais dedicar a mim a integralidade de sua atenção. É um olhar que nada intui, mas tudo vê, e recebo sua curiosidade como um claro sinal de consentimento.

Podemos estar longe do bosque e da barreira, mas ainda carregamos o peso das correntes, e ele não desafiaria os Deuses antigos me fazendo nenhum mal. Ele *não pode* — ao menos, não tanto quanto eu também seria capaz de fazer mal a ele.

— Você me chamou até aqui para me machucar?

— Não — nega ele, sem vacilar.

Não parece sequer ofendido pela suposição, como se admitisse que tal coisa de fato lhe passou pela cabeça.

— Então para quê?

É uma versão mais contida, porém carregada de muitos outros significados, da mesma pergunta que fiz ainda em meu reino.

— Para te ver.

Meu complemento divino não precisa se explicar, pois o entendo. Sei como é ser livre apenas até o ponto em que as correntes apertam e, pela primeira vez longe das limitações de uma fenda em um muro, eu o estudo.

Não há muito que tenha mudado em suas feições afiadas, percebo, e de repente desejo ser capaz de apontar cada uma de suas diferenças nesta realidade, por menor que sejam, quando retornar ao meu lado do bosque. Rememorá-las deitada em minha cama, e dar às nuvens do meu céu os contornos do deus dos pesadelos — o mais terrivelmente belo entre todos.

— Perdeu alguma coisa no meu rosto, deusa dos sonhos? — A pergunta vem tão carregada de repulsa que sou obrigada a dar alguns passos para trás quando a onda de seu poder, livre e desimpedida, me atinge.

Às vezes sinto como se existissem duas versões do deus dos pesadelos, embora nunca saiba, exatamente, com qual delas estou falando até que seja tarde demais.

— Sim, a mesma coisa que você parece ter perdido no meu — devolvo, incapaz de pensar em algo mais inteligente.

Ele parece querer sorrir, embora não o faça, e quase ouço seus pensamentos rasgarem a realidade. São tantos, que demoro a entender o que os sussurros significam.

Pesadelo vira o rosto, exibindo o perfil belo e cruel destacado pelas luzes artificiais que tanto ofuscam as estrelas neste mundo, e por fim entendo o gesto. Seus músculos rígidos são cordas, instrumentos que eu dedilharia até criar nebulosas que formariam uma melodia agridoce. Do recorte do peito, onde a camisa está desabotoada, até o pescoço, serpenteiam linhas de nanquim que parecem ganhar vida enquanto tomam a forma de espinheiros.

Consigo ouvi-las sussurrarem para mim em um misto de encanto e corrupção:

Nossssa perdição.

As sombras querem me devorar, e me pergunto se um dia eu seria tola o bastante a ponto de permitir.

— Elas me chamam — explico, recolhendo os braços para o mais junto do corpo que posso.

Minhas borboletas quase erguem voo, à vista de todo e qualquer olhar mortal que tenha interesse em nos relancear, porém as seguro bem a tempo.

À minha frente, o deus engole de um jeito que parece doloroso.

Pesadelo. Pesadelo. Pesadelo.

O nome preenche minha boca, convocado em um encanto viscoso como mel.

— Jamais escute o que elas dizem — fala ele depois de um longo silêncio, me dando as costas sem qualquer outra explicação. Guarda um isqueiro em um dos bolsos da calça e um molho de chaves no outro, e então pega o paletó para vesti-lo com gestos econômicos. — Parece que você tem um desejo para fazer, deusa dos sonhos. Vai ser um enorme desprazer atendê-lo — graceja, profético, antes de desaparecer sem mais qualquer explicação.

14
Pesadelo

Minha nova súdita, a joaninha que nomeei Perdição, dorme seu sono de inseto — sem sonhos nem pesadelos — entre os espinheiros bem ao meu lado, e a invejo pela simplicidade das preocupações, pois cada vez que fecho os olhos, os contornos de Sonho se materializam no limiar da minha inconsciência.

Ela me persegue mesmo aqui, no coração de meu bosque, onde minha horda de pesadelos deveria esmagar mesmo uma simples sugestão desprezível do sonhar.

Irritado, me levanto e saio da choupana com passos pesados que estremecem o assoalho mal assentado e fazem os animais correrem para longe. Minha pele exposta por uma túnica mal amarrada se arrepia com a névoa de mais uma noite fria, e encaro as nuvens fechadas no céu enquanto procuro qualquer vestígio do luar.

Por que, tantos éons depois do que aconteceu, ele ainda se recusa a brilhar?

Pelo canto dos olhos, e também com cada partícula de minha essência, sinto o instante exato em que um relâmpago cruza a matéria e atinge uma árvore não muito longe de onde estou, iluminando meu reino o suficiente para que alguns dos meus pensamentos clareiem. A energia bruta retorce a madeira, e com um gesto de mãos coloco fim ao incêndio que mal começou.

Definitivamente não estou muito no clima de ver nada queimar... *ainda*.

Vou caminhando sem pressa até o grandioso salgueiro-chorão que resguarda meu maior segredo, bem no limite onde o muro que separa a minha realidade se desfaz tijolo por tijolo. Minhas mãos se esforçam para cruzar a fenda, e minhas sombras chicoteiam e estalam quando se atiram em direção ao que está do outro lado, mas nada além de uma dor lancinante e do aperto das correntes acontece.

A ordem impera, não importa que não possamos vê-la.

Meus punhos machucados se contraem tão, mas *tão* apertados que escavo minhas palmas feridas com as próprias unhas. Embebido em aflição, fecho os olhos e acalmo meus sentidos. Desta vez, permito que ela surja em minha memória e desejo que suas cores e flores me alcancem, enquanto baixo minhas defesas.

A ponte se ergue, como se jamais tivesse se rompido desde a primeira vez que a atravessei, e, liberto por um instante roubado de Tempo de meu corpo, alço voo baixo por entre a relva dos portões da inconsciência que a deusa dos sonhos, tão ingenuamente, abriu para mim.

Aqui não sou matéria, nem homem, nem deus. Eu sou pleno e puro pesadelo, e com minhas sombras rastejo por entre árvores, galgo colinas, enveneno campos de flores, até encontrar o centro de uma clareira, onde uma pequena cabana parece tão adormecida quanto sua dona.

Fios de escuridão se retorcem por entre vigas, viram matéria, átomos, o todo que compõe tudo, e ganham o contorno dos móveis e as sombras das sombras. Aqui sou tudo que imagino, e sigo os raios de luar que incidem pelas janelas com bocas ofídicas e dentes arreganhados até encontrar quem procuro.

Sonho está deitada sobre uma cama de plumas e ervas muito aromáticas. Seus cachos alvos como pó de estrela se espalham ao redor do corpo, e a pele úmida de suor surge por debaixo dos lençóis finos, feitos de retalhos de estrelas cadentes.

Ordeno às sombras que se reúnam, e elas serpenteiam para fora dos esconderijos até que formem uma poça de piche, mais escura que nanquim, mais infinita que o nada, bem ao lado da cama da deusa; até que delas eu me levanto abraçado pelo mais absoluto e terrível silêncio.

Sonho. Sonho. Sonho.

A presença dela é sofrível. Seu nome, odioso para mim desde a primeira vez que eu a vi. Só não o abomino mais do que meu próprio, quando ouço sendo dito por uma boca que não é a dela, ou quando anseio arrancar dela aos gritos.

O que posso dizer...

Pesadelos nunca têm boas intenções.

15

Sonho

— Se você precisa tanto assim dos meus favores, talvez seus sonhos não sejam nada demais.

Ouço Pesadelo dizer assim que me aproximo o suficiente do muro, naquele ponto entre reinos onde os tijolos cederam e a grande fenda quase levaria algum deus desavisado a pensar que é possível atravessar a separação entre bem e mal.

O luar me acompanha até o limiar, mas recua diante da ordem que impera — e ainda ecoa por todas as suas crateras. Ele há muito me contou que, aqui, não recebeu permissão dos Criadores para brilhar.

— Veio cobrar o seu desejo, deusa dos sonhos?

O título é um insulto e, ainda assim, uma oração.

Mamães não gostam que eu tome parte em fofocas, mas meus irmãos me contaram muitas histórias, como a do deus que arrancou um pedaço da própria alma. Dizem que ficou mais poderoso ao se livrar de sua bússola moral — além de muito mais atrevido —, e, cada vez que encontro meu complemento divino, me pergunto se ele teria sido capaz de uma profanação tão terrível.

— Boa noite, Pesadelo — cumprimento, determinada a lhe mostrar bons modos. Minhas palavras são simples, mas ajudam a esconder o sorriso que floresce, fácil, assim que me dou conta de que ele já estava aqui à minha espera. — Achou que eu não viria?

Pesadelo me encara do modo meio entediado, parcialmente debochado, que parece esculpido em suas feições marcantes. As sobrancelhas se erguem em dois arcos de nanquim, tão sombrios quanto seu cabelo, e minhas bochechas ardem com a constatação de que aprendi a interpretá-las.

— Na verdade, achei que você não tivesse tanta coragem — provoca ele, pérfido.

Depois, se recosta entre as raízes que sustentam o tronco do magnífico salgueiro-chorão, e os rebentos ressecados da árvore acompanham a fluidez de seus movimentos como se também fossem feitos de escuridão.

— Coragem e Gentileza são minhas madrinhas — esclareço, pois parece adequado.

— Que coincidência. Covardia e Arrogância são as minhas — rebate ele, cheio de ironia.

— Vim cobrar o meu desejo não porque preciso, mas porque devo — explico, mas o deus parece não me entender; se entende, não acredita. — Nossas palavras são mandamentos inquebráveis, e se você não cumprisse com a sua, poderia se colocar diante de um destino terrível.

O sorriso dele é despreocupado.

— Nossa, como você é benevolente e sem segundas intenções — provoca. — *Destino*. — Quase o ouço ronronar. As sílabas se enrolam em sua língua e ele as cospe como se não suportasse o gosto. — Que definição idiota... Que palavra terrivelmente mortal para descrever o tempo de um deus.

— Você me entendeu.

— Será que entendi mesmo? — provoca Pesadelo.

Seus olhos são espelhos escuros nos quais milhares de versões do que sou se refletem pelo avesso. De pele negra marrom-escura e cabelo feito de estrelas, essas infinitas Sonhos reluzem por apenas um instante antes de serem engolidas pelas profundezas do que quer que resida nas íris do meu complemento divino.

— Por que você veio, deusa dos sonhos?

— Para garantir que nada de mal vai te acontecer, quer dizer, além de você sair com o ego ferido — respondo de pronto, incapaz de segurar minha própria língua.

O silêncio que se interpõe entre nós é quase uma entidade, e eu o sinto adensar o ar e fazer o que restou da barreira zunir em aviso. Se houvesse um deus-emoção para lhe corporificar, certamente este já teria feito uma aparição. Na beirada do buraco, mais um tijolo cai, e o acompanho até chegar ao chão, onde, sem qualquer aviso, se dissolve feito fumaça.

— Sonho, Sonho... — Os lábios de Pesadelo se crispam. A língua bifurcada corre com muita suavidade para umedecê-los, e meu coração acelera. — Nunca pensei que uma criaturinha do bem como você pudesse me surpreender.

— Neste caso, fico feliz.

Ele ergue um dedo longo e pálido, e eu fico quieta.

— Não tenho certeza de que foi um elogio — adverte.

— Prefiro pensar que foi.

O deus dá de ombros como se dissesse que a interpretação fica por minha conta e risco, e seus fios de escuridão tremulam.

— Estou curioso — cede ele, deitando em cima da cama de folhas mortas que parecem abundantes em seu reino. Flexionando um cotovelo, apoia a cabeça em uma das mãos despreocupadamente, como se tivéssemos todo o tempo dos mundos para esse tipo de provocação escusa. — O que você poderia querer de um pobre pesadelo, minha *pavorosa*, *perniciosa* e *eloquentemente desdenhosa* deusa dos sonhos?

Suas palavras podiam soar descuidadas, mas sinto que o conheço o suficiente para saber que nada do que Pesadelo faz ou diz é deixado tão ao acaso quanto seu jeito faz parecer. Ele queria me atingir.

Minha.

As sílabas ecoam por entre os espaços de minha mente. Resvalam nos elos, são a chave que abriria as próprias correntes.

Minha, disse ele.

Fecho os olhos, buscando acalmar meu coração que, embora imortal, às vezes parece mundano demais mesmo para este corpo.

Eu sou Sonho. Não pertenço a ninguém.

Mas não posso deixar de imaginar como seria pertencer.
Então respiro no mesmo ritmo das árvores que cobrem o meu lado do bosque. Me transformo nas penas dos pássaros. Me imagino alçando voo para longe até que me metamorfoseio em borboletas que avançam por todas as direções do tempo, procurando pela resposta de uma pergunta que eu jamais ousaria fazer.

— A joaninha. Você a trouxe?

Ele parece surpreso, embora eu me lembre muito bem de ter dito que era isso o que pediria, caso ganhasse.

— Eu quero ela de volta — insisto.

Minha túnica esvoaça, se abrindo perto dos joelhos, e a seguro com pensamentos e punhos.

Pesadelo passa um longo instante encarando minhas canelas.

— Não posso te devolver, deusa dos sonhos — fala, por fim. Olhos maliciosos como feridas abertas que querem comprar ainda mais briga. — A criatura é minha agora. Escolha outra coisa.

Com um gesto simplório, ele me dispensa.

Sinto minha testa franzir, pedúnculos crescendo no campo, e flores se abrindo antes do tempo, frágeis e com pétalas amarfanhadas.

— Você disse que o vencedor poderia escolher qualquer coisa.

As palavras deixam minha boca com um gosto desagradável, e as cuspo com urgência, desesperada para me livrar da sensação. Levo as mãos ao peito, sentindo a familiaridade das correntes.

A cabeça do deus pende enquanto ele me fulmina.

— Bom, talvez eu tenha mentido...

Mentiroso, sim. Trapaceiro também.

— Então quero te encontrar no mundo mortal outra vez. — É o que digo, no lugar de todas as outras coisas que poderia falar. Embora nunca tenha pretendido confessar, muito menos assim, aos tropeços, isso é o que eu vinha querendo dizer. — Quero ganhar o direito de trazer a minha joaninha para casa.

O deus vira o rosto, e as sombras quase o engolem até consumi-lo por completo em escuridão profunda. Elas se contorcem e se lançam em todas as direções; algumas batem no muro entre nossos reinos como se não suportassem a minha existência.

— Ela não é mais sua.

Borboletas se descolam de minhas costas em resposta. São tantas que o resquício do luar é engolido. As palavras apenas me dão força para provocá-lo:

— Você está com medo de perder de novo?

Meu complemento sorriso abre um sorriso terrível.

— Você não é como os outros, deusa dos sonhos. Você não se esconde atrás do muro. — Ele parece refletir, e seu tom é grave e profundo como as trevas que o envolvem. Inexplicável, incompreensível; tão inalcançável quanto seu coração.

Meus olhos esquadrinham a barreira que se interpõe entre nós com um certo pesar amargo que nunca me ocorreu antes.

— Daqui a pouco não vão restar muitos tijolos para eu me esconder. Melhor que me veja desde já.

— E ainda assim você não tem medo? — Seus olhos devoradores de estrelas focam os meus, baixos e lascivos, mas não de desejo, e sim de respostas e de tudo o mais que não podem ver.

— Não. — Minha voz não vacila, e é assim que sei que essa é toda a verdade, ainda que eu pudesse querer enganar a mim mesma. — Não tenho medo de você.

— Por quê?

Ele poucas vezes me perguntou algo tão simples, ou de forma tão direta. Algo em sua voz grave me diz que *eu deveria, sim, temer*.

— Porque até mesmo o muro obedece às ordens dos Criadores. — Meus braços se abrem, gesticulando a imensidão da barreira que lentamente perece. — Tijolo a tijolo, e toda massa que o uniu. Se ele se desfizer, acho que o motivo será maior do que nós.

Pesadelo vira o rosto, e vejo os tendões saltados, como se ele fizesse muita força para esconder algo. A emoção que toma seu rosto, entretanto, logo é ocultada por escuridão e não diviso nada, senão uma terrível corrupção que deturpa o ar.

Será que ele sonha?

— É esse o seu desejo? — pergunta, enfim, como se tudo o que falamos antes não houvesse passado de uma conversa desinteressante. — Me encontrar outra vez no reino dos mortais?

— Para trazer a joaninha de volta.

Vejo o fragmento de um sorriso. Um caco afiado e muito depravado. Talvez seja ele o responsável pelo buraco. Talvez, apenas talvez, seja ele quem me corta e me parte em duas; não, em milhares de milhões de Sonhos, todas incapazes de ser aquilo que os outros deuses que servem ao bem esperam de mim.

Eu deveria avisá-los.

Não sou nenhuma tola, compreendo os riscos. Se o muro de fato ruísse por inteiro e Pesadelo pudesse, simplesmente, atravessar para o meu lado, isso significaria que todo o meu trabalho seria destruído. O caos reinaria e não haveria mais equilíbrio capaz de sustentar os reinos. Sei disso tudo, pois já ouvi os avisos incontáveis vezes. Sei também que deveria chamar pelos outros — os que vieram antes e sabem mais.

Mas não posso.

— Vamos jogar outra vez. — A voz do deus dos pesadelos me desperta e me chama. Nos braços dela me aninho; a ela pertenço.

É aqui que quero estar.

— Amanhã. Me encontre amanhã.

Pois por mais que seja perigoso, o jogo é tudo o que temos.

16
Pesadelo

O elevador que me leva a muitos andares acima nesta construção que flutua entre nuvens fofas é feito de algo que, neste planeta, chamam de *cristal*, e o modo como sua superfície cintila, se abrindo em um intrincado arco-íris, me faz lembrar dos reflexos que dançam por sobre o cabelo da deusa dos sonhos em seu lado do bosque, onde o luar nunca se esconde.

Os contornos dela mancham os cantos da minha visão mesmo quando fecho os olhos. Maculam minhas trevas, ainda que eu tente engoli-los com milhões de bocas de sombras, e então me recordo do grau exato dos raios de luz quando afagam, de modo carinhoso, os cachos selvagens e as curvas fartas daquela que é meu complemento divino.

Subimos mais. Meus dedos se abrem, mas não deixam impressões na superfície translúcida. Sou como um espectro, uma aparição — uma mentira —, e por isso é que imagino uma memória roubada, dois corpos sobre a grama de um verde impossível, olhos que me encaram e me enxergam e me sondam e me perguntam, tão pincelados de nebulosas que eu nunca mais teria que olhar para o meu lado do céu e lamentar ver apenas nuvens e escuridão.

Minhas palmas se contraem com o pensamento, agarrando apenas ar, lamento e solidão, e recolho as mãos nos bolsos, os mesmos onde escondo minhas sombras e tantos outros segredos, determinado a não demonstrar mais fraqueza.

Sei quem sou e o que devo fazer, mas, principalmente, sei quem eu era. Sei o que já tive e o que perdi.

Vim ao reino dos mortais hoje dar fim à minha injustificável humilhação.

Onde ela está, afinal?

Entediado pela espera, observo os mundanos que me rodeiam. Eles habitam variadas cores de pele, se vestem de sorrisos gentis, escondem tão bem as próprias dores, mas não há nem mesmo um entre eles que suspeite de que posso ouvir seus pensamentos, identificar o menor dos anseios, e arrancar a podridão que ocultam com uma polidez elegante.

Ainda que eu não tenha liberado um fiapo de escuridão sequer, minha presença é suficiente para deformar a realidade e fazê-los deixar vazar espectros que não tardam a tomar as formas de irmãos e irmãs: Orgulho, Ira, Desejo, Vaidade, Arrogância, Paixão — para citar apenas alguns. São tantos que o espaço de repente fica pequeno demais para comportar o ego de tantos deuses, e decido me espremer e sair assim que as portas se abrem, suaves e silenciosas.

Não gosto de plateia quando venho trabalhar, e nem poderia permitir que qualquer um deles me visse acompanhado da deusa dos sonhos. Eles não sabem sobre o buraco no muro e, portanto, não entenderiam a natureza da nossa união. É mais forte que o poder da criação, tão sufocante quanto a ordem de separação.

Eu a odeio. Eu a desprezo. E, acima de tudo, eu a quero só para mim.

Ainda não é chegado o tempo de contar. Se o fizesse agora, eles me obrigariam a encontrar uma forma de atravessar a barreira e tomar tudo dela, mas não estou pronto — não sei como faria isso.

Meus pés me levam em direção a um elegante pórtico, enfeitado por um par de colunas esculpidas em um estranho tipo de rocha lisa, muito branca, de onde o som de uma melodia típica deste mundo ecoa junto de risadas despreocupadas.

Eu fui — sou — o último. O mais forte, o mais poderoso. Sou a comunhão de tudo o que habita nas trevas, de todos aqueles criados para trabalhar o mal e, ainda assim, inútil. Uma arma sem bala, uma faca cega. Incapaz de ajudar a meus irmãos e a mim mesmo por tantos éons, exalo culpa enquanto inspiro preocupação.

Avanço, e logo chego a um salão amplo onde algo que os mortais denominam de *festa* acontece há algum tempo, considerando o teor das conversas e o vazio das taças — cheguei no momento perfeito para semear desgraça.

O entardecer adentra pelas janelas desproporcionalmente grandes que mais se parecem com molduras, e penso que a vista deve ser muito agradável para aqueles que vivem aqui, já que se esforçam tanto para contemplá-la: pastos verdejantes, flores coloridas e abundantes em jardins infinitos, e duas luas em um céu rubro bordado com constelações.

Um pouco edílico e enfadonho demais para o meu gosto.

Sinto o ambiente e não gosto do que minhas sombras murmuram. A deusa dos sonhos trabalhou muito por aqui enquanto eu não prestava atenção. Suprimo uma careta — ou seria um cataclisma que eu estava prestes a espirrar?

Arreganho os lábios para assumir um sorriso predador e transito sem pressa entre os convidados que dançam ao som de uma valsa cafona que me vejo ansioso para estragar.

Parece que precisarei equilibrar o peso da balança.

Acabo com um copo de bebida em uma golada só — sequer registro a maioria das notas doces e enjoativas — e limpo as gotas que escapam delicadamente com o dorso da mão. Fios de escuridão vazam pelas minhas mangas, desesperados para se lançarem sobre o público.

Enquanto passeio entre os casais, piso em pés, arrancando exclamações dolorosas e esmago caudas de vestido que se descosturam sob lágrimas de aflição. Vou colhendo os pensamentos que se avolumam ao meu redor, alguns fedem como desespero engarrafado, outros como medo envelhecido, e escolho um para me guiar. Tenho que começar de algum lugar, e espero já ter terminado quando Sonho enfim se dignar a aparecer.

Uma onda de aflição, permeada por espuma de mentiras afiadas como cacos de vidro, me leva até a parte mais afastada da festa, onde a música não ecoa assim tão alta. Não há convidados aqui além de um homem solitário que entorna um copo de bebida atrás do outro. Ele os joga pelo parapeito e se inclina perigosamente sobre a balaustrada, como se quisesse vê-los se estilhaçar lá embaixo, ou como se ele próprio pensasse em tentar desafiar a gravidade.

Perfeito.

Minha língua, bifurcada como a de uma cobra, sente o desespero, e a corro sobre os lábios, espalhando bem o veneno. Queria que as coisas fossem diferentes e eu pudesse, ao menos, sentir a consciência pesar por fazer o que faço. Mas não me arrependo, pois foi assim que os Deuses antigos ordenaram.

Eu sou o deus dos pesadelos, mestre dos terrores, e esse mundano... *Ah, ele com certeza faz o meu tipo.*

Me aproximo tão silenciosamente quanto os fios de escuridão que arrasto, e quando os olhos do mortal finalmente se voltam para mim, seu coração se abre como um cofre. As pupilas dilatam, o rosto esquenta, e o corpo responde mesmo contra a prece silenciosa que faz para suas deusas no céu — que de divinas não têm nada.

Não sou quem ele esperava ver, mas o segredo do pesadelo perfeito é que, depois de algumas mentiras, posso vir a ser.

17
Sonho

— Nossos lugares são esses.

Gentileza indica quatro assentos de veludo vermelho, manchados pela aura de sonhos perdidos e pesadelos realizados. É com uma pontada de estranheza que percebo, também, que agora consigo distinguir a mácula dos tormentos.

Ela pede licença, distribuindo sorrisos fáceis ao casal de mundanos que já está sentado à ponta da fileira, e nos guia pelo corredor estreito com seu corpanzil de matrona até que nós nos acomodemos.

— Obrigada, madrinha — digo, quando cruzo os tornozelos debaixo das camadas sedosas do longo vestido que fiz surgir a partir de uma de minhas túnicas de trabalho. — Fiquei surpresa pelo convite — complemento, sentindo a voz vacilar, assim que as luzes suavizam até quase se apagarem.

Eu deveria estar em outro lugar.

Não sou exatamente o tipo de deusa que costuma planejar muito as coisas, em especial porque não é sempre que me lembro o suficiente dos meus planos para me ater a eles, porém havia imaginado esta noite e sonhado mil cenários. Eu encontraria Pesadelo e, talvez, diria a ele o que nunca me atrevi a dizer a mais ninguém.

Minhas mãos se apertam sem querer e, em alguns mundos, sonhos resfolegam.

Sim, procurei palavras. Costurei vírgulas depois de sílabas, calculei as pausas, e tudo isso para confessar ao meu complemento divino o que pesava — ainda pesa — em meu coração, na esperança de que, por ser meu igual, ele me compreenderia.

Nada disso aconteceu, entretanto, considerando onde e com quem estou. Gentileza simplesmente apareceu em meu reino ao entardecer, e o luar foi o primeiro a me avisar enquanto se erguia, ainda sonolento, no céu.

É comum que deuses passeiem entre mortais quando não estão trabalhando, algo que descobri ainda muito nova. Nós nos vestimos com suas roupas, assumimos peles, tentáculos e muitos pares de olhos e braços, tudo para transitarmos livremente. No começo, pensei que isso estaria relacionado à necessidade de aprender e sempre revisitar costumes e hábitos, mas conforme a imortalidade recaiu sobre os meus éons de vida, entendi que deuses, no fim, também desejam mais do que apenas ser.

Queremos *viver*.

— Mas nós adoramos surpresas — emenda mamãe Vontade, ao meu lado direito, repleta de entusiasmo. Está com o cabelo de aparência ainda molhada penteado para trás e se veste com um terno preto muito bonito que exalta suas maiores qualidades, embora eu seja incapaz de enumerá-las sem citar exatamente tudo o que a faz ser quem é. — Estamos exauridas pelo trabalho. E por falar em Surpresa, ela não vem?

— Não sei onde ela está. — Gentileza parece se afligir por um momento, embora a maior parte de seu rosto esteja oculta pela penumbra, e eu mais sinta suas emoções do que as veja refletidas em traços.

— Uma pena. Tenho certeza de que ela vai perder uma apresentação belíssima.

— Ah, estou tão feliz por estarmos todas juntas, mesmo que apenas por uma noite. Sentimos sua falta, minha querida. — Os olhos de mamãe Esperança brilham quando ela relanceia o palco onde as cortinas já se afastam para o primeiro ato. Pulseiras tilintam em seus braços, e o carinho em suas palavras me envolve devagar. — Não se aflija pela nossa ausência, tá? Logo, logo vamos estar reunidas outra vez.

— Não se preocupe comigo, mamãe. — Espero que não tenha soado tão sem emoção.

Mas se soou, Esperança não percebe enquanto fala:

— São incríveis as coisas belas que os mortais conseguem criar quando estão bem inspirados.

Meus lábios se abrem para contar a ela que a peça que estamos prestes a assistir é apenas mais uma de minhas obras que foi manchada por sugestões pérfidas do deus dos pesadelos, porém me decido por silenciar assim que as bailarinas cruzam o palco ao som da introdução. Seus sonhos são mais sólidos que as pontas das sapatilhas que lhes machucam os pés; mais densos do que o metal que se estica, em grandes arcos, para compor o telhado de acústica perfeita deste teatro, e diante do chamado tenho que lembrar que não vim até aqui para trabalhar.

— Não quero ser rude, querida. — Ouço minha madrinha sussurrar. Como se para atender a seu capricho, o tempo se estica e estica até, enfim, parar. As dançarinas congelam, com suas longas pernas em suspensão e muitos pares de mãos no ar. — Mas você não está parecendo muito feliz.

— Não se preocupe, estou perfeitamente bem — asseguro, com um sorriso que talvez não chegue até meus olhos. — Eu só estava muito entretida com o trabalho. Não tinha pensado em sair até terminar.

— Está bem. — Gentileza ergue as mãos em um gesto pacífico, como se prometesse não tocar mais no assunto.

Os atos se desenrolam enquanto meus pensamentos transitam entre braços e pernas muito bem coreografados e o deus com quem combinei de me encontrar.

Será que Pesadelo ainda está me esperando?

Ele terá que me desculpar.

Além da grande fenda aberta no muro que divide nossos reinos, nossas conversas durante as madrugadas e a visita conjunta que fizemos ao reino mortal são o meu segredo mais bem guardado. Não posso permitir que mamães saibam, muito menos Amor ou Luz, a quem temo, mais do que tudo, decepcionar.

    Se eu recusasse o convite de Gentileza hoje, não demoraria até que todos soubessem que tenho algo a esconder e, quanto a isso, ainda não sei o que fazer. A barreira está cada vez mais frágil, embora ainda nos separe, e em algum momento terei que contar a alguém sobre essa violação.

    Deixar meu complemento divino me esperando é uma solução terrível, mas a única na qual pensei assim, tão de repente. Não estou acostumada a enganar.

    Os clarinetes dão o tom certo de melancolia à canção, e, entre milhares de penas de cisnes, sei como a peça vai terminar. Eu plantei a ideia nas mentes dos criadores em potencial não apenas neste mundo, mas também em muitos outros. Acompanhei os diversos estágios de criação, ávida por descobrir que solução dariam ao problema principal do enredo, apenas para concluir que, não importava o planeta ou o tempo, tudo sempre terminava em morte. Em separação.

    Sinto o quanto Pesadelo contaminou a história, mas não posso culpá-lo por tudo. A verdade simples é que, às vezes, o amor anda de mãos dadas com a decepção.

FRAGMENTOS

Alguns tolos ou ingênuos pensam que Tempo é sempre justo e verdadeiro. Mas se tem uma coisa que nós aprendemos com ele, o *primeiro*, é que, para sobreviver sob Vida, é essencial saber mentir.

18
Pesadelo

Eu nem sempre fui chamado de *Pesadelo*.

Na verdade, esse é um nome que os mundanos deram a tudo de ruim que jamais compreenderam e que vinha da própria mente. Uma vez que não aceitavam que os horrores que os tomavam enquanto dormiam eram apenas uma expressão de seus pensamentos, anseios e desejos obscuros, me culparam pelas próprias inclinações.

E tudo bem, não é como se me ressentisse de verdade.

Certo, *talvez* eu me ressinta um pouco. Só o suficiente para buscar formas de me vingar, mas, em minha defesa, vingança sempre foi um desejo comum para mim. Simplesmente não é pessoal.

Agora, por exemplo, tramo formas de me vingar de Sonho por ter me feito esperá-la no reino dos mortais como um vassalo facilmente descartável, como uma criatura desmiolada que ansiaria por vê-la e que a teria esperado plantado, em vez de cuidar das próprias maldades.

Minhas sombras concordam com meus pensamentos, salivando diante da imagem intocável da deusa, em sua pele reluzente e seu cabelo cor de luar, não importa o quão feia ou vil eu tente imaginá-la. Me perguntam se podemos devorá-la, e me irrito ao perceber que sim, eu adoraria.

Maldita Sonho.

Estreito os olhos para as nuvens carregadas no alto do meu céu. Em resposta, um trovão balança troncos e galhos de árvores por toda a extensão do bosque, e quase posso ouvir o tom grave com o qual me repreende por pensar tão pequeno. Ora, eu sou o deus dos pesadelos, e a natureza não deveria tomar esse tipo de liberdade.

Quantas vezes, só nestes últimos dias, precisei repetir isso para mim mesmo?

— Se preciso me afirmar, talvez eu seja uma fraude — falo sozinho, me lançando sobre uma pedra, e as taturanas tratam de se esconder longe de meus dedos, que projetam sombras ainda mais dolorosas que os venenos destilados por aquelas patinhas peludas.

— Não se esqueça de acrescentar *patético* — adiciona uma voz vil, afiada o bastante para abrir uma ferida em meu rosto quando me atinge, e não preciso pensar muito para saber a quem pertence.

— Vingança — reconheço, levando os dedos ao rosto e sentindo a umidade do sangue divino que brota da ferida que deve logo se fechar. Vermelho, sim. A única cor que nunca se perdeu entre os cinzas de meu reino, e a única que sempre posso encontrar se conseguir pagar o preço de me ferir o suficiente.

A deusa-emoção caminha em minha direção como se flutuasse, e é tudo que sempre disseram que era: ao mesmo tempo, fria e paciente. Calculista. Um animal feroz, oculto pelos adoráveis bons modos do cordeiro que adora comer pratos frios.

— Você demorou — digo a ela, em triunfo, pois sei há quanto estou remoendo este sentimento vil. — Já está perdendo o jeito do trabalho?

Vingança sorri, ou melhor, mostra os dentes afiados, como se estivesse se divertindo às minhas custas.

— Se olhe no espelho, Pesadelo, se é que dá para suportar tanto horror. — Ela se aproxima com um caminhar predatório, limpando as unhas como se pudesse disfarçar os olhares que me dirige com seus olhos injetados. — Se alguém perdeu o tato, foi você. — Então ela para a não mais que um passo de distância e estende os braços lânguidos, envolvendo meu pescoço com as mãos. Sinto a pressão quando me arranha e, depois, sufoca. — Você quase não pensa mais em mim — acusa a deusa, ressentida. — Tem outro brinquedinho agora, né?

Inclino o corpo na direção dela, devolvendo o aperto em seu pescoço quebradiço com minhas mãos enormes que poderiam parti-lo com a mesma facilidade que meus pés esmagariam um graveto. Este joguinho seria ainda mais prazeroso se ambos realmente precisássemos respirar, ou se pudéssemos nos ferir.

Meus dedos roçam o cabelo curto e escuro da deusa, e as sombras sussurram quando se lembram de que houve um tempo, há muitos éons, em que Vingança jamais deixava minha cama, e eu a possuía como se fosse uma parte de mim.

— Os tempos mudaram, Vingança. — Minha voz não vacila com a insinuação. — Não há mais arenas com guerreiros e leões agora. Vidas são destruídas de um jeito muito mais elegante, com um simples toque em uma tela. Você devia aprender a se adaptar, como todo mundo fez.

— É isso o que diz a si mesmo quando vai sozinho à noite para a cama? — sussurra ela em meu ouvido, na ponta dos pés. — Meu querido e covarde Pesadelo.

Minhas sombras sibilam com as ofensas, se lançando sobre a deusa-emoção com a intenção de devorá-la pedaço a pedaço, e deixo que Vingança sinta as mordidas antes de ordenar que recuem — este é o preço por ter me tocado sem pedir; por ter me chamado de algo tão desprezível quanto *querido*.

— Não esqueça com quem está falando — ameaço, quase com um rosnado baixo.

— Eu nunca esqueço. — As mãos dela subitamente baixam para meus ombros, e as garras afiadas percorrem meu peitoral, arranhando o tecido sobre o abdômen. Desfazendo o laço de minha calça e se enfiando debaixo do cós. Eu arfo quando ela me agarra. — Se eu precisasse dormir, era só pensar em você quando fechasse os olhos.

— Não é o bastante — digo, rouco, e Vingança sorri de modo agridoce. Posso quase sentir sua expectativa conforme pulso. — Talvez eu devesse te fazer pensar em mim mesmo de olhos abertos — desafio, mantendo os braços dela no lugar.

— Será que você ainda consegue me fazer gritar?

⚜

Vingança gritou por muito tempo.

Puxou meu cabelo, mordeu meu ombro, abriu feridas em minhas costas, e foi invadida por minhas sombras até se tornar uma casca só não mais vazia do que meu próprio peito depois que me cansei dela.

Em silêncio, deixo a deusa sobre a cama que ocupa quase todo o espaço do meu pequeno quarto, e mal reparo quando meus passos me levam à beira do balcão inundado por ondas de canecas, panelas e pratos. Tudo muito imundo, é claro, entremeado à fuligem que combina bem com a mancha de queimado no teto — com certeza Angústia aprontou por aqui enquanto estive fora.

Pesco uma chaleira cheia de musgo e, tão logo me aproximo do fogaréu para pendurá-la sobre as chamas, um bico enrugado abocanha um dos meus dedos do pé, saindo de trás de pilha de achas empoeiradas.

— Você está se divertindo com a pessoa errada — diz o urubu-de-cabeça-preta, mastigando sombras.

Eu estava certo ao suspeitar que era essa a forma atual do maldito pedaço arrancado. Um naco de alma desvairado do qual pensei ter me livrado há tantos éons, e que insiste em se meter na minha existência.

— Não pedi sua opinião — respondo, alcançando um atiçador na esperança de parecer ameaçador o bastante, caso minhas sombras mostrando os dentes e espumando não bastassem.

Sei que odeiam esse pedaço de alma malfadado ainda mais do que eu, pois quando o arranquei, ele ganhou liberdade, enquanto elas permaneceram presas a mim.

O urubu, contudo, não se aflige. Abre as asas viscosas de piche e avoa. Com um sorriso distorcido, seu corpo grande se divide na forma de pequenas aranhas que, tecendo a história de um deus que mutilou a si mesmo, infestam as vigas. Seus milhares de olhos piscam.

— Você está ainda mais desvairado do que me lembrava — falam com uma só voz.

— Por isso arranquei você. — Cruzo os braços na frente do peito, onde os arranhões que Vingança fez desaparecem aos poucos. — Por acaso já esqueceu o que nós combinamos? Eu te arranquei e te deixei livre. Você agora tem a sua consciência, e tudo o que pedi em troca foi que me deixasse em paz.

— Só um idiota pensaria que pode negociar com a própria alma. — Elas lançam sobre a minha cabeça patas peludas, teia e um tormento mais antigo que o próprio Tempo.

— Pelos Criadores! — esbravejo, me defendendo com sombras ensandecidas. — Me deixe em paz, ou vou encontrar uma forma de te pulverizar.

As aranhas, entretanto, já se transformaram em uma grande vespa que, com veneno pingando do ferrão, atravessa a saleta como uma flecha, mirando meu coração.

Tenho quase certeza de que ela está tentando entrar; de que procura por uma porta, ou uma brecha, para voltar à minha essência.

— Você não pode me evitar.

Não posso mesmo... Já tentei e fiz de tudo, porém nada funcionou para fazer esvanecer esse pedaço renegado de alma.

— Você, definitivamente, conseguiu piorar *muito* o meu humor. — Minhas sombras sibilam, ariscas. — Agora vou ser obrigado a dedicar um pouco do meu tempo a encontrar maneiras sórdidas de te fazer sofrer.

— Só não esqueça que sou, e sempre serei, *você*. — A vespa zune, cheia de audácia, antes de desaparecer por um buraco no telhado.

A conversa me faz perder qualquer vontade de beber café, e me esqueço completamente da chaleira em cima do fogo. Do lado de fora, uma chuva forte, anunciada pelas goteiras no teto, e com direito a trovoadas, lava meu reino.

Fecho os olhos.

— Pesadelo? — A voz de Vingança ainda é fria, embora contenha notas de paixão pelas próprias maquinações que, por natureza, eu não conseguiria abandonar nem se repetisse com ela tudo o que fiz hoje por madrugadas a fio, sem jamais me cansar.

— Oi — respondo, temeroso de que ela perceba o tremor que ameaça apertar minha garganta.

Minhas pálpebras ainda estão cerradas, mas a sinto se aproximar a cada passo dado, pois mesmo a mais insignificante pedra neste bosque é feita da substância que eu sou.

— Preciso ir. Estão me chamando.

Cerro minha mandíbula ainda mais e me recuso a dizer adeus antes que a deusa desapareça, convocada para o mundo dos mortais, no qual uma emoção como a Vingança quase nunca tem folga. Sempre foi assim: ela me usa para se esquecer um pouco de quem é, e eu a uso para me machucar.

Outra vez sozinho, saio da pouca cobertura que o telhado oferece e deixo que a chuva me atinja onde deseja. Os pingos grossos mergulham em meu peito, bem onde a túnica está desamarrada, e por um instante eu desejo sentir algo mais além de dor. Minha existência parece sempre destinada a essa única sensação, e talvez seja estupidez almejar por algo mais. *Procurar* por algo mais.

Meus pés me levam através do matagal e dos charcos alagados, por entre os sapos e os jacarés que boiam só com os olhos brilhantes para fora da água. Poderia dizer que o fiz sem que me desse conta, mas seria mentira: caminho até o limite do bosque porque é o único lugar onde não me sinto tão só.

O muro-que-já-não-é-bem-um-muro surge, feito de névoa e poder fundamental, e mesmo no escuro sem luar, por entre a tormenta, sou capaz de enxergar a resposta para os apelos que não ousaria admitir ter feito nem a mim mesmo. Ela reluz exatamente como em minhas lembranças.

Do outro lado do bosque, Sonho já me espera.

19

Sonho

— Pesadelo.

O nome deixa meus lábios assim que o vejo surgir por detrás dos rebentos do salgueiro-chorão. É um pedido de desculpa por si só, e soa exatamente como o silêncio ensurdecedor depois de uma discussão. Meus braços se erguem, débeis, como se tentassem agarrá-lo apesar da força que ainda impera aqui, na fronteira.

A cabeça do deus pende baixa, submissa, e seu cabelo longo pinga com a chuva que cai do outro lado, pesada e em grandes goles. O tronco dele está todo exposto pela túnica aberta, como se tivesse sido esculpido em pedra fria e contornado por linhas grossas com vida própria, e, mesmo sob o manto escuro da noite, sou capaz de ver a força de seus músculos que ousam se esconder da minha investigação onde começa o cós de uma calça encharcada. Ele é, sem dúvida, a coisa mais bela e cruel que os Deuses antigos já criaram: matéria escura que devora sombras e caos.

— Pesadelo? — chamo outra vez.

— Sonho — responde ele baixinho, por fim.

Mesmo com os trovões que me alcançam a distância, abafados pelo poder do muro, ouço sua voz tão perto que quase me viro para olhar por sobre os ombros.

Como se sentisse a origem de minha preocupação, o deus ergue os olhos devagar e, no processo, expulsa o ar dos meus tolos pulmões. Ele me fita de um modo tão perturbador que sou levada a dar um passo trôpego para trás quando fios grossos de escuridão se descolam de seu corpo como um enxame e avançam, prontos para me atacar.

— Pesadelo — falo de novo.

Desta vez, porém, seu nome é um pedido. Uma prece não atendida, de deus para deus. Outras palavras se juntam na ponta da minha língua e se aglutinam feito abelhas em torno do mel, mas não sou capaz de fazê-las sair.

— Finalmente encontrou tempo para mim? — Seus dedos longos e pálidos apontam para a frente, e o gesto é carregado de uma fúria amarga que apenas alimenta mais os raios que estalam e chiam aos seus pés. — Você está vestida para uma festa — desdenha, peçonhento, abrindo buracos em minhas roupas com as maçãs do rosto afiadas.

Não compreendo o comentário do deus de imediato; no entanto, depois que encaro minhas próprias mãos cerradas junto ao tecido de um lilás muito claro que se espalha pela relva ao meu redor, entendo o que enxerga quando me vê.

Meu coração pulsa, cansado da tarefa descomunal que recebeu. Não demora até meu sangue imortal esquentar no rosto e, pela primeira vez desde aquela noite mais bonita na qual os Criadores me conceberam, sinto *vergonha*.

Sou uma deusa, e, em razão da natureza do meu trabalho, podemos dizer que já visitei muitos momentos privados. Interrompi, inspirei e realizei todo o tipo de sonho, e assim aprendi a não me acanhar diante dos mais variados corpos — em especial do meu próprio.

Agora, entretanto, estou ciente das transparências do tecido que me cobre, e do modo como ele, embora muito adequado ao mundo mortal onde me reuni com Gentileza e mamães Esperança e Vontade, me deixa terrivelmente exposta ao escrutínio de Pesadelo.

Peço ao vestido que se transforme em uma das minhas túnicas simples de trabalho. Contudo, mesmo agora, já coberta, não tenho como ocultar os arrepios que o olhar de meu complemento divino me causa, e que sobem pela minha coluna, entre as alças que escorregam de meus ombros. Não posso me esconder do puxão debaixo do umbigo, tampouco da lembrança das partes entumecidas que alivio com um roçar suave entre minhas coxas.

— Se divertiu? — questiona ele, alguns passos mais próximo. Seu tom é afável, delicado e quebradiço, e me sinto como uma borboleta pega pelas asas. — Com quem, Sonho? Com quem você estava?

Temo erguer os olhos e encontrar apenas fúria e desprezo.

— Me desculpe — digo, trêmula. Realmente fui ingênua ao pensar que ele não se ressentiria. Não parece ser da natureza do deus dos pesadelos ser capaz de perdoar. Mas continuo: — Eu não tive nenhuma intenção de não aparecer. — Já não sei por qual motivo preciso com tanta urgência que ele acredite em mim. — Não tive escolha. — Então me deparo com a inconveniente missão de dizer a ele, da forma menos ofensiva possível, que nenhum deus, deste lado dos bosques eternos, admitiria sequer pensar sobre ele. — Minha madrinha e minhas mães apareceram, e eu não podia falar nada sobre você.

Uma versão resumida.

— Porque elas acham que te atrapalho? Me acham terrível, maligno? *Sanguinário?* — Retórico e simplista. — Já sei: elas têm medo até mesmo de pronunciar o meu nome?

Ah, se ele soubesse...

— E você as culpa?

É tudo que sou capaz de responder.

— Eu gosto de que minha reputação me preceda. — O corpo alto e esguio se dobra em uma singela reverência, porém não me sinto honrada, muito menos respeitada, enquanto sua boca transmite apenas desprezo.

— Me desculpe, Pesadelo. — Estou quase implorando, e isso certamente vai fazer algo pelo ego dele. *Deuses não imploram.* — Você sabe que eu jamais poderia deixar que elas desconfiassem. Não posso permitir que elas saibam sobre *isso*. — Gesticulo, como se quisesse englobar a integralidade do muro e dos tijolos que restam em meus braços. — Se descobrirem, então...

— Tudo acaba — complementa ele.

Um longo silêncio pesa entre nós, e me sinto estranhamente desajeitada conforme os olhos do deus dos pesadelos, escuros e vazios, cheios de segredos, se erguem outra vez.

— Foi divertido. — Os ombros estreitos e fortes dele parecem relaxar um pouco; não que eu estivesse observando cada ângulo e mínimo detalhe de seu corpo para poder pontuar a diferença.

— Divertido?

— É claro. — A chuva daquele lado do bosque suaviza, se transformando em garoa. — Você não achou que eu ia perder a oportunidade de equilibrar a balança com tantos sonhos realizados e descontrolados, né? *Tsc, tsc, tsc* — reprova Pesadelo. — Sua danadinha. Percebi o que fez naquele planeta enquanto eu não estava prestando atenção. No fim, foi até melhor você não ter aparecido.

Um arrepio me transpassa e temo pelo caos que o deus lançou sobre um mundo com o qual tive tanto trabalho. Um plano que plantei em sementes, geração a geração.

Então ele abre seu melhor — pior — sorriso. Sim, aquele que faz minhas pernas subitamente amolecerem, pois quando observado de uma única vez, não representa nada além do que intenta parecer: cordialidade.

Visto em recortes, entretanto, as nuances ficam nítidas o bastante para o destinatário ser capaz de perceber que o sorriso começa, na verdade, na profundeza dos olhos feitos de matéria escura. As maçãs do rosto se afiam ainda mais, como gumes de faca prontos para tirar sangue, e uma única covinha aparece junto aos lábios quando estes se erguem lentamente, insinuando toda a perversidade da qual sua boca é capaz.

Estremeço e, em resposta à irracionalidade do meu corpo material demais, as flores que enfeitam meu cabelo desabrocham de uma só vez, lançando suaves perfumes pelo bosque.

Pesadelo ergue as sobrancelhas, se divertindo às custas da obviedade dos meus sentimentos.

— Posso te desculpar — afirma.

Expiro, aliviada.

— Jura?

— Aham. Sou extremamente magnânimo... — Uma pausa, na qual sua língua viperina sorve do próprio veneno. — Quando quero.

Ah, como sou tola.

Tudo o que dizemos, tudo o que fazemos, é um jogo para ele.

— Então tem uma condição. — Sequer preciso entoar como uma pergunta.

— Vou te desculpar *desde que* você reconheça a indelicadeza da sua ausência e, como consequência, concorde em realizar um dos meus desejos — esclarece ele. — Ah, e pode esquecer a joaninha. Você perdeu seu poder de barganha quanto à minha nova... súdita.

A exigência ecoa entre nós como um simples desafio. No entanto, já não sou mais assim tão inocente para ignorar que, se a aceitasse, estaria de fato à mercê de toda e qualquer crueldade de Pesadelo sem que o muro, ou nossas correntes, pudessem agir.

Quem me impediria, se as mãos que me machucassem fossem as minhas próprias?

— Mas como posso saber se sou capaz de conceder o seu desejo? — desconverso.

— Você não pode. Então, tem que concordar mesmo assim se quer que eu te desculpe.

É uma armadilha, as borboletas entoam, em revoada.

— Você precisa ser menos vago.

— E você precisa decidir o que vale mais, deusa dos sonhos. Minha companhia ou sua prudência? Aventura ou proteção?

Ele não está errado.

— Vou te encontrar da próxima vez em que eu for ao reino mortal — elabora o deus, como se não tivesse nenhuma segunda intenção. — Mas não vai ter jogo nenhum, Sonho. Vai ser bem mais simples: um desejo por outro.

— E qual é o seu desejo? — Sou tola o bastante para perguntar.
— Você — responde Pesadelo, sem se explicar.

א

Assim como nas outras vezes em que combinamos de visitar o reino mortal juntos, Pesadelo não indicou onde exatamente deveríamos nos encontrar. Penso que para ele a emoção deve ser semelhante à de uma caçada, muito acostumado a ser predatório, e algo me diz — talvez um sopro de brisa, ou o cheiro úmido do orvalho — que ele quer me transformar em presa a qualquer custo.

Um pouco trêmula com a ideia, limpo as mãos manchadas de terra em minha túnica feita inteira de margaridas e olho satisfeita para o trabalho que até então realizava: um campo antes vazio está repleto de bulbos gordos de tulipas, dálias e amarílis, que logo florescerão em cores de acordo com os meus humores.

— Cresçam lindas e fortes, como sonhos que cavam raízes profundas. Assim ninguém jamais poderia arrancá-las. — Reúno poder e, pedindo licença aos Criadores, sopro.

Me despeço dos botões e logo estou de volta à minha cabana silenciosa. Bato os pés sujos na entrada, então penduro meu chapéu de nuvens em um gancho perto da porta, no qual se acomodam outros dois idênticos, trançados pelo mesmo par de mãos habilidosas que colheram um pedaço do céu para me oferecer de presente.

Sigo para trás do biombo de bambu colocado em meu quarto, e logo vejo a tina onde me banho se encher com água quente, me convidando a entrar. Infelizmente não tenho tempo, e com um simples gesto de mãos as pétalas que me cobrem desaparecem, junto de qualquer vestígio de terra ou sujeira. Pela janelinha aberta sobre minha cama macia, o luar já desponta no céu alaranjado e sorri ao me ver.

Aceno, depois levo um indicador aos lábios, pedindo que honre sua promessa de silêncio. A resposta chega na forma de raios pálidos e confidentes, que me fortalecem de modo gentil.

Ele é o único que sabe, pois estava presente quando tudo aconteceu.

Respiro fundo.

Apenas aqui, na intimidade do meu lar, coração do meu reino, me sinto segura para despir não apenas minhas roupas, mas também o engodo com o qual me escondo, e assim o faço conforme minhas mãos correm em torno do corpo. Removem camadas, escavam até as entranhas, e enfim revelam o segredo que os Deuses antigos gravaram em minha pele.

Como se pintados com poeira de nebulosas, pequenos pontos de estrelas dançam por minhas costas, contornam as costelas e acompanham a curva dos seios — às vezes, penso que esta forma de carne e poder que habito foi esculpida ao redor de caminhos celestiais, a fim de não perturbá-los. Eu sou Sonho, mas também sou uma relíquia.

Uma lembrança extraviada.

Um *mapa*.

Depois que a unidade dos mundos foi partida e nós fomos divididos, os Criadores se retiraram para Aéther, aonde nenhum de nós conseguiu chegar. Muitas deidades filhas tentaram — afinal, o céu superior também havia sido nosso lar e julgaram que sobre ele tinham direito —, mas o caminho se perdeu, apagado de todos os registros, obliterado de todas as memórias.

Ou assim pensam os outros deuses, tanto os que servem ao meu lado, quanto os que foram encarregados do mal, pois desconhecem que as instruções para navegar as realidades reluzem bem aqui, em minha pele.

Toco as estrelas com a ponta dos dedos. Não sei por qual motivo fui escolhida para carregá-las, porém guardo este segredo com a minha vida, e assim o protegerei durante toda a eternidade, enquanto os Criadores me permitirem existir.

Estamos seguros, Aéther.

Até não estarmos mais.

20
Pesadelo

— Por que você demorou tanto?

A pergunta jorra pela minha boca, inquisitória, antes que eu tenha tempo de pensar se esta é a melhor forma de fazê-la. Espero ter soado mais impaciente do que desesperado por atenção.

Sou o deus dos pesadelos, *onde está a minha dignidade?*

Minhas sombras salivam diante da deusa dos sonhos, de repente materializada à minha frente. Elas se atiçam por debaixo das roupas e serpenteiam ao redor de meus braços em linhas grossas de escuridão. Pingam em meu abdômen quando aperto os dedos em punhos fechados bem na frente do corpo, e depois descem e descem, ferozes e pulsantes, em direção ao meu...

Parem já com isso.

A ordem rosnada ecoa em meus pensamentos, afiada com a extensão da minha raiva, e os fios de escuridão viram fumaça antes que possam reclamar. Balanço a cabeça, livre da influência das vozes, cada uma composta de uma faceta de mim mesmo. Não estou pensando com clareza, e isso não é bom: tenho uma vingança a executar aqui.

As correntes apertam.

Sonho veste um amontoado de tecidos esvoaçantes e desconexos que, embora estranhos, se acomodam de modo gracioso ao redor de suas curvas. Os pés estão enfiados em sapatinhos que serpenteiam por suas panturrilhas fortes de deusa, e ela leva o cabelo em cachos mais soltos e rebeldes do que nunca. Alguns fios caem sobre seu rosto pequeno, cheio de coragem inocente, e preciso controlar meus dedos para que não se estiquem, com a intenção de capturá-los para alguma perversidade.

Tão deliciosamente ingênua e fácil de enganar... Sequer deve imaginar o quanto é provocativa, mas meus olhos bem treinados sabem reconhecer a luxúria presente nos ângulos de sua cintura e, com a pior das intenções, gravo seus contornos na memória para poder amaldiçoá-los mais tarde, em privacidade.

A direção de meus pensamentos força os elos das correntes invisíveis a apertarem cada vez mais a carne do meu pescoço, e eu quase sorrio quando começo a sufocar.

— Nenhum pedido de desculpa? — exijo, meio esganiçado.

Enfio as mãos impacientes nos bolsos. Visto terno, porém desta vez o tecido é de um azul que se esforça para não ser preto. Uma visão limpa e inocente para um ladrão de temores e anseios.

Os lábios corados de Sonho se repuxam nos cantos, redondos, úmidos, e a cada dente exposto me encolho um pouco, aviltado por seu bom humor.

— Você ficou mal-acostumado — diz ela, com um tom suave que convoca novamente as sombras que se ocultavam longe, para onde só posso bani-las um pouco por vez. — Deuses não ficam distribuindo pedidos de desculpa assim tão fácil.

— Que estranho. — Dou de ombros. — Pensei que coisinhas como vocês, *deuses do bem*... — Carrego as palavras com todo desprezo que sinto, e continuo: — adorassem se humilhar para agradar.

A deusa não reage às minhas provocações. Ao revés de sua cólera, desperto apenas sua compaixão que, fétida, adensa o ar.

Minha língua estala.

Ah, como adoraria amaldiçoá-la pela prepotência de pensar que me deve pena ou pesar. Extrair dela até o último dos fôlegos, como pagamento por ter ficado com todo o bem e o conforto. Sufocá-la com as correntes, que, em resposta à corrupção dos meus pensamentos, me estrangulam ainda mais forte.

Talvez eu faça isso hoje. Talvez faça isso *agora*.

Afinal, aqui não há barreira entre nós.

As borboletas que a deusa leva como enfeites no cabelo avoam, pressentindo o perigo.

— Não há nenhuma barreira entre nós.

Penso que acabei dizendo aquilo em voz alta, mas me surpreendo ao perceber que a constatação saiu da boca dela.

— Não, não há. — Minha voz soa tão rouca e grave que quase não a reconheço. Vidro moído. Pedra contra pedra. Viro o rosto e, com mãos hábeis de quem já fez isso milhares de vezes, me permito o prazer do vício e acendo um cigarro. Por pouco, não se nota os tremores nos meus dedos. — Você já foi perdoada, agora é hora de pagar o preço.

21
Sonho

Meus pés afundam em pilhas, enormes como montanhas, feitas de entulho. O lixo espirala em gases, obedecendo a alguma regra que não faço ideia de qual de nós estabeleceu, e quando olho para o lado percebo que Pesadelo torce o nariz diante do odor terrível que o cenário exala.

Os mundanos que vivem aqui chamam isso de *lixão* e, muito embora eu tenha gastado alguns éons tentando entender o conceito, confesso permanecer ignorante, incapaz de assimilar por qual motivo escolheriam reunir descarte e dejetos, pedaços de sonhos perdidos ao lado de ossos roídos, em vez de esvanecer tudo de uma vez.

Certo, os mortais não podem simplesmente desejar que as coisas esvaneçam para se livrar delas, mas deve haver uma forma melhor — mais digna — de tratar a terra que os acolhe.

Pisco, não porque preciso, mas porque me lembro de fazê-lo — *porque me ajuda a fazer sumir meus devaneios.* Meus olhos insistem em não se desviar do modo como o deus dos pesadelos limpa os sapatos com um estalar de dedos; de como suas juntas pálidas e fluidas se movem enquanto ele retira grãos de poeira invisíveis do terno que, tenho quase certeza, é azul. Um azul intransponível como o futuro, ou como suas sombras tão grossas que se misturam à matéria escura na qual os Criadores costuraram os filamentos.

Mais um devaneio... sonho muito acordada. Me esforço para deixá-lo ir.

Por ser o deus responsável pelo que é ruim e desviado, era de se esperar, ou ao menos *eu* esperava, que ele estivesse mais acostumado com tais coisas, já que intuiu os pensamentos que as criaram. No entanto, ao vê-lo parado bem aqui, percebo que sua figura altiva e esguia simplesmente não se encaixa.

Nos encontramos ao sopé de um morro devastado onde enormes pedaços de rocha espacial e aço retorcido caíram do céu em um evento cataclísmico. Neste filamento de tempo, o impacto matou todas as árvores, plantas e animais; quase extinguiu os mortais também, e contaminou o solo com compostos horríveis que ainda irradiam das profundezas como almas penadas.

Às vezes ouço os sonhos perdidos murmurados junto à brisa. Estremeço, porém não me deixo abater.

De joelhos, envolvo com as palmas um pequeno caule verde que insistiu em brotar em meio à sujeira. Uma de minhas criações, sim.

— O que você está fazendo? — pergunta Pesadelo. Sua silhueta sinistra contra o céu rouba a luz da estrela árida que queima e queima.

— Sonhando — respondo, com simplicidade, acariciando as folhas frágeis e assustadas que fazem menção de se encolher. — Este broto vai vingar, outros como ele vão crescer, e um dia a natureza vai tomar o controle deste vale, como deve ser.

Minhas mãos acenam em direção ao horizonte enquanto destilam no ar um pouco de poder, e como se num passe daquilo que mundanos chamariam de *mágica*, a visão do futuro que sonhei para o lugar substitui a realidade trágica.

Não passa de uma ilusão, embora meus comandos de deusa não possam ser desobedecidos — apenas combatidos. Ainda assim, é forte o bastante para pintar o ar com as aquarelas de um evento tênue, diluídas na forma de uma estrela cadente que cintila desde o alto do espaço e mergulha no chão. De onde faísca, árvores compridas crescem, enfeitando a colina, e animais curiosos saltitam entre arbustos, mastigando gramíneas.

— Que horror — diz Pesadelo depois de um momento de contemplação.

Então ele se afasta, e desfaz a ilusão passando bem no meio dela. Seria um sorrisinho perverso se formando no canto de seus lábios?

— O que nós viemos fazer aqui?

Ele aponta para a frente, e a percepção de centenas, de *milhares* de pensamentos vindos de um vilarejo me atinge de uma só vez. São cheiros de pensamentos e gostos de lembranças. Vontades que explodem na minha boca e dominam minhas emoções. A esperança se renova com os chamados que ouço no coração, e meus braços se abrem. Com eles, eu envolveria todos os filhos deste mundo, se pudesse.

Já sinto as borboletas se descolarem. No primeiro estágio, são esboços feitos por mãos ágeis, porém, assim que levantam voo, reluzem como cristais tão sólidos quanto qualquer querer.

— Tantos sonhadores!

Ao meu lado, no entanto, Pesadelo fecha a cara, decerto em desagrado. Suas sombras murmuram, e embora eu não entenda bem o que dizem, sei que não compartilham da minha satisfação.

— Se controle, deusa dos sonhos — pede ele, tão calmo que me assusta. — Você não veio trabalhar.

Minhas sobrancelhas se erguem em incompreensão.

— Como não?

— Em troca do meu perdão, eu te desafio — explica o deus, se divertindo com a própria crueldade. — Se você conseguir passar o dia todo ao meu lado sem conceder bênçãos a "sonhadores"... — A palavra parece deixá-lo enjoado, mas ele continua, com certa dificuldade —, pode se considerar perdoada.

Sinto minhas feições esmorecerem. Meus lábios se juntam em uma linha fina.

— Não acho que vai ser possível. — E é a verdade. — Será que você pode pensar em outra coisa?

— Sonho, Sonho... — Passos silenciosos o trazem para perto. — Seja uma boa deusa e me conceda logo o desejo que é meu por direito. Você quer o meu perdão ou não?

Cruzo os braços, chamando as borboletas de volta para mim. Realmente não sei se posso pagar o preço que meu complemento divino exige, e eras inteiras se passam no instante emprestado que levo para decidir.

— Só um dia, e nada mais — ofereço, tal qual faria com um presente.

Ainda não sei por que vim — sempre venho —, mas quero pensar que o faço porque, na imprecisão de um termo melhor que nos caiba, Pesadelo e eu enfim nos tornamos *amigos*. Tão iguais em nossas metades, que ao menos agora temos um segredo a compartilhar.

Ele não diz mais nada, e descemos a colina — ou melhor, a cratera — lado a lado com passos curtos e esforçados. Estamos em nossas formas materiais, tão visíveis quanto os mortais que viemos visitar, e meus pulmões ardem com o simples esforço de respirar.

Não me impeço, entretanto: devo sentir a dor deles, pois somos todos filhos dos Criadores, e a punição, muitas vezes, não é simplesmente uma corrente no pescoço.

Só quando já estamos perto o bastante das construções que demarcam a entrada do vilarejo — ou do que restou delas —, notamos pequenas cabeças que despontam de trás de pilhas de entulho e caçambas enferrujadas de descartes.

A pureza dos sentimentos me dá a certeza do que são.

— Crianças — digo, tão mergulhada no peso da descoberta que demoro a notar que o deus dos pesadelos já está muitos passos à frente. Pelo caminho, ele deixa um rastro terrível de destruição, muito pior do que o causado pelos materiais que caíram do céu naquela realidade.

Fios escuros o seguem, formando uma capa grossa e viva às suas costas, e de cada um deles surge uma boca ofídica que arreganha presas, pronta para morder e mastigar.

Tenho que proteger as crianças.

Meu instinto aflora, e quando percebo já me transformei em vento, palavras, pensamentos, e percorri todo o espaço que nos separava. Ordeno à minha essência que se corporifique outra vez e me lanço à frente dele, distante o bastante para não arriscar tocá-lo, mas perto o suficiente para bloquear o caminho.

O deus estanca, surpreso — talvez pela minha ousadia. Os olhos se apertam, esperando. Calculando.

— Não faça isso... — peço, com as pontas dos dedos ardidas. O poder canta ao meu redor, e não sei bem como fazer com que me obedeça. Nunca precisei controlá-lo antes, ao menos não dessa forma.

Também nunca o soltei contra outro deus.

Peças atentas no tabuleiro, as sombras dele erguem as cabeças.

— Por quê? — pergunta ele, e não há nada além de curiosidade sincera, além de uma pontada de surpresa debochada, em sua voz grave.

Me parece óbvio, motivo pelo qual não me estendo:

— São crianças.

— E o que eu tenho a ver com isso? — Outra vez suas palavras são dolorosamente sinceras. — Meu papel foi ditado pelos Deuses antigos, e isso significa que não tenho preferências. Mundanos são mundanos.

Pesadelo dá um passo em minha direção, esmagando ainda mais o espaço entre nós que, como se em obediência à ordem de separação, encontra uma forma de se dilatar. O frio do corpo vigoroso dele se alimenta do calor do meu com uma voracidade que quase me assusta.

Ele quer me intimidar, mas eu sou Sonho. *E sonhos não recuam.*

— Você não está vendo que essas crianças foram abandonadas à própria sorte? O que acha que vai equilibrar aqui, se é esta a sua desculpa?

— Crianças *crescem*, deusa dos sonhos. — Meu nome é cuspido por centenas de bocas ofídicas. — Não preciso de desculpas para fazer o meu trabalho...

— Essas crianças já vivenciam os piores pesadelos quando estão acordadas — interrompo, firmando minha presença.

Quase me sinto crescer, e talvez meu poder tenha mesmo me elevado às alturas, pois sequer me dou conta da insensatez que estou prestes a dizer quando abro a boca outra vez para decretar: — Eu te *proíbo* de perturbá-las.

Bato os pés e, onde as solas dos sapatos encontram o chão, raízes brotam, fazendo crescer pedúnculos que se espalham até onde o vale encontra o mar. Um tapete verde e vivo se destaca em meio à terra castigada, e tudo que minhas sementes tocam, elas transformam. Não precisam de um veículo para sonhá-las: elas próprias são ação e reação.

Ainda encarando as criações que fiz nascer, percebo que acabei de dar uma ordem a outro deus.

Isso é ruim.

Pesadelo me encara com muita intensidade por um período de tempo que poderia ter se estendido por éons, e a matéria escura em seus olhos impossíveis de perscrutar não denuncia nada do que se passa em sua mente perversa.

Isso é definitivamente muito ruim.

Nos deixamos afundar em um silêncio tão pesado que quando as maçãs afiadas do rosto dele se erguem com o esboço de um sorriso terrivelmente cruel, estou certa de que suas sombras me atingirão. Elas me chamam com tanta intensidade que já não ouço mais sussurros, e sim vozes circunspectas e roucas, todas muito parecidas com a do deus que as domina.

Engulo em seco.

Eu o vejo conforme Tempo nos permite desacelerar. Primeiro a intenção de movimento em seus músculos, depois o modo como ele se inclina em minha direção muito devagar, e então descubro que não cresci nem estou mais alta. Na verdade, continuo do mesmo tamanho diminuto, e Pesadelo chega tão perto que sua respiração acaricia minhas bochechas coradas como vidro quebrado. Me cobre por inteiro, e somos astros eclipsados.

Inspiro. Ele tem cheiro de segredos arrancados do escuro, abismos e *perdição*. Sua presença é como a ausência à qual me agarro, todas as noites, quando deito a cabeça nos travesseiros.

— Desde a primeira vez em que coloquei os olhos em você, soube que era do tipo que gostava de mandar — sussurra ao meu ouvido, e embora não possa vê-la, sinto os sibilos de sua língua bipartida.

— Pesad... — Seu nome se derrama, porém o deus não permite que eu continue.

— Espero que você tenha dedicado o mesmo nível de atenção a mim, deusa dos sonhos, e percebido que não sou do tipo que obedece. — Sinto seu sorriso escancarado como a porta de um porão esquecido onde monstros habitam. — O que foi que aconteceu com nosso acordo?

Um arrepio forte percorre meu corpo, faz minha pele doer, meu coração fraquejar, mas não ouso me mover ou sequer respirar. As correntes vão impedi-lo, se ele pensar em me atacar. E as sombras, é claro...

Elas farejam *medo*.

— Desculpe — digo tão baixinho que não sei nem se as palavras realmente deixam a minha boca ou se apenas as imagino. — O nosso acordo é importante para mim, mas não me arrependo de ter dito o que eu disse. Espero que você saiba que não posso mentir.

O deus se afasta tão devagar quanto se aproximou. Seu nariz passa a centímetros do meu, os olhos não me abandonam nem por um instante, e como se tudo o que acabou de acontecer não significasse nada para ele, me dá as costas e assume a mesma postura entediada de sempre.

É com pesar que devo admitir que doía menos quando ele estava perto.

O que aconteceria se ele me tocasse?

— Por favor. — Desta vez imponho minha voz, que ecoa pelo vale.

— Não vou influir pesadelos nessas crianças — responde ele, com o tom rouco e grave. Volto a respirar. — Não porque você me *proibiu* — prossegue, e posso ouvir seu divertimento misturado com desdém e ódio. Sim, muito ódio —, e sim porque, apesar do que deve pensar, eu sou muitas coisas, mas não sou insensato. Sei qual é a minha função como deus dos pesadelos. — Ele leva uma mão grande e manchada pelo nanquim de suas sombras ao pescoço e o aperta. Os dedos marcam o marfim da pele, porém os hematomas não perduram. — E sei qual a punição por descumpri-la.

Separação.

Seu gesto grita mesmo sem emitir qualquer som.

E é por isso que sei que, não importa o que aconteça, ele *nunca* vai me tocar.

22
Pesadelo

Ela.
Me.
Deu.
Uma.
Maldita.
Ordem.

Minhas sombras murmuram tantas obscenidades, que o esforço que preciso fazer para não cair sobre Sonho como uma tempestade consome quase toda a minha energia. Me sinto exausto e, nem se quisesse, poderia influir nessas crianças remelentas algo além de pesadelos mixurucas.

No espaço de um piscar de olhos, enquanto encaro a curvatura suave das orelhas da deusa dos sonhos que, em seu reino, acomodam muitas joaninhas amarelas, conto até mil. Um milhão. Muitos milhões de estrelas. Me obrigo a manter a calma, ou o máximo de calma que o deus dos pesadelos poderia sentir sem contrariar a própria essência caótica, e me contento em pensar que minha inação não é covardia, e sim imposição.

Separação, as correntes ordenam.

Separação, eu repito como um bom filho, pois se atacasse Sonho, estaria perdido. Tudo que sofri, tudo que planejei e almejei. Tudo pelo que trabalhei com meus irmãos... Seria em vão.

Então me forço à tranquilidade. Me transformo em um lago que oculta a cratera de um vulcão, águas límpidas e cristalinas sobre fervedouros borbulhantes. Viro nuvens, fofas como algodão à primeira vista, mas repletas de eletricidade no interior obscuro.

Agora alguns passos à frente, caminhando de modo estranhamente barulhento, Sonho segue morro abaixo na direção do vilarejo e das crianças. Ela para com frequência, distraída com a mais insignificante das coisas, e vez ou outra murmura para o vento frases completamente sem sentido que me deixam perplexo. Em intervalos de tempo irritantes e regulares, minhas sombras pedem para devorá-la, e faço o que posso para ignorar a ambas.

Esta visita ao reino dos mortais definitivamente não está saindo como o planejado.

— Já volto! — fala a deusa de repente, com a voz cheia de alegria e excitação.

Ainda me é estranho o modo como ela se sente tão confortável e confiante em me dar as costas.

Sigo o rastro de esperança e seja lá o que mais a deusa deixa para trás, até que a encontro parada nas areias do que já foi uma praia. Muito do antigo oceano ali foi aterrado, e montanhas de lixo se erguem, impedindo a vista da água naquele trecho. Tenho quase a impressão de que essa foi uma ideia minha, dada a uma imaginação deliciosamente perturbada há muito tempo.

Alguns ratos e baratas me cercam. Se juntam para me dar as boas-vindas, desejam uma bênção de seu criador, e trato logo de dispensá-las para que não me atrapalhem mais. Não posso tirar os olhos da deusa que já me surpreendeu uma vez hoje.

A bons passos de distância, Sonho está parada ao lado de uma criança mundana que sequer desconfia de sua presença — e se a vê, decerto não a compreende.

A menina é magricela, de pele um pouco mais clara que a da própria deusa, que agora se ajoelha ao lado dela, parecendo não se incomodar nem um pouco com a podridão que a cerca. Mesmo ali, vejo como sua essência reluz em meio à perversidade da imundície que, um pesadelo por vez, ajudei a criar.

A deusa ergue as mãos, quase tão pequenas quanto as da criança, e não preciso pensar muito para saber o que está prestes a acontecer.

— Sonho — aviso, sem precisar erguer a voz.

Um aviso, sim, mas muito mais. O que quero dizer quando chamo seu nome assim?

Os olhos daquela que é meu complemento divino se voltam em minha direção, e brilham com milhões de nebulosas no momento eterno em que sou — ou ao menos pareço ser — tudo o que ela enxerga.

Ela me vê.

Como sou, ou como já fui?

— Por favor. — Seus lábios cheios formam as palavras, e seu tom é tão baixo que o sinto acariciar minha face.

Minha cabeça pende, meus dentes mastigam a parte interna das bochechas. Uma parte de mim — aquela mesma parte que a despreza — quer fazê-la sofrer; quer vê-la pagar. E que forma mais satisfatória eu teria de conseguir isso do que a impedindo de ser quem é?

Se Sonho nunca mais sonhar, o que foi tirado de mim será devolvido, ou o meu vazio apenas aumentará?

Outra parte, no entanto — esta bem mais profunda — quer saber até onde ela pode ir, e qual a extensão de seu poder. Quanto os sonhos dela podem influenciar?

Estou fascinado, pois, em muito tempo, é a primeira vez que realmente me sinto com o poder de fazer uma escolha. No entanto, o que mais me surpreende e desarma as palavras corrosivas que mantinha engatilhadas na ponta da língua, prontas para disparar, é o fato de que ela pediu *por favor*. Pediu como se fôssemos iguais; como se os Criadores jamais lhe houvessem dado muito mais, e como se os mortais não a amassem enquanto reservam a mim apenas desprezo.

Ninguém nunca me pediu algo — ao menos não dessa forma. Deuses geralmente não dão ordens uns aos outros, mas aqueles que têm alguém a temer sabem como um pedido, às vezes, pode ser muito mais carregado de autoridade e humilhação do que um decreto.

Sonho me mostra coisas que eu, que já vivi tantos éons de decepção, nunca vi. Ela me permite escolher, e é por isso que assinto de modo econômico — terei que encontrar outra forma de me vingar.

Depois. Não hoje.

Hoje quero apenas vê-la ser quem é. Quero lembrar a mim mesmo de quem também já fui, e desses simples sentimentos que, talvez, um dia fizeram meu coração ser preenchido por algo além de veneno e desprezo.

Devore, gritam minhas sombras, revoltadas com a decisão.

Tolas criaturas, como é possível que não entendam que tudo o que a deusa dos sonhos é, tudo o que ela tem, já foi meu? Esse bem que ela faz e inspira já foi meu, já *fui eu*. Talvez seja por isso que aos fios de escuridão cabe obedecer e, a mim, controlar.

— Hoje, os deuses vieram te abençoar — diz Sonho, ao longe, com um tom que soa etéreo e preenchido de poder.

Ao receber minha aprovação, sua força pareceu crescer e, parado aqui, sinto sua essência me tocar. É quente, porém gentil. Um fogo que não queima, mas abraça e embala em tenras memórias que já não tenho mais.

Enquanto acaricia os cachos da menina, a deusa prossegue:

— Sonhe com o céu, e quando ele parecer perto demais, possível demais, então sonhe com as estrelas mais longínquas. Sonhe com o amor que você quer receber, sim, mas nunca esqueça: *a deusa dos sonhos foi a primeira a te amar*.

Então os lábios dela se unem, pequenos e macios. De olhos fechados, Sonho sopra sua bênção.

Talvez eu devesse tê-la impedido, como minhas sombras sugeriram. Tratá-la com a mesma empáfia com que fui tratado mais cedo, quando ela ousou se interpor no meu caminho e quebrou uma promessa.

Se qualquer outro deus houvesse me desafiado dessa maneira, eu já teria espalhado sangue e caos. Mas tudo o que faço

é assistir, esquecendo os meus anseios e ímpetos e, no meu íntimo, questionar:
Qual será a sensação de ser abençoado pela deusa dos sonhos?

23
Sonho

Voltamos a andar lado a lado, porém o deus dos pesadelos parece sequer me notar. Me sinto tão descabida diante da quebra do nosso trato que quase liberto minhas borboletas um punhado de vezes durante o trajeto.

Passos sincronizados, somos silenciosos e afiados enquanto cortamos tempo e espaço. No momento em que ergo uma perna e meu joelho se dobra para seguir em frente, sei que meus pés encontrarão um mundo completamente diferente quando, por fim, pousarem sobre a terra. Logo nós nos reequilibramos sobre filamentos que são cordas e pontes e rabichos de cometas e, ao final, recomeçamos.

Um passado por vez, atravessamos as realidades em direção a nossos próprios reinos fronteiriços.

Meu complemento divino não parece ter me perdoado, e como poderia? Sou a deusa dos sonhos, e minhas promessas deviam ser tão inquebráveis quanto minhas correntes. Penso em pedir desculpa novamente, prometer a ele outras coisas, mas não encontro a maneira certa e, quando me dou conta, Pesadelo já desapareceu por detrás da divisa dos bosques eternos onde vivem aqueles que servem ao mal.

Desapontada, atravesso para meu próprio reino, e, assim que meus pés tocam o chão, sinto o empuxo de três presenças que eu não esperava encontrar aqui. Não hoje, e definitivamente não *agora*, quando sinto esse estranho aperto no peito que não sei como chamar.

Mas, como nenhum outro deus pode saber do que aconteceu com o muro em meu bosque, ou sequer suspeitar de meus encontros com meu complemento divino, corro com o vento. Em um momento estou, e no outro, não. O bosque é meu, *sou eu*, e o dobro para encurtar a distância até que alcanço minha humilde cabana, na esperança de impedir o inevitável. Vejo as paredes cobertas de heras, o telhado de samambaias, e as janelinhas ainda abertas que pranteiam minha traição.

Diante da porta aberta, os olhos de minhas visitantes denunciam que os segredos acabaram. Não é necessário que digam, pois suas expressões de horror evidenciam o que viram na fronteira impensável, onde dois opostos encontraram uma forma de superar a vontade dos Criadores.

Esperança, Vontade e, pela primeira vez em meu reino, a deusa-emoção Aflição.

— O que você fez? — pergunta mamãe Vontade quando o silêncio se rompe, estalando feito um osso alquebrado, um chicote antigo, um tapa marcado.

Seu rosto, sempre decidido, está manchado por incompreensão, e luto contra o desejo de abraçá-la; não porque sinta que não devo, ou que ela me recusaria, mas porque não sei mais como me mover.

Este corpo material demais, este *coração* material demais, pesa e pesa. Tão partido quanto minhas promessas.

— O que aconteceu com o muro?

Esperança chora, ainda mais dolorosamente traída. Sua túnica está coberta de terra escura, as mangas amarelas brilhantes, muito chamuscadas por poder, como se ela tivesse tentado consertar o buraco por si mesma.

Era apenas uma questão de Tempo para que descobrissem — Pesadelo e eu havíamos tomado dele demais.

— Nós o vimos! O que aconteceu com os tijolos? Como você não nos contou sobre esta invasão terrível? Os deuses do outro lado tentaram atravessar? Atacaram?

— Mamães. — Não sei como me explicar, e relanceio Aflição que, imóvel, estuda nosso rosto com uma curiosidade indistinta de desgosto. Seu corpo é uma coisa enorme e ressequida, alto como uma árvore que nunca floriu. — Juro pelos Criadores que não fui eu, nem ele...

— *Ele?*

— Os tijolos começaram a sumir de repente e nós não sabemos... — Me esforço para continuar, e minhas borboletas se lançam aos céus, esboçadas com pressa.

— *Nós?* — Mamãe Esperança cobre a boca com as mãos trêmulas, certa ao especular que, se o muro ruiu, meu complemento divino e eu finalmente nos conhecemos. — Você falou com *ele*.

— Cadê o seu respeito, Sonho? — Vontade cruza o espaço que ainda nos separa com passos decididos que afundam a terra, criando depressões e vales inteiros dentro de mim. Suas mãos logo estão sobre meus ombros, apertam com firmeza e me chacoalham, e onde ela me toca crescem raízes quase afiadas e galhos completamente nus. — Onde está a sua obediência aos Criadores? À separação?

Em todo lugar, quero poder dizer a ela.

Nos horizontes e nos poentes. Na chuva, no céu, no luar. Em tudo que toco, em tudo que vejo, e em tudo que crio. Nos sentimentos que não compreendo; nos deuses que vêm me visitar.

Mas não mais em meu coração.

※

Termino de decorar deliciosas tortinhas com um punhado de açúcar e lambo os dedos, saboreando a doçura crua dos grãos. Eu mesma colhi os frutos redondos e ásperos por entre os galhos das árvores que nasceram pelo bosque, alimentadas por sementes de sonhos preocupados. Depois, sovei a massa feita com pó de estrelas e a assei à temperatura ideal no pequeno forno de tijolinhos que escala um dos lados da minha cabana, até ficar bem dourada.

— Parecem ótimas — diz Esperança sobre meu ombro, admirando o trabalho com atenção. Ela carrega três pratos de barro cozido, delicadamente pintados à mão com padrões de flores, que logo deposita sobre o balcão. — Como disse que chamou essas frutas mesmo?

— Laranjas.

Entrego uma tortinha para ela.

— Será que esperamos o recheio esfriar o suficiente? — interrompe Mamãe Vontade, escondendo os braços atrás do corpo forte enquanto inspira o aroma dos doces recém-assados com uma expressão faminta.

Suspiro, embora tenha tentado disfarçar.

Depois que elas descobriram a respeito do muro, e tomaram ciência de meus encontros com o deus dos pesadelos, não pude mais vê-lo. Embora tenha explicado que nenhum de nós teve culpa, sequer saberíamos dizer o que se passou com os tijolos, meu silêncio sobre o assunto foi considerado grave, e, como consequência, os deuses que servem à luz me pediram para ficar longe do limite entre reinos enquanto discutiam o que fazer.

Temiam que eu me contaminasse.

O enfraquecimento da barreira era um assunto sério, pois até quando o poder aguentaria sem a âncora material que os tijolos forneciam? Que relação um guardava com o outro? Os Deuses antigos o criaram, então como poderíamos consertá-lo?

É claro que nenhum dos meus irmãos poderia me impedir se eu quisesse ignorar as súplicas — deuses devem respeito uns aos outros, porém nunca submissão. No entanto, eu não suportaria decepcionar minha família ainda mais e, por isso, permiti que a obediência pesasse em meu coração.

— Acho que sim — respondo, fazendo o possível para não deixar minha melancolia transparecer.

Mamães se olham, trocando confidências da forma que só aqueles que se conhecem no mais íntimo da matéria e da essência podem fazer. Não diria que estão agindo normalmente, mas ao menos se esforçam para fingir que nada entre nós mudou.

— Vocês estão aprontando alguma coisa — deixo escapar, mas logo cubro a boca com as mãos, pois eu mesma tenho evitado a questão.

Não quero lembrar, não posso me permitir fraquejar, pois cada vez que o faço, sinto uma parte minha se partir.

Sinto saudade dele.

Sem concordar nem negar, as mamães se acomodam entre as almofadas que cheiram a lavanda, espalhando as pernas pelo tapete.

Estamos aqui reunidas, sem falta ou exceção, pois podemos dizer que hoje é uma data especial: a noite mais terna e bonita deste lado do bosque.

A noite em que nasci.

— Nós sabemos que, para os deuses, a imortalidade é uma certeza que fulmina qualquer dúvida — começa a dizer Esperança, procurando pelas melhores palavras.

— Mas o dia do seu nascimento vai ser, para sempre, uma marca eterna na nossa imaterialidade — complementa Vontade, com os olhos marejados. — Desculpe se falhamos com você. Desculpe se foram essas falhas que, de alguma forma, te impeliram a procurar...

Mamãe Esperança aperta seus dedos, e Vontade se silencia com um soluço interrompido.

— O que nós queremos dizer é que compreendemos a sua curiosidade e sentimos muito por não estarmos aqui para te ajudar a entender esses sentimentos sem você se colocar em perigo. A sua segurança, minha querida, é o que mais importa para nós. Para *todos* nós.

Meu peito, cheio de vergonha, parece que vai transbordar.

— Ninguém te culpa pela fenda no muro. — Vontade já retomou o controle da própria voz, que sai límpida e ecoa nas paredes da cabana, absorvida pelos objetos que contam nossa história familiar: um relógio sem ponteiros, um barquinho preso em uma garrafa que nunca se cansa de navegar, um lindo pedaço de pôr do sol. — Se tudo aconteceu com permissão dos nossos bem-amados Criadores, então não devemos questionar esse... evento. O que importa é que a ordem da separação ainda impera, e nenhum *deles* pode atravessar. O bem está seguro deste lado.

— Separação — entoa mamãe Esperança, baixinho.

— Separação — respondemos, como manda o costume.

Como fizemos naquela primeira noite, quando do princípio inteligente, corpo e alma, mulher e deusa, eu emergi.

— Você, Sonho, é muito mais especial do que pensa.

— Seu papel é primordial.

— Eu sei — digo, resoluta. — Fui a última a nascer.

Fomos, é o que eu deveria dizer, afinal... Pesadelo divide esta honraria comigo, mas, deste lado do bosque, estamos sempre fingindo que ele não existe.

— Luz, Amor, Verdade, Gentileza, Coragem e tantos outros... Você carrega uma parte do poder que foi dado a nós. — Vontade segura minhas mãos, dispersando os pensamentos que me levam a fios de escuridão. Suas palmas estão quentes. — Isso não é leviano.

Mamães se olham outra vez, e sinto que ainda escondem algo. Um assunto, um ponto, no qual precisam tocar.

— Viemos te parabenizar e celebrar, mas, desta vez, também tem algo que devemos pedir. — Esperança me estende um pequeno pacote cuidadosamente embrulhado em milhares de pedrinhas translúcidas, costuradas juntas por um leitoso fio de luar.

Surpresa com o presente, desfaço os nós e me deparo com um lindo e reluzente pedaço de estrela. Ele brilha tanto que a luz celestial que lança por todo o interior da cabana faz parecer que é dia. Incrustada em seus sulcos e pregas, uma mensagem foi gravada em cifras caprichosas.

Me aprumo, sentada sobre os calcanhares, e então começo a ler:

Pela ordem de separação, nossos bem-amados Criadores nos dividiram em bem e mal. Formados da mesma semente, porém um balanço sempre tênue, desigual.

O muro ruiu, mas a barreira permanece. Quando perecerá, só Tempo há de saber. Não podemos, entretanto, nos submeter sem analisar. Quem fez o buraco? Foi do lado de lá ou de cá?

Para nossa mais amada irmã, devemos pedir o impossível: ganhe a amizade do deus dos pesadelos, seu complemento divino, até que os planos do mal possa descobrir.

A separação impera e, pelo bem de todos os mundos, e de todas as realidades, jamais deve ruir.

Assim é a verdade, porque falo em nome de todos nós.

Da sua chama eterna,
Luz.

Minhas mãos estremecem assim que reconheço a assinatura de minha irmã mais velha, e o pedaço de estrela, agora dolorosamente frio, rola por entre meus dedos e os espaços do assoalho. Vai parar debaixo da mesinha de madeira que apoia nossas xícaras, cheias de um chá que ainda solta vapor perolado.

— Luz não pôde vir para te passar a mensagem em pessoa. — Mamãe Esperança olha de soslaio para mamãe Vontade, como se precisasse de incentivo para prosseguir. — Mas ela pediu que nós a passássemos, e estamos falando em nome de todos os que servem ao bem: nós sabemos que não é da sua natureza mentir.

— Ainda assim, desde muitos éons atrás, os servos do mal querem se rebelar. — Vontade se inclina em minha direção sem nem mesmo se dar conta da tristeza que me toma. É tão forte, que não deve demorar a causar uma aparição. — Eles não se contentaram com o que receberam dos Criadores. Acham que mereciam mais, que a separação foi injusta.

— Desculpe se nunca contamos nada disso para você...

— Não queríamos te deixar preocupada. O seu trabalho é o mais importante.

— Mas como podemos saber por quanto tempo mais a barreira vai aguentar sem os tijolos? — Esperança morde os lábios. — O que mais será que nos aguarda se o poder dos Criadores fraquejar?

— Proteger o equilíbrio é a nossa obrigação, custe o que custar.

Tento segurar o sorriso que se esvai pelo canto dos meus lábios, um resquício de quando eu pensava que ganharia um presente, mas é impossível obrigá-lo a ficar depois de tanta decepção.

— O que vocês estão me pedindo...

— Só você pode fazer.

É traição, quero dizer, mas não digo.

Não posso, pois desaprendi a falar. E como se sentissem meu ímpeto de gritar, as borboletas se descolam de minhas costas em uma aparição de cores berrantes, misturada em uma confusão escura e embaraçada.

— Eu não posso — nego.

— Mas você precisa.

— Querida...

— Vão embora. — Queria pedir, mas pela primeira vez minha voz sai na forma de ordem, e, junto da intenção que coloquei nas palavras, a relva, as flores, as folhas e os troncos de árvore estremecem lá fora. Se erguem da terra e parecem obrigar minhas mães a deixarem meu reino de um modo ou de outro, pela pura força do decreto. Os riachos estremecem, e as raízes se soltam do chão. — Se querem que eu faça isso... se isso é mesmo tão importante para servir ao nosso propósito... então vão embora agora.

Depois que elas desaparecem, o pranto causado por minhas ações egoístas pinga no tapete, se infiltrando na lã macia e nas frestas entre as tábuas até chegar à terra. Ali, onde foi derramado, se transforma em diamantes manchados de culpa. Eles são grandes e vermelhos, enormes aberrações.

Mais tarde, na minha solidão, chamo minhas criações de *rubis*.

24

Pesadelo

Estou sozinho.

É claro, isso não é nenhuma novidade. A solidão me veste como uma roupa confortável, vivemos em um entrelaço, e na maior parte do tempo prefiro a companhia silenciosa dela à de outros deuses. Minhas sombras já fazem bastante estardalhaço...

Tento ajeitar um pouco a postura, mas uma farpa enorme se enfia em minhas costas assim que me remexo, e interrompe o sabor dos pensamentos autodepreciativos que fazia minha boca salivar.

— A água já está fria, agora — falo para a joaninha Perdição, que me espera pacientemente aninhada no tecido da túnica que joguei ao chão antes de me enfiar na pequena tina que uso para me banhar.

Não estava no clima de ouvir reclamações na lagoa de girinos e cobras-d'água sobre quem tem mais razão sobre o quê, mas, francamente, o tamanho desta banheira não é digno de um deus.

Irritado, me contorço para sair do aperto e meus joelhos e coxas se enroscam. Quando enfim consigo esticar as pernas, uma corrente de ar frio faz toda a minha pele se arrepiar. A água pinga do cabelo, e me estico para alcançar uma toalha de folhas de urtiga. No entanto, antes que meus dedos possam se fechar sobre ela, uma sensação poderosa flutua através do bosque e me alcança. Chega à ponta do meu nariz na forma de um aroma.

Viro o pescoço para a porta que, mesmo fechada, me permite ver através das frestas a escuridão do lado de fora, e ainda mais além.

Doce.

Ah, sim, é doce e derrete na ponta dos meus dedos.

Enquanto passo uma túnica limpa pela cabeça e visto as calças, não posso controlar a forma como meus músculos se enrijecem, se preparando para a caçada, tampouco controlo o sorriso extremamente perverso e pincelado das piores ideias que curva os cantos de minha boca.

Não quero correr, pois isso seria deselegante — além de denotar certo desespero, talvez até excitação. Meus pés, entretanto, parecem ter outra ideia e atravessam, velozes, a floresta escura e retorcida que tão bem caracteriza este meu lado do bosque. Os olhos brilhantes dos animais me acompanham, alguns se aventuram a me seguir — ouço o barulho de cascos, patas, asas —, mas quando chego aos limites do reino, onde o muro ainda ruge e estala em poder celestial mesmo que não possa mais ser visto, sei que estou uma vez mais sozinho.

Balanço a cabeça, odiando a incongruência que há muito se apossou de meus pensamentos.

Sozinho, não.

Nunca mais, na verdade.

Pois Sonho está aqui.

25

Sonho

Equilibro uma tortinha nas mãos, me sentindo melancólica. Com a garganta seca, solicito à deusa-emoção Vergonha que me dê um pouco mais de espaço assim que sinto o empuxo de sua aparição. Já a vi outras vezes, embora eu nunca tenha sido a responsável por convocá-la, e a deusa assente em seu corpo celestial diminuto, com bochechas incrivelmente ruborizadas por trás de uma cascata de cabelo ruivo, que a envolve inteira.

Eu a vejo se afastar do limite entre reinos com passos penosos, pés descalços vacilantes conforme galga a colina, e não me preocupo que possa ver que, nesta parte, o muro ruiu por completo — isso já não é mais segredo para ninguém. Além do mais, Vergonha, como muitos outros deuses-emoção, não é do tipo que serve apenas ao bem ou ao mal: quem a convoca também delimita, por assim dizer, sua atuação.

— Siga em frente, pelos caminhos entre os canteiros — digo a ela. Peço silenciosamente às minhas borboletas que alcem voo. Obedientes, elas, que *também* são eu, decolam de minhas costas. — As borboletas vão te levar até a minha cabana. Pode descansar lá, se quiser. E tenta não pisar nas flores, tá? Elas sentem dor mesmo quando estão dormindo — acrescento, antes que eu esqueça.

Vergonha se encolhe um pouco, quase não a vejo entre a relva alta, antes de dizer com uma voz tão fina quanto sua figura:

— Desculpe mesmo o incômodo, Sonho. Perdão se estou atrapalhando. — Ela distribui reverências enquanto anda de costas. — Me desculpem — continua, agora se dirigindo às borboletas. — Não queria que vocês tivessem tanto trabalho à toa, mas tenho que ir agora.

E assim como veio, ela esvanece de repente, convocada por outra pessoa mais envergonhada do que eu.

Um pouco aliviada, porém não menos culpada, me forço a encarar o espaço vazio onde o muro que separa nossos bosques deveria estar. Digo a mim mesma que vim porque quis, e não porque me pediram para espionar o deus dos pesadelos, porém é difícil não pensar que o estou traindo — ou a mim mesma — de alguma forma enquanto guardo este segredo.

Um estalo me desperta dos devaneios, e meus olhos procuram pela origem do som. É difícil divisar qualquer coisa no reino contíguo, sempre tão escuro e sem luar, mas o modo como a neblina parece ficar espessa em sombras não me permite duvidar: ele surge por detrás dos rebentos do salgueiro-chorão como se tivesse me ouvido clamar.

Mamães sempre disseram que meu coração era incorruptível, considerando minha própria natureza, mas aqui, no limite entre nossos reinos, olhos nos olhos, é inevitável admitir:

Eu já me corrompi.

— Você está aí — fala Pesadelo com aquele tom que retumba pelas planícies como um trovão, mais leve que o vento, tão poderoso quanto uma erupção. Seu cabelo está molhado, colado ao pescoço, e a túnica, aberta o suficiente para que recortes pálidos de pele me convidem a imaginar mais dele. — Eu te procurei, deusa dos sonhos, mas você não veio mais.

Suas palavras, cheias de crueldade e segundas intenções, ainda assim me fazem sorrir e esquecer os problemas que me afligem.

— Foi você quem se recusou a falar comigo da última vez — acuso, apertando ainda mais o pratinho de barro que seguro.

Do outro lado da barreira intangível, os cantos dos lábios de meu complemento divino se curvam.

— Tem razão — admite ele, desdenhoso. — Desculpe a inconstância dos meus humores. — Seus ombros sobem e descem, para reforçar. — Fico entediado com certa facilidade, e você sabe que fez por merecer.

Eu deveria me ofender, mas só consigo me alegrar, diante de sua presença nefasta que imaginei que nunca mais veria. Aqui diante de suas sombras, na presença do mais perfeito escuro, por fim sinto minha essência, minha *alma*, voltar a brilhar.

— Senti o cheiro impregnando a fronteira. O que é isso que você trouxe para me provocar? — Os dedos dele apontam para o prato que visivelmente tremula em minhas mãos como se navegasse por águas turbulentas. — Um pedido de desculpa?

Diante de meu silêncio constrangedor, as abelhas zumbem a resposta em meus ouvidos. Perguntam até se me esqueci como usar músculos e tendões, ou se perdi a vontade de falar.

— Uma torta. — Trato logo de dizer, desajeitada. Não sei lidar com segredos: são pesados e difíceis de carregar. Já é complicado o bastante ocultar as estrelas que os Criadores bordaram em minhas costas, exige muito da minha atenção. Temo que o mais simples dos gestos me revele, especialmente diante do meu complemento divino, que parece me enxergar através das extensas camadas dos meus sonhos. — Pensei em fazer uma, mas quando vi, já tinha assado tantas... Esta, a mais bonita de todas, eu quis trazer para você.

O deus se aproxima, seus pés grandes e descalços esmagam os galhos secos como se cumprissem um ritual, e ergue uma única sobrancelha enquanto analisa minha oferenda. Parado assim, seus contornos de sombras se borram à penumbra do próprio reino, e quase não há modo de distinguir onde um termina e o outro começa.

— Por quê? — pergunta, voltando aqueles olhos vazios e escuros para os meus. Sua atenção livre de distrações e de engodos é tão perturbadora que preciso virar um pouco o rosto para não sucumbir. — Já faz bastante tempo desde aquele fiasco de visita ao reino mortal. Se quiser me compensar pelo que você fez, vai ter que fazer bem melhor do que isso.

— Então você sentiu a minha falta? — provoco, ou melhor, arrisco dizer.

Não há desafio ou humor em minha voz, somente um coração espremido e uma pitada de esperança de que eu não seja a única a me sentir sozinha e incompreendida. De que ele, entre todos os deuses, possa ter relevado minhas falhas recém-descobertas; possa ter me perdoado, afinal.

— Só dos seus fracassos. — Um sorriso brinca no canto de seus lábios, não tão malignos quanto eu lembrava. — Podemos dizer que me acostumei com eles. Por acaso você faz de propósito?

— De propósito? — Não entendo aonde ele pretende chegar.

— Me insulta com frequência. — As palavras crispam a boca pálida enquanto Pesadelo ergue os longos dedos enfeitados por anéis de fumaça, pretos e roliços e começa a enumerar.: — Me promete coisas e depois não cumpre. — Dedo um. — Cria expectativas, e depois as esmaga. — Dois. — Age como se fosse superior... — Três. — Como se tivesse direito a mais do que eu. — Quatro. — Como se pudesse passar por cima de tudo, só porque é a deusa dos mais lindos e belos sonhos...

Pelos Deuses antigos, até perdi a conta.

— Não! — interrompo, antes que as coisas fiquem piores. — Juro, em nome de tudo o que sou, que nunca foi minha intenção fazer nenhuma dessas coisas. Sou uma deusa de palavra, mas quando nós estamos juntos, tudo parece... — Meus olhos se erguem para relanceá-lo, e me surpreendo ao perceber que o deus está perigosamente perto da barreira invisível, o suficiente para fazer o poder chiar. — Tender ao *caos*.

Meu complemento divino resfolega ar e sombras. Sua expiração parece alívio, mas soa feroz como um trovão.

— Eu sou caos — decreta, se divertindo às custas da minha confusão.

— E eu sou ordem. *Ou deveria ser* — murmuro, observando a cobertura açucarada do doce. Nunca precisei buscar dentro de mim a coragem, porém procuro e procuro entre caixas e fendas. Desenterro desculpas, abro potes de artimanhas em despensas, até encontrar as palavras certas. — Mas não é só por isso que vim. Na verdade, trouxe isso como um pedido de desculpa, sim, mas principalmente porque hoje é...

As sílabas me escapam, e de repente me esqueço de tudo o que havia pensado enquanto cozinhava o recheio e fazia o glaceado. Esqueço até meu próprio nome, diante da vista do outro lado: a noite mais tempestuosa e terrível, a contrastar com a minha, e a mácula de traição que retumba em meu coração. *Ganhe a amizade do deus dos pesadelos e descubra o que eles planejam.*

— Nosso aniversário — completa ele, e sua voz soa tão baixa e grave que quase não a reconheço em toda a sua fome. — É assim que os mundanos chamam, não é?

— Isso. — Dou um passo à frente, e estendo a torta para que o deus possa vê-la sob o meu luar. A cobertura brilha, delicada, contando nossa história: um muro, matéria e alma. Pedaços de casca formando um bosque, e as metades obrigadas a se separar. — Sei que você não pode comer, mas ainda assim pensei que fosse gostar de ser lembrado.

As sombras assomam atrás de Pesadelo, se libertam de repente como um enxame violento, tomam a forma de serpentes que me mostram presas pretas de veneno, e ele demora um pouco para ordenar, com um gesto elegante de dedos, que elas se recolham.

— Agradeço o gesto, Sonho. — O som de meu nome em sua boca cruel prenuncia violência pura. Brilha como estrelas engolidas por buracos negros, e fico ali, desejando poder me agarrar a ele na hora de dormir. — Mas você já devia saber, tantos éons depois do nosso nascimento, que não importa quanto bem se faça, o mal é sempre o primeiro a ser lembrado.

Minhas mãos ainda tremem, por isso deposito com cuidado o prato com a tortinha sobre a relva, pedindo às formigas que o respeitem como uma oferenda de um deus para outro. Tristes, elas se afastam do banquete.

Me ajoelho, exausta pelos eventos da noite, e encaro meu céu reluzente. Há uma estranha qualidade em seu brilho hoje, como se as estrelas costuradas no alto reconhecessem as que pontilham minhas íris.

— Você ainda consegue lembrar? — questiono, perdida em memórias que me escapam. Devo soar extremamente incoerente.

Esta confissão pesa em meu peito já faz tanto tempo.

Pesadelo se ajoelha também. Não sei se é impressão, mas ele parece um pouco mais receptivo do que de costume, e mais curioso do que vingativo. Sua cabeça pende para o lado, e fios de cabelo pintados com nanquim escorregam em seu rosto. Ele é um estudo em carvão e, como um artista ávido, desejo ser capaz de afastar as sombras que me impedem de ver seus detalhes.

— Sim, eu lembro — diz, observando seu próprio céu obscurecido por relampejos que, vez ou outra, refletem em seus olhos de matéria escura. — Eu sou Pesadelo, e a minha maldição é nunca esquecer aquilo que me fere.

Contra as regras de separação, ergo um braço, abro os dedos e os estico em direção à barreira, que tremula com a aproximação. Por um instante, bem no meio do enorme buraco, o espaço se turva como água perturbada, e o poder chia ao receber minhas digitais.

As correntes apertam diante do sacrilégio, e penso que vou sufocar, mas, ainda assim, encontro fôlego suficiente para perguntar:

— Então você se lembra de que, por um instante, você e eu...?

Abaixo a cabeça, incapaz de terminar o pensamento e de pronunciar aquela verdade que, vez ou outra, ameaça tudo o que sou e o que os Deuses antigos quiseram que me tornasse. Poderia usar a desculpa de que a ordem de separação me sufoca, mas é minha própria covardia que me impede.

— Fomos um só — complementa o deus dos pesadelos, mergulhando os dedos na barreira como se quisesse segurar os meus.

E quase posso senti-los antes que um pulso me empurre para tão longe, que mesmo a relva alta não é capaz de atenuar a queda quando pouso de bunda no chão, longe, muito longe, da nossa impossível união.

26

Pesadelo

As palmas de minhas mãos estão raladas, já que por algum instinto estranho de preservação, um tique mortal demais deste corpo emprestado, me obriguei a usá-las para impedir que raízes expostas e pedregulhos esfolassem meu rosto depois que a onda de choque me atirou para longe da barreira.

Chacoalho a cabeça, e fios de sombras escurecem minha visão antes de tomarem outra vez o formato de cabelo. Eles gritam e zumbem. São veneno e ferrão, mas dessa vez não me importo em dar ouvidos — ou razão — para eles.

Me ergo, brevemente desorientado pela lembrança tênue do toque de Sonho que já se esvai da ponta dos meus dedos. Não quero cedê-lo à realidade; não posso me permitir devolvê-lo, porém não sei o que fazer para torná-lo uma parte de mim, e a sensação se dispersa. Evapora, até que sou deixado mais uma vez sozinho.

Um homem pela metade; um deus rasgado.

Meus joelhos cedem, e um grito doloroso se forma no centro do meu peito vazio. Vem assim de repente, rugindo como uma tromba-d'água, um deslizamento; uma onda de destruição. Deixo que ele se transforme em sementes malignas que logo se debatem debaixo da terra, prestes a brotar criações perversas.

Meus olhos embaçam, sinto a tempestade prestes a descer, mas antes que eu possa regar os campos estéreis com uma única lágrima, uma voz que me causa arrepios soa tão perto que dou um pulo.

— Pesadelo, Pesadelo. — adverte a dona, com uma pontada de decepção dançando na língua ofídica. — Sempre tão temperamental.

— Maldade — reconheço, me esforçando para imprimir no som do nome dela o tédio e o desinteresse que seriam esperados, muito embora minhas mãos permaneçam trêmulas e ainda manchadas.

Será que agora exalo cheiro de sonhos frustrados?

Não preciso sequer me virar para saber que o rosto horroroso da minha irmã do meio deve estampar um sorriso de vitória por ter sido capaz de me surpreender em meu próprio reino e em um momento tão íntimo. A deusa caminha silenciosamente, até parar bem ao meu lado, e vejo um de seus pés enfincado de raízes espinhosas bater no chão, impaciente.

— Você não foi me ver — acusa Maldade, enroscando um dedo afiado em meu queixo antes de erguê-lo em sua direção. Como um peixinho no anzol, sou forçado a encará-la de baixo, o que definitivamente não me agrada.

— Tenho muitas coisas para fazer. Um reino enorme, muitas vezes maior do que o seu, para cuidar.

Me ponho de pé, me recusando a ser dominado, e agora quem deve olhar para cima é ela, já que nossa diferença de tamanho é considerável.

Minha irmã do meio não compartilha muitas semelhanças comigo, embora isso não seja assim tão estranho para deuses. Além dos olhos quase tão escuros quanto os meus, com os quais me perscruta e analisa, não temos nada em comum. Ela é pequena e quase delicada. Não, delicada não. Na verdade, ela é *afiada*. Seu rosto, seus ombros e seu sorriso são armas, e todos os seus gestos, mesmo os mais simples, machucam. Seu cabelo é liso e avermelhado, impregnado com sangue derramado.

— Pode mentir para si mesmo se quiser, mas não para mim. Deixei uma mensagem muito clara, então me fala: por que você não foi?

— Você não tem mais ninguém para perturbar? — Dou as costas para ela, cansado demais, ao menos desta vez, para fazer parte de seus jogos. — Trabalho nenhum para fazer? Algum filamento para arruinar?

— Ah, irmãozinho... — Suas palavras são dardos que ela lança ao acaso. Sou tanto a ponta, quanto o alvo, e sinto a intenção de me ferir mesmo nas breves pausas de seu respirar. — Você sempre foi péssimo em esconder as coisas de mim.

— Vá embora — digo, embora devesse mesmo era ordenar.

Me dobro, me juntando ao tecido do tempo e do espaço de meu reino, e logo me vejo em frente à minha choupana. Entro, rápido como o vento desconvidado que bate janelas e leva embora as roupas secas do varal, mas Maldade chega logo atrás. Sua presença odiosa preenche a saleta, deixando caminhos de lama na madeira, onde minhocas se debatem.

— Se eu fosse você, seria mais humilde. — Os lábios dela se curvam feito serras de facas.

No canto da sala, uma enorme vespa sai de seu ninho entre as vigas e nos observa com olhos cheios de reflexos de sombras. É o pedaço de alma arrancado que lhe dá forma e trato de avisar, com um olhar, que não ouse se meter na conversa. Me jogo sobre uma cadeira, cansado, fazendo toda a questão de não convidar minha irmã para fazer o mesmo.

— E o que te faz pensar que eu tenho essa capacidade?

O sorriso dela aumenta ainda mais e ali, ocupando a maior parte de seu rosto, é uma coisa vil e pavorosa.

— Eu te vi — acusa Maldade, por fim. Não passa de um sussurro, e talvez por isso me faça estremecer. — Com *ela*.

Então a deusa para, saboreando o momento em que enfim me dou conta do quê exatamente quis dizer com a escolha de palavras. Sinto suas garras me apertando e perfurando.

Sei que deveria agir de modo indiferente, talvez rir e acusá-la de ser louca — algo de que ela gostaria muito —; no entanto, tudo o que consigo fazer é ganir como um cachorro.

— Você não sabe do que está falando — rosno, assim que ela me solta. Minha voz está baixa, perigosa.

Maldade não cede:

— Todos esses encontros no muro, as viagens secretas ao reino dos mortais para trabalharem juntos, as quebras nas regras da separação... Eu estava observando, Pesadelo. Imagina só o que todos vão dizer quando souberem que você anda bem ao lado da deusa dos sonhos — ameaça, exibindo presas sangrentas. — Traidor do próprio mal.

Minhas mãos se fecham em punho, e soco com tanta força uma das paredes que abro um buraco. Do lado de fora, taturanas e piolhos-de-cobra rastejam entre as frestas para bem longe, certamente sopesando se a curiosidade vale a fúria de um deus inconstante como eu.

— Ninguém vai saber de nada, e você vai manter a boca fechada se não quiser que eu a feche, talvez para sempre.

Estamos no meu reino e, aqui, ninguém me ameaça.

— E se eu tiver uma ideia diferente?

Atravesso o espaço que nos separa. Sou um único pensamento, e quando a deusa enfim se dá conta do que estou fazendo, já é tarde demais: minhas mãos se fecham em seus ombros e nem minhas correntes conseguem me impedir de dizer com perigo e promessa:

— Fique longe dela.

Definitivamente não é um pedido, e em um momento roubado de Tempo, enquanto em essência contemplo a força e a fúria de meu próprio corpo material, percebo que sequer passou pela minha cabeça defender primeiro a mim mesmo.

Maldade se debate.

— Tire essas mãos sujas de mim — ordena com tom carregado de ódio ancestral.

Trêmulo, me afasto.

— Sua cria malfeita de Deuses, eu adorava essa blusa.

Minha irmã espana os ombros, enfiando os dedos pelos buracos que abri na blusa e, com desagrado, ajeita o tecido como se isso pudesse lhe devolver um pouco de dignidade.

— Saia do meu reino — repito, e agora é um pedido. Não quero chegar ao ponto de ordenar quando tenho tanto a perder.

Não posso permitir que Maldade fale sobre isso para ninguém; os outros não podem saber.

— Pesadelo, você precisa de alguém para colocar juízo nessa sua cabeça. Talvez ter nascido por último tenha passado a ideia errada do que os deuses que servem ao bem nos fizeram. — Seus lábios se crispam. — Por que você está perdendo tempo com essas brincadeirinhas com a deusa dos sonhos?

— Ela é *minha*, eu brinco como e quando quiser. — As palavras deixam minha boca como um comando que ecoa por todos os mundos e filamentos. É possessão. Reivindicação.

Ao meu redor, tentáculos de escuridão se retorcem, confirmando.

Maldade balança a cabeça em desaprovação.

— Temos trabalho a fazer. Uma vingança para concretizar — insiste, como se eu fosse algum tipo de tolo que precisa ser lembrado de tudo o que perdeu.

Como se eu não tivesse arrancado uma parte da minha própria alma para isso.

— E você acha que não lembro?! — grito, permitindo que toda a minha raiva e frustração deixem meu corpo, e dou um passo em sua direção. Minha irmã não se encolhe. Exatamente como uma deusa faria, empina o nariz e me incentiva a atacá-la, pois sei que está sedenta por um pouco do meu desespero. Vai me beber inteiro, se eu vacilar. — Vingança é tudo no que penso, Maldade. Vingança é a minha existência; a minha realidade.

Ela estreita os olhos peçonhentos, e seu escrutínio é quase tão terrível quanto a conversa que estamos tendo.

— E o que a deusa dos sonhos é, então?

— Um prêmio. — Quase cuspo, agarrado à bancada de madeira. Farpas entram em minhas mãos, e as obrigo a se aprofundarem ainda mais na carne, ciente de que mereço a dor. — Talvez eu possa tomar de volta o que era meu e foi dado a ela.

Maldade estala a língua e seu pescoço estica e estica, ganhando a forma de uma cobra que vem sibilando para mim.

— Você pensa pequeno demais — desdenha. Sua expressão, entretanto, suaviza a ponto de fazê-la parecer sentir pena. — Por que se arriscar, colocando tudo o que planejamos a perder, só para conseguir migalhas? Pode acreditar, você não quer isso, Pesadelo.

— Você não faz ideia do que eu quero.

— É claro que faço. Nós somos iguais! Como é mesmo o ditado daqueles mortais asquerosos? Somos farinha do mesmo saco.

Um sorriso de desprezo me corta.

— Não somos nem um pouco iguais, Maldade. — Então sorrio ainda mais, me lembrando de já ter dito essas palavras para a deusa dos sonhos uma vez. — Você, assim como os outros, perde seus éons atrás de algo impossível, quando a solução pode estar bem na sua frente. A minha, pelo menos, parece estar: Sonho está começando a confiar em mim.

Minha irmã rola os olhos.

— E qual é o seu plano? Pedir que ela devolva um pouco do bem que recebeu ao nascer? Me poupe. Não vai funcionar; *nunca* funcionaria. O que os Criadores deram, só eles podem tirar.

— Você não sabe até onde eu posso ir.

— Me escuta, Pesadelo — interrompe ela com um gesto de mãos. — Eu descobri uma coisa realmente útil para nossa causa enquanto você brincava de casinha com seu prêmio. Uma coisa *grande*.

Me apoio no fogaréu aceso, e queimaduras se formam em minhas costas junto de bolhas que desaparecerão mais rápido que o sabor da dor que me causam. Sou mesmo uma criação desprezível, se me regozijo com algo tão terrível.

— Então fala logo e me deixa em paz. O que faço com a minha eternidade não é problema seu.

Minha irmã me encara, contrariada, perversa, cruel, tão metade de algo quanto eu.

— Ainda existe um lugar onde nós podemos buscar pelo caminho, o único que *eles* não destruíram.

As palavras da deusa despertam minha curiosidade e conseguem minha atenção. Meu peito sobe e desce, luto para me acalmar e domar minhas sombras. Já faz muito tempo que abandonei este sentimento, e não posso abrir caminho para que retorne.

Para outros pode haver esperança, mas para deuses que servem ao mal há apenas desilusão.

— O caminho? — pergunto, e minha garganta dói.

— O mapa para casa, Pesadelo. — Maldade sorri, ou melhor, exibe suas presas afiadas, como se tivesse ouvido algo terrivelmente satisfatório. De volta à sua forma odiosa de deusa, suas mãos vão parar na cabeça, que ela aperta como se quisesse conter os próprios pensamentos. — Aéther! — grita, ensandecida. — Depois de todo esse tempo vivendo de sobras e desejando vingança, nós temos uma chance. Uma pista de como voltar, e você está desperdiçando tudo por causa de uma deusa de coxas grossas.

Escolho ignorar sua última provocação.

— Nós já cansamos de tentar. *Eu* já cansei de tentar.

Depois de tantas frustrações, ao longo dos éons, não sei se minha sanidade aguentaria o peso de falhar outra vez. De chegar tão perto de retomar minha completude, meu lugar de direito em Aéther, só para ver tudo se estilhaçar.

Maldade bufa, impaciente.

— Seu coração amoleceu, irmãozinho.

— Se você descobriu uma coisa dessas, por que já não foi lá? Cansei de fazer o serviço sujo para você. Para *vocês*.

Ela limpa debaixo das garras.

— Eu fui.

Ergo uma sobrancelha.

— Então por que estou olhando para essa sua cara feia, e não para o suposto mapa que vai nos levar para casa?

— Porque a porta foi lacrada por Amor. — Vejo que a confissão lhe custa algo, pelo modo como a voz soa cozida em um ensopado de vidro e autocomiseração. — Sabe o que isso significa? Que é *importante*. Que aquelas criaturinhas desprezíveis do bem realmente se deram ao trabalho de tentar nos deixar de fora do que quer que haja lá dentro.

— Ah, então você não resolveu a questão por si mesma porque é incapaz — provoco.

— Cale essa boca.

Mas eu não calo.

— Amor, seu complemento divino, que tem o poder de te aniquilar... — cantarolo, para me sentir um pouco melhor. — Quem diria. Você ficou fraquinha diante de tamanha presença? Lembrou que existe uma criatura por aí que é capaz de sentir algo além de desprezo por você?

Maldade se contorce, cravando garras e espinhos tão fundo em meu coração que sinto meu corpo estremecer, à mercê da raiva dela.

— Precisamos de alguém mais forte do que eu. Alguém que não seja puramente Maldade, nem Escuridão — diz, entredentes.

Como um último desafio, permito que um sorrisinho curve meus lábios. Quero, ao menos, vê-la implorar; vê-la dizer as palavras. Quero que ela se humilhe o suficiente para dizer que precisam de mim, o último a nascer.

— Implore. — É tão fácil para mim exigir a única coisa que sei que minha irmã abomina. — Implore agora, ou vá embora e me deixe em paz.

Contrariada, ela morde as bochechas; mastiga a língua.

— Nós precisamos de *você*, Pesadelo.

— Jura para mim, aqui e agora, que, se eu for até lá, você nunca mais vai falar uma única palavra sobre a deusa dos sonhos — exijo, pois sei que, diante da importância da descoberta, ela não pode se negar. — Jura que vai parar de se meter na minha vida e esquecer o que viu.

— Eu juro — responde Maldade, sustentando o desafio do meu olhar.

27

Sonho

— Esses números estão consideravelmente baixos...
— Poderia me passar os torrões de açúcar, Empatia?
— Eu esperava que as coisas melhorassem, depois das atitudes que tomamos nos filamentos...
— É claro, Carinho! Desculpe não ter notado antes que o seu chá estava amargo.
— A balança pende para o mal...
— Ainda temos daquelas frutinhas adoráveis que você plantou, Gratidão? As pequenininhas, bem vermelhas?
— Com certeza esse desequilíbrio tão aparente vai desagradar nossos Criadores veneráveis...
— Mas como daria para saber, se eles não falam nem mesmo conosco? — pergunto, pois minha curiosidade é sincera.

Diante da minha questão — que ainda julgo ser muito válida, que fique claro —, a mesa silencia. Pares de olhos de todas as cores e formatos se voltam para mim atrás de xícaras, garfos, bolos, galhos e relatórios escritos em cascas de árvores e pedaços de estrelas. Surpresa até mesmo faz uma breve aparição com a força coletiva que a convocou, pedindo desculpa por ter pisado em uma tigela cheia de mingau de canela.

— Não diga besteira, Sonho — adverte Felicidade, com um lindo e delicado sorriso no rosto perfeito.

O cabelo loiro dela reluz com os raios de sol que transpassam a janelinha de vitral logo acima de sua cabeça, de repente ganhando as cores de um prisma, e, por um instante, a bochecha treme, junto de um olho dourado.

— Ela deveria mesmo estar aqui, ouvindo essa conversa? Não é arriscado ela revelar algo para o lado de lá?

Ouço Benevolência perguntar, bem baixinho, para Verdade.

— Você só está falando isso porque acha que ela se deixou contaminar pelo deus dos pesadelos? — devolve a outra, em alto e bom tom, fazendo minhas bochechas corarem e alguns deuses-emoção se engasgarem.

Envergonhada, e por que não dizer, me sentindo um pouco indigna, me remexo no luxuoso assento, lamentando a mim mesma por não poder desaparecer entre os capins e as flores que brotam sem pressa, como tanto gosto de fazer em casa.

Um pigarro silencia qualquer outro comentário.

— Os Deuses antigos podem ter se retirado para Aéther, mas nós somos servos do bem e, portanto, descumprir ainda que por pouco a nossa função de equilíbrio é o mesmo que desagradá-los. — Amor pisca para mim da cabeceira, mediando a questão com habilidade. Estamos em seu reino, e é sua prerrogativa conduzir e ordenar a reunião. Com um gesto calmo, se coloca de pé; braços apoiados no encosto da cadeira. — Aproveitando, queria deixar claro, desde já, que não vamos admitir qualquer questionamento sobre a natureza ou a lealdade de Sonho. — O decreto arde em cada um de nós como os tentáculos de uma água-viva. Então, sua voz se altera por completo, e retoma o calor acolhedor de sempre: — Agora, por que nós não fazemos uma pausa nas deliberações para provar os bolinhos de farinha de nuvem que Vontade fez? Estão com uma cara ótima!

Ao meu lado, mamãe Vontade assente e, talvez desesperada para afastar as dúvidas que os outros deuses-emoção expressaram a meu respeito desde que a questão do muro se tornou de conhecimento geral, sai em disparada para a cozinha. Antes mesmo que ela consiga voltar à sala, está cercada por toda sorte de deuses esfomeados por seus quitutes. São tantos pares de mãos que o corredor precisa se esticar para fazer caber todos.

— Posso dar uma palavrinha com você, Sonho?

Sinto a presença de Amor ao meu lado antes mesmo de ouvir suas palavras. É reconfortante como o cheiro de minhas mães, quente como o poente das estrelas mais bonitas, íntima como as cobertas de minha cama.

— Claro.

Sigo sua presença divina para fora da casa até os jardins iluminados, reconhecendo cada uma das sementes que um dia ajudei a cultivar. As abelhas que vivem neste reino tão longe do meu são minúsculas feito pólen e zumbem de saudade. Os pássaros cantam um lamento suave, que carrega laranjeiras imensas como torres, com uma doçura igualmente proporcional à acidez.

Amor e eu nos sentamos debaixo de um gazebo, onde as vinhas há muitos éons ganharam vida própria e cobriram por completo as colunas e o teto, e, daqui, posso ver um largo vale.

— Sonho...

A entidade segura minhas mãos de modo protetor, sentindo o quanto fui longe em minhas divagações, e é impossível desviar os olhos de sua aura.

Deuses não têm sexo. No entanto, podem assumir formas mais delicadas ou grosseiras, de acordo com a essência imaterial que representam. Em meu caso, a feminina se ressalta e vaza de meu interior, impregnando meu corpo desde minha concepção, e é assim que me identifico quando vejo meu reflexo nas águas límpidas de um riacho gentil.

Mas, para alguns, não é necessário ser nem uma coisa, nem outra. Por sua própria natureza, Amor é a união perfeita entre feminino e masculino e, ao mesmo tempo, não é nenhuma dessas coisas — não se encolhe, nem faz questão de caber, em nenhuma definição. Seu rosto belo é uma ode aos querubins, pequeno e forte, dominado por olhos grandes e intensos, verdes como grama nova sob o orvalho de verão. Os lábios são frutos tenros, feitos para pronunciar palavras de alento e de raiva, tão voláteis quanto a visão de seu corpo que ora se afina em curvas, ora se engrossa em músculos.

— Obrigada por me defender — agradeço em um sussurro fraco. — Você sabe que eu posso ir embora, caso não se sintam confortáveis com a minha presença depois de... bem, depois de tudo o que aconteceu.

As sobrancelhas da entidade se encontram no meio da testa, que, em contrapartida, não exibe nenhum vinco.

— Não precisa me agradecer por fazer o mínimo, muito menos o que é minha obrigação. Se Luz estivesse aqui, diria o mesmo, talvez com palavras mais delicadas ou pomposas — complementa, com um gracejo. — O que aconteceu com o muro no seu bosque é lamentável, Sonho, mas não é culpa sua. Também quero que você saiba: não acho que a culpa seja sua por procurar entender melhor seu complemento divino, sendo que você tinha essa oportunidade. Eu já pensei, muitas vezes, na minha: a terrível Maldade.

Sua gentileza me arranca um sorriso.

— Você não devia dizer o nome dela.

Meus dedos tocam, muito de leve, os lábios cheios de Amor, e não demoro a recolhê-los, assustada com a minha própria impertinência.

Deuses não se tocam assim, com tanta intimidade. Não sem permissão.

— Os outros podem não ter percebido, mas eu reparei. Você mudou, Sonho.

Embora as palavras tenham soado como veludo, macias e em nada acusatórias, a constatação faz minha pele arrepiar. Eu sou Sonho, minha essência é imortal, e Tempo, Poder e Vida me fizeram para ser imutável. Uma deusa que inspira o bem, capaz de concluir o trabalho de todos os outros deuses que o servem.

Eu não deveria mudar.

A mudança é perigosa.

— Mudei? — pronuncio na forma de pergunta, sem ousar afirmar.

Amor me observa em silêncio por um instante, as mãos sem jamais fraquejar sobre as minhas — não parece ter se incomodado com o meu toque e o devolve com ânsia.

— Sim, e não sei se as suas mães estão ignorando por medo do que isso significa, ou porque se acostumaram a sempre olhar para a filha como a mesma criança que viram nascer. Elas podem até se recusar, a todo custo, a te deixar crescer, mas dá para ver nos seus olhos, pincelado na sua pele, agarrado nos seus gestos. Sei que mudou, da mesma forma que sei que sou Amor, e por isso é que posso afirmar: você está amando.

A verdade é colocada entre nós de forma delicada, porém direta. Pinta minhas bochechas com um tom rubro que costumo ver apenas no céu, ao entardecer, e de repente me sinto desesperada, às margens de um rio que corre sem direção. Sou cada uma das pedras que formam a correnteza. Sou a água, e o barco que navega a esmo.

Meus músculos tensionam, minha respiração desnecessária parece falhar, e tudo isso se reflete em meus dedos, que se fecham sobre o colo.

Nada disso passa despercebido à entidade ao meu lado.

— Não precisa ter medo, criança. — Amor se inclina em minha direção, e os cachos dourados de seu cabelo quase roçam meu rosto. Seu perfume doce como todas as coisas que já amei, e aquelas que ainda virei a amar, me embala.

Amor nasceu muito antes de mim. Viveu por éons inteiros entre os deuses-emoção, aprendendo a exercer a própria função com Luz, a mais velha, e já havia crescido quando, por fim, emergi. Respeito seus conselhos.

— Eu juro... — começo a falar.

— Não jure o que não pode confirmar na presença dos nossos bem-amados Criadores — adverte a entidade muito suavemente. — Amor é base para todas as coisas boas, e tão necessário quanto a mudança — sussurra, como se depositasse um segredo na curva do meu pescoço. — O primeiro é imparável; a segunda, inevitável. Não tenha medo de sentir.

Muito depois, já de volta ao meu reino, as palavras confidenciadas no jardim ainda me assombram.

Como eu poderia encarar a mudança como algo bom, se ela denuncia a gritante interferência que assola os meus dias, e os sonhos pincelados de maldade que vez ou outra brincam com as minhas noites?

Pesadelo me corrompe aos poucos, e não sei se posso culpá-lo.

28
Pesadelo

Do meio-fio, observo uma construção de pedras e argamassa decadente que, através de duas janelinhas, me encara de volta. Conforme atravesso a rua de asfalto rachado, meus passos esmagam algumas folhas e as criaturas invisíveis que nelas habitam.

Poderia passar por cima do portãozinho de ferro ainda úmido pela garoa que caiu há pouco. É sempre terrivelmente cinza neste filamento de realidade, neste planeta, mas hoje me sinto bonzinho e, por isso, apenas o empurro para o lado com um ranger doloroso antes de seguir meu caminho.

Meus pés estão agora em um solo considerado por muitos como *sagrado*, e ganho os degraus um a um antes que a porta de madeira entalhada faça objeção à minha entrada. Reconheço sua coragem inanimada, além do comando impresso com poder imortal em cada sulco e camada de verniz. Maldade estava certa: Amor passou por aqui, e sua presença é simplesmente repugnante.

Liberto minhas sombras que aguardavam, obedientes, para encher este lugar de pestilência, e elas não se demoram antes de corroer a fechadura, os trincos e até mesmo o batente. Chamuscam a madeira como ácido — um lembrete de quem são. De quem sou.

— Se os Criadores não me quisessem aqui, não deviam ter feito de mim um deus — falo para o vazio, e minhas palavras se enrolam no ar como fumaça antes de desaparecer. Sei que o vento vai fazer o favor de carregá-las até os reinos que servem ao bem e passar o meu recado.

Somos todos deuses.

Empurro o que restou da porta para fora do caminho e, respeitoso até demais, entro na pequena capela.

O ar úmido e bolorento do interior é o primeiro a me receber com evidente animação, mas logo perde força para o cheiro doce e enjoativo de incensos e velas a queimar no altar, e por um instante quase lamento por Sonho ter me ensinado a reconhecer tais aromas.

Sonho. Sonho. Sonho.

O nome dela reverbera em minha mente como a badalada de um relógio, de hora em hora, exigindo cada vez mais de mim. Reclama e conquista pedaços de mim que jamais estive inclinado a ceder, e um sorriso que é pura perversidade brota de meus lábios peçonhentos com a lembrança de como quero vê-la sofrer.

O momento veio a calhar; afinal, vim mesmo até aqui mostrar as presas.

Um passo após o outro, corro a ponta dos dedos pelos encostos dos bancos enfileirados, perturbando a camada grossa de poeira que os cobre. A ilusão pode servir para afastar daqui mentes impressionáveis de mortais, mas não significa nada para mim. Vejo através dela, em todas as direções e, como se afastasse o véu entre os mundos, obrigo o engodo a recuar até que, enfim, a verdadeira natureza do lugar aparece.

Um templo.

O templo.

De fato, uma ideia genial esconder aqui, neste insignificante filamento, o único local físico que mantém alguma conexão com Aéther e os Deuses antigos. Quem pensaria em procurar pelo divino em algo tão ordinário?

Despidas do engodo, as paredes brilham muito mais que ouro e diamante. São feitas de estrelas, bordadas à mão contra o pano de fundo do céu, assim como o teto sobre minha cabeça que reluz em massivas nebulosas. Os bancos para oração se transformaram em assentos cristalinos como vidro, macios como veludo, quentes como um coração amoroso.

Que nojo.

Sigo através do corredor formado ao acaso pelos encostos alinhados até o altar, que já não tem mais nada de ordinário no aspecto. Lá, altivas, três estátuas esculpidas em matéria escura me encaram como se me julgassem em antecipado, cientes do que vim fazer.

O primeiro é Tempo. Um ancião encurvado, pele e osso, portando seu cajado na mão esquerda e um único grão de areia na direita.

A segunda é Poder. Guardiã cega, ainda assim aquela que mais vê. No lugar do rosto, há um vórtice que gira e gira eternamente em equilíbrio entre ação e reação.

Por fim, a terceira é Vida, a única que não está representada na mesma forma mundana que os outros. Ela é nada além de uma partícula de luz brilhante e explosiva da qual exsurgem borboletas e mãos cadavéricas.

— Vocês se esconderam bem. — Minha voz reverbera pelo espaço, e deixo que seja carregada em ecos por entre as estrelas.— Mas não de todos, aparentemente. — Faço questão de complementar, brincando com as sombras que se enroscam entre meus dedos. — Sentimos o poder de Amor selando o portal.

Não há qualquer concordância ou objeção, e passo um longo tempo encarando as paredes e as constelações que, à mostra, se exibem mais do que deveriam para mim. Estou quase certo de que as reconheço, embora mesmo o menor dos esforços faça qualquer memória se esquivar.

Talvez sejam — as estrelas ou as memórias? — as que procuro para voltar a Aéther.

— Por acaso vocês ao menos respondem? — Meus punhos se fecham ao lado do corpo, e minha garganta de repente se aperta com o peso das correntes, em aviso. Há tanto para lamentar desde o dia da separação. Tanta dor reprimida. — Respondem aos malditos deuses bons quando eles rezam, ou todos nós somos considerados igualmente indignos, e o silêncio é a nossa punição mais severa?

No teto, as nebulosas se agitam. Berçários de mundos e de vidas que, ao que tudo indica, importam muito mais para os Criadores do que nós, poder de seu poder, imaterialidade de sua imaterialidade. Quando as vejo explodir em novas cores, minha raiva se transforma em algo tão corrosivo que a sinto me queimar por dentro.

— Por quê?

A pergunta é imediatamente absorvida e, mais uma vez, deixada sem resposta.

Estou sozinho, como sempre estive, e a dor da separação ainda ressoa em meus ossos, como se enrolasse em meus membros tal qual as correntes que foram postas em mim no momento em que os Deuses antigos decidiram nos punir.

Então me regozijo no tormento. Chafurdo no desespero. Bebo do sofrimento.

Sou tudo o que eles fizeram de mim e, ainda assim, pareço não ser o bastante.

— Eu amei vocês, ainda que ninguém esperasse algo do tipo vindo de um pesadelo.

As palavras me deixam como facas afiadas, o que seria bom, caso seus gumes dentados não estivessem todos voltados para mim. Sou ferido muito mais do que firo, e minhas entranhas sangram um pecado que jamais foi meu.

Não *apenas* meu, ao menos.

— Eu fui bom. Fiz tudo o que me pediram; cumpri o meu propósito divino. — Estou cuspindo e lágrimas de escuridão, feitas de fiapos, escorrem por meus olhos. — Ainda assim, nunca foi o suficiente. Eu nunca vou ser o suficiente porque... porque vocês me odeiam, não é?

Então meu dedo aponta para as estátuas na forma de uma promessa.

— Pelo menos tenham a decência de admitir. Vocês me odeiam porque eu represento tudo aquilo que vocês não queriam que existisse! — Sigo me esgoelando. Ao meu redor, as sombras são um enxame de destruição. — Vocês me odeiam porque me fizeram à sua imagem e semelhança e, por isso, eu represento tudo de mais perverso e egoísta que existe dentro de vocês!

Meus joelhos quase cedem, mas me forço a permanecer de pé. Ignoro as correntes, quando se apertam — fui longe demais para parar agora.

— Me deem o mapa! — exijo, caminhando a passos duros entre os assentos. Viro cada um, até que o caos toma conta do interior do templo. Reviro baús, rasgo cortinas, pisoteio castiçais, e profano tudo o que é sagrado. — Me deixem voltar para casa, onde eu *mereço* estar!

Mas as estrelas não me respondem — tampouco as estátuas.

Estou sozinho quando caio em meio aos assentos revirados. Meu cabelo escorre na frente dos olhos, as sombras vagueiam batendo contra as paredes, e meu peito sobe e desce como se realmente precisasse de ar.

A rejeição pesa e não posso mais continuar aqui; é inútil. Como tentei alertar Maldade, o caminho está perdido e não há mais qualquer forma de retornar a Aéther — ao nosso estado inicial e inteiro.

Então, de dentro de um bolso, tiro uma ferramenta arcaica que há muito ensinei aos mundanos como usar para o mal, visto que Sonho os havia inspirado a criá-la para o bem: um palito pequeno e fino, mergulhado em uma substância branca na ponta. Eu o levo à boca e, com um toque de língua, faço uma chama alaranjada se acender.

Encaro o fogo bruxuleante em silêncio por um tempo, invocando em meu interior os sentimentos dos quais preciso para seguir em frente. Eles vêm fácil, pois estou decepcionado demais para permitir qualquer remorso.

Meus lábios se contraem, e então sou mais uma vez um predador.

Exatamente o que Tempo, Poder e Vida queriam que eu fosse.

— Me perdoem, pais, mas pequei — confesso, deixando um sorriso cruel tomar a minha boca úmida de loucura. A chama tremula em meus dedos e eu a deixo cair sobre os assentos, os tecidos e os castiçais que, devagar, começam a queimar. — E vou pecar mais algumas vezes até conseguir o que quero. Se vocês não me derem o mapa, todos os seus preciosos mundos vão pagar o preço.

29

Sonho

Estou parada na calçada, meio oculta, meio abraçada, por um grande e há muito não podado arbusto. Do outro lado da rua, Amor faz o que pode para amparar Empatia que, caída de joelhos, se descabela e chora pela construção que ainda crepita em agonia.

Uma capela, outrora um templo para os Deuses antigos, incendiada.

— Quem faria uma coisa dessas com a morada dos nossos Criadores? — lamenta a deusa-emoção, entre soluços, abraçando tijolos e pedras incandescentes. — Era o último lugar que nós ainda podíamos visitar e sentir um pouco do poder deles; sentir como nós nos sentíamos em *casa*.

Alguns pedestres curiosos e moradores do bairro mundano vez ou outra param em frente ao que, aos seus olhos, era uma simples capela, e de modo muito próprio oferecem condolências pelo incêndio que a destruiu. Nenhum deles pode nos ver, em plena forma de deuses, mas nós os vemos tão bem quanto as variadas emoções que os acompanham conforme seguem caminho.

— Nós sabemos quem. Foram *eles*. Está tudo impregnado com o fedor do mal! — Determinação cerra os punhos perto do corpanzil imenso. — Pensei que tivessem dito que o lugar era um segredo que só nós conhecíamos.

— Vem, Empatia. Você precisa se recompor, tem tarefas para cumprir. — Mamães erguem a deusa do chão, com seus pés e tornozelos completamente sujos de carvão, e a levam de volta para nossa própria realidade, através de um portal aberto com um simples gesto de mãos.

— Você tem razão, Determinação. — Amor permanece imóvel em frente ao que restou do templo. Embora algumas brasas ainda soltem uma fumaça escura e terrível que me lembra de específicos fios escuros e sombras vivas, a maior parte dos materiais está molhada. Primeiro, vieram os mortais com seus caminhões; depois, caiu uma chuva pesada. — Eu selei a porta pessoalmente...

— Não funcionou muito bem. — Segurança dá de ombros, como se pedisse desculpa adiantado.

— Não dá para entender — prossegue Amor, ignorando a interrupção. — Por que fariam algo assim? O que ganhariam em troca?

— Talvez eles só quisessem mandar um sinal. — Felicidade luta para manter o sorriso no rosto, e me afundo ainda mais no arbusto, ouvindo tudo o que as folhas descoloridas pela estação austera têm a contar sobre o que houve ali.

Não é nem um pouco bom.

— Sim, um sinal. E depois o quê, corromper o equilíbrio? Atentar contra os nossos Criadores? — Amor infla o peito, e seus contornos se tornam de repente largos e fortes. O tom da voz aumenta. — Se tiveram coragem de incendiar o templo, nem consigo imaginar o que mais esses servos do mal planejaram.

— Esta não é uma questão de coragem, e sim de vingança — diz Verdade. A deusa é pequenina e curvilínea, agradável de se admirar, porém impossível de se manter perto por tempo demais. — Achei que você tivesse visto as palavras que eles deixaram.

Ela aponta para a fumaça que se estica e se enrola para formar sílabas. Da junção destas, por fim, aparece uma mensagem: *Somos todos deuses*.

— Somos todos deuses — murmuro, alto demais.

Todos os olhos se voltam para mim de modo sugestivo.

— Como anda a missão que você recebeu, Sonho? — pergunta Coragem, sem pestanejar. — Conseguiu descobrir alguma coisa com seu complemento divino? Arrancou alguma informação dele? Qualquer coisa que dê para usar?

Trato de fazer que não, ansiosa diante de tanta atenção.

— Eu não... — Minha voz quase não sai. — Eu não o vi outra vez.

— Então você precisa se esforçar mais — opina o deus-emoção Entusiasmo. — Seu muro destruído é a única pista que nós temos do que eles estão fazendo.

O semblante de Amor é solene quando se volta para mim:

— Não era nossa intenção te forçar a nada, querida Sonho, mas diante do que aconteceu aqui... — Seus braços compridos e fortes gesticulam para o incêndio. — Bem, você é a nossa única salvação.

Meu peito se comprime com o peso e o sacrilégio da tarefa da qual me incumbiram, e depois que a maioria retorna aos respectivos reinos, me vejo caminhando entre os escombros, triste por sentir a essência de Pesadelo impregnada em toda aquela destruição.

Os outros podem não tê-la identificado, já que não o conhecem, mas eu... Eu acho que o conheço bem até demais.

Ao menos, *pensava que conhecia.*

Verdade está parada à porta, ou em frente ao que restou dela. Ela foi a única que ficou para trás, e toca os ferrolhos afundados na madeira que queimou até virar carvão. Prossegue a inspeção em todo e qualquer caco, monta um quebra-cabeças com os pedaços, e desaparece atrás da única parede que não ruiu por inteiro enquanto murmura na língua das pedras e da argamassa chamuscada.

— Elas te contaram alguma coisa? — pergunto, talvez mais interessada do que deveria.

— Apenas o que os arbustos e folhas disseram. — Verdade não sorri exatamente, mas seus contornos me passam essa sensação. — Só que a verdade não é exata. Assim como nós, nascidos em pares, ela sempre tem dois lados. — Ela limpa as mãos na túnica clara.— Já vi o que precisava para pensar. Você vai ficar mais um pouco?

— Daqui a pouco eu vou embora, só queria... — Brinco com meu próprio cabelo, insegura quanto ao que devo ou não revelar. — Bem, os Deuses... — Aponto para o altar. — Acho que vou rezar um pouco.

— Não fique muito tempo por aqui sozinha. — A deusa-emoção aparenta ter entendido meu desejo de conexão com nossos Criadores, porém não faz qualquer comentário, pelo que me sinto agradecida. — Não é seguro, agora que já vimos o que *eles* estão dispostos a fazer.

— Nós temos as correntes. — Levo os dedos ao pescoço, como se para ilustrar.

— As correntes podem até ser inquebráveis, mas elas se esticam — constata Verdade.

— Não precisa se preocupar — eu a tranquilizo, certa de que terei muito no que pensar quando retornar para meu reino. — Eu sei me cuidar.

Sinto o poder dela se distanciar e, aproveitando o instante de privacidade, me volto para as estátuas dos Deuses antigos que estão tombadas umas sobre as outras no que deveria ser o altar. Por algum motivo, o fogo não foi capaz sequer de arranhar a superfície.

— Sinto muito — digo, com devoção. — As estrelas se apagaram das paredes, mas não no meu coração.

Quando estou prestes a abrir a boca para continuar minha confissão, sinto o empuxo de uma presença se materializando.

Quem vem aí? É um peso que conheço, mas não consigo identificar...

— Verdade? — arrisco.

— Desculpe se a assustei, esqueci uma coisa. — A deusa da verdade aparece entre duas vigas chamuscadas, que por pouco não caíram, e faz um gesto de mãos incomum. — Finja que não estou aqui. — E ri.

Assinto, estranhando um pouco seu comportamento de repente tão expansivo, mas não totalmente inesperado — Verdade sempre foi conhecida pelos ímpetos inexplicáveis.

— Está bem.

Retomando a concentração, me viro outra vez para as estátuas e me agacho em frente à representação de Poder que, certamente, cobrará de Pesadelo um preço alto pela insolência — toda ação tem uma reação.

Suspiro, e toco a base da estátua. A matéria densa na qual foi esculpida é fria e penetra em minha carne, como se quisesse me absorver.

— Sei que não tenho sido a melhor das filhas — murmuro quase sem emitir som. — Reconheço todas as minhas faltas e transgressões. — Meus olhos embaçam com o peso de lágrimas não derramadas. — Mas não precisam se preocupar, o segredo do caminho está bem guardado comigo. — Faço questão de acrescentar: — Podem confiar em mim agora, como confiam ainda em Aéther. Eu não vou falhar.

E se os Criadores me respondem, não vejo, nem ouço, nem sinto, pois já me afasto com a intenção de partir antes que Verdade descubra que sei de tudo que se passou aqui — o que imagino que ela já suspeite — apenas olhando com atenção suficiente para meu rosto.

— Vai direto para casa, tá? — pede ela. — Não fique perambulando por aí.

Mostro um sorriso para apaziguar suas preocupações, embora não um dos mais brilhantes.

— Apareça para me visitar quando puder.

Nós nos despedimos, e só depois que convoco um portal para meu reino é que percebo, com surpresa, que a deusa-emoção me ofereceu um sorriso estranho em resposta.

Viro de costas, adiando o momento em que a abertura vai se fechar e esta realidade desaparecer diante da visão do meu bosque. Aperto os olhos, certa de que estou imaginando coisas, no entanto está claro como o dia: o fogo do cabelo da deusa que me acompanhava se derrete, dando lugar a uma visão doentiamente pálida que me faz arrepiar. É quase idêntica à deusa da verdade em tudo, mas seu oposto perfeito. Um negativo.

Considerando tudo o que existe, em uma vida imortal, para aprender, posso dizer que não conheço cada detalhezinho sobre meus irmãos e irmãs — além do mais, fui a última a nascer. No entanto, já cansei de ouvir histórias e lendas, contadas no reino mortal, sobre rivalidade e vinganças mesquinhas, perpetradas por aqueles que servem do lado do mal.

Ao que tudo indica, Mentira sempre foi boa demais em andar vestida com as roupas de Verdade, e eu, inocente, não as distingui.

30
Pesadelo

— Posso saber que tipo de reunião nefasta e *não solicitada* é esta? — pergunto, indignado, enfiando a joaninha Perdição bem no fundo do meu cabelo e ordenando que os fios formados por sombras a mantenham escondida.

Dei ênfase especial na parte do "não solicitada", afinal, quão loucos todos esses deuses estavam quando decidiram que seria uma boa ideia me fazer uma visita surpresa?

Maldade é a primeira a erguer os olhos da visão caótica e abarrotada da pequena sala e, completamente entediada, deixa claro que minha presença em minha própria casa — em meu próprio reino — é algo quase intragável. Talvez se recorde de como saiu humilhada da nossa última conversa, se é que posso chamar nossas agressões de algo tão civilizado. Eu a perscruto com os olhos, naquele tipo de não linguagem que apenas irmãos poderiam entender, e ela me responde de má vontade:

— Mentira nos trouxe uma informação excelente e que exige uma ação imediata. Achamos melhor convocar logo esta reunião para discutir os detalhes.

Os outros assentem.

— E por que na minha casa?

Será que não entendem que detesto todos eles?

— Porque você não iria para nenhum outro lugar — alfineta minha irmã. — E a urgência da questão é mais importante do que as suas malcriações.

Desgostosas, minhas sombras sibilam em aviso enquanto me viro para encarar a deusa da mentira. Ela é uma coisinha sorrateira, pálida e doentia. Ordeno a alguns fiapos que escapem pelas frestas das paredes e se dirijam aos limites do meu bosque, para adensar o nevoeiro e atrapalhar a vista.

Não posso permitir que nenhum deles se aventure por aí e descubra o que houve com a barreira. Maldade ainda não disse nada, mas não sei quanto tempo ela vai levar para me apunhalar pelas costas e revelar o meu segredo.

— Fale logo então — concedo, porque sei que não poderia escapar de uma reunião convocada por todos os deuses que servem ao mal. Massageio as têmporas com as pontas dos dedos: poderia ser pior, por exemplo, se minha irmã mais velha, Escuridão, estivesse aqui.

Mentira entende os sinais de que estou com ainda menos paciência do que de costume, e logo se afasta da bacia que usamos para lavar louça. Na água turva, ela deposita a xícara da qual bebia: *minha* xícara. A favorita.

Não sou de rezar, mas que os Deuses antigos me deem paciência para aguentar isso até o final.

— *Eles* apareceram no templo hoje — conta a deusa-emoção enfim, repetindo a história que os outros devem ter ouvido várias vezes, já que ela adora falar. — Empatia ficou gritando na calçada e abraçando pedaços de pau e pedras soltas feito uma idiota, quase não consegui segurar o riso.

Vingança gargalha alto, e eu a fuzilo com os olhos assim que me dou conta de que, ao contrário dos demais, não aceitou ser espremida na saleta ou no canto da cozinha. Pelo contrário: está confortavelmente deitada em minha cama, dentro do *meu* quarto. Temos intimidade, e já a vi ali em posições muito mais reveladoras, mas, ainda assim, ela nunca fez nada sem um convite.

Parece que hoje todos decidiram testar os meus limites.

— Patética. — Ouço Cólera cuspir, e sei que é uma reação à história.

— *Aham*. — Faço um gesto de dedos, totalmente desinteressado.

— Sonho estava lá, cochichando com as plantas — continua Mentira, de maneira teatral, capturando em definitivo minha atenção depois de pronunciar aquele nome. Faço o possível para que os outros não percebam, porém muitos nesta choupana apertada farejam medo. E *desejo*. — Você sabe que acho ela esquisitinha, sem ofensas — trata de emendar. — Sei que vocês nasceram juntos.

— Não me ofendeu — me vejo obrigado a dizer, muito embora meus punhos cerrados indiquem o oposto. Ao meu redor, fios de escuridão pingam veneno e coisas ainda piores.

— Pois bem. Desconfiei que a deusa dos sonhos pudesse saber de alguma coisa... Ela estava com uma cara de culpada, e assim que Verdade foi embora, me disfarcei com as roupas dela. Sabe aquelas que roubei?

Assinto, embora não faça ideia do que ela está falando, desesperado por saber como aquela história terminaria.

— Consegui ficar sozinha com Sonho, que não percebeu nada. — A deusa da mentira lambe os lábios com uma língua branca e terrivelmente comprida, se preparando para o clímax.— Tão bobinha. Se descuidou, conversando com as estátuas dos Deuses antigos, e deixou escapar...

— Ao que tudo indica — interrompe Maldade, sem se importar com os protestos da outra deusa —, Sonho estava rezando para os Deuses antigos e disse para eles não se preocuparem, porque o segredo do caminho estava bem guardado com ela.

— Não acredito que você me roubou o final! — esbraveja Mentira.

— E daí? — pergunta minha irmã, dando de ombros. — Podemos até ser filhos de Tempo, mas nossa paciência não é infinita. A minha pelo menos não é. E você *sempre* enrola demais.

Confuso, escoro o corpo na parede e me deixo ficar. A briga entre as duas deusas se desenrola à minha frente, mas não dou ouvidos.

Como se sentisse que aquela era sua deixa para agir, minha mãe, Angústia, atravessa a saleta e ergue os braços. Quase pousa as mãos em meus ombros.

A sombra de seu toque interrompe meus devaneios.

— Pesadelo. — Nossos olhares se encontram enquanto a discussão esfria. — Maldade nos contou... — As bochechas pálidas dela enrubescem. — Bem, ela nos contou.

Contou o quê?, quero perguntar.

Mas não preciso, pois o silêncio, muitas vezes, é a forma de resposta mais eficiente que existe.

Porcaria.

Merda.

Droga.

Maldição.

— Eu vou acabar com você — falo com muita calma, e depois que me transformo em sombras, me atiro em direção a Maldade, que mal encontra tempo para pular da cadeira que ocupava antes que se quebre em centenas de pedaços e farpas.

Minha choupana balança com a mudança repentina de peso, querendo cuspir todos nós pela porta.

— Pesadelo! — gritam vozes, em uníssono, enquanto os corpos chacoalham.

— Eu disse para deixar ela fora disso.

Cólera, Raiva, Culpa e Egoísmo tentam instigar, mas minha irmã, traiçoeira como é, já está do outro lado da sala quando eles enfim se interpõem entre nós.

— A culpa é sua por confraternizar com a inimiga, Pesadelo — rosna ela por cima da confusão, espumando feito uma onda raivosa. — A queda da barreira era uma oportunidade de espionar, mas você preferiu sair por aí para brincar!

Minhas sombras assomam, prontas para lembrá-la de que está nos meus domínios, quando uma mão muito conhecida pousa sobre meu antebraço e o aperta, à revelia de qualquer retaliação.

— Filho.

Com muito esforço, me obrigo a recuar.

— Eu não sou seu filho — devolvo, para machucar.

Minha genetriz, entretanto, não se ofende.

— O que Maldade disse é verdade? — pergunta Angústia, e em seu semblante vejo um espelho refletindo todas as mentiras que já contei para protegê-la da minha perversidade. Penso que ela nunca soube, de fato, o quanto o precipício da minha malignidade é profundo.

A choupana fica silenciosa, e de repente me dou conta de como é pequena para todos que se amontoam aqui dentro. Vingança se agarra à porta do quarto e enfia as garras na madeira, enquanto Ciúme se materializa ao lado dela.

Não há como negar.

— É.

Maldade torce a boca e cruza os braços, satisfeita até demais.

— Preste atenção, irmãozinho: por mais *saboroso* que tenha sido, eu não fiz isso para machucar você — explica. — Fiz porque finalmente nós temos uma chance de conseguir o que queremos há tantos éons. E se a deusa dos sonhos souber alguma coisa sobre o mapa? E se esse caminho ao qual ela se referiu nos levasse a Aéther?

— Cale a boca. — Minha voz sai tão ameaçadora como os espinhos que de súbito brotam entre as tábuas de madeira, furando pés e panturrilhas expostas. Muitos deuses fogem, outros, dão gritinhos. — Não quero ouvir a sua voz nunca mais.

— Você não deve satisfação a nenhum de nós — fala Angústia tão baixo que não sei se imaginei suas palavras de apoio. — Os Criadores te fizeram ser assim: uma mistura de todos. O *melhor* de todos.

— Ou o pior — interrompe Mentira. Depois, a deusa ergue as mãos em um gesto de paz. — Desculpe, eu só queria saber como é falar a verdade pelo menos uma vez.

Quase libero minhas trevas sobre ela, mas faço um esforço. Todos estão me julgando, e não posso suportar que duvidem de minhas intenções; não de mim, que fui tão longe.

No alto das vigas, agora transformada em taturana, o pedaço arrancado da minha alma responde.

— A questão é que todos nós sabemos quem você é, Pesadelo — prossegue minha mãe. — Conhecemos a sua essência e o que aceitou sacrificar para concretizar a nossa vingança. Um deus sem alma é o único capaz de lutar contra as correntes. *Você* é o único capaz de fazer isso.

Eu sabia que não gostaria da direção daquela conversa desde o instante em que entrei em casa e vi todos ali, reunidos sem convite, mas definitivamente não imaginava que me sentiria tão desesperado para saber o que queriam de mim.

Pois é óbvio que queriam algo, ou não teriam se dado ao trabalho.

— O que você quer dizer com isso? — ouso perguntar.

É meu pai quem enfim esclarece, e sua intervenção é oportuna:

— A ordem foi dada por Escuridão. — Todos se encolhem diante do nome. — Você deve se aproximar da deusa dos sonhos. Ela deve confiar em você o suficiente para revelar que caminho é esse, quais segredos guarda para os Criadores. A Escuridão quer que você tire tudo dela.

Ali estava meu maior medo, ou melhor, meu *pior* pesadelo.

31

Sonho

Pesadelo não aparece no limite entre reinos desde aquela noite em que, por um ímpeto meu, cometemos o sacrilégio de quase nos tocar e, embora eu saiba que deveria evitá-lo pelo bem do meu próprio coração, continuo vindo até o ponto onde o muro ruiu sempre que o luar desponta. *Sou filha de Esperança, afinal.*
    — Você sabe que não precisa ficar aqui comigo — digo à Teimosia enquanto meço o tamanho da lua cheia com a ponta do dedão. Minha cabeça descansa sobre a outra mão, e as saias das minhas vestes frescas estão emboladas na altura dos joelhos. A parte de cima não passa de um pedaço tecido de arco-íris que lança reflexos pelos meus ombros, como mangas. — Pelo menos não todas as noites. Você não tem mais nada para fazer? Alguns mortais para cuidar?
    Espero não parecer indelicada.
    A deusa-emoção se deita ao meu lado e esmaga algumas formigas cujo clamor não pode ouvir. Ela tem sido minha única companhia ultimamente, sem considerar os animais do meu reino, é claro, e seu corpo parece esculpido em rocha: é enorme e muito forte. Costas largas, ombros pontudos, braços redondos marcados por músculos; uma figura impenetrável, como a parte do muro que ainda não ruiu.
    Me pergunto, vez ou outra, o que acontecerá quando todos os tijolos cintilantes se forem, se essa mácula se espalhará para além das divisas do meu reino, contaminando também a barreira que protege os outros reinos.

— É claro que tenho, mas eu estou aqui por sua causa — responde ela, com certo divertimento.

Cruzo os braços e algo em meu peito se aperta enquanto observo uma chuva de estrelas cruzar o céu. Levo as mãos ao pescoço, sentindo as correntes, mas esse peso que ameaça me sufocar não tem nada a ver com elas, para ser honesta.

— Seria uma grande gentileza da sua parte se me deixasse sozinha agora — peço, escolhendo as palavras, pois temo revelar demais. — Eu preciso... *pensar*.

A verdade é que desconfio que a deusa da teimosia vem aqui todas as noites, sem falta, não apenas pela força do sentimento que a convoca, mas também para confirmar — e depois contar aos outros — que estou realizando a tarefa da qual fui incumbida: me aproximar do deus dos pesadelos e tomar todos os seus segredos sórdidos.

Pelos Criadores, quando foi que tudo ficou assim tão complicado?

— Você só precisa aceitar que quem quer que esteja esperando nesta parte do bosque não vai vir, e então vou embora — diz Teimosia, com simplicidade.

— Se eu admitir, você vai embora? — As palavras pesam não porque estou cedendo, mas porque a deusa-emoção provavelmente está certa.

Ela assente.

— Está bem.

Mas antes mesmo que eu possa pronunciar as sílabas, o corpo enorme de Teimosia se torna opaco e borrado, misturando-se ao ambiente.

— Espero não ter que voltar amanhã, Sonho.

E então ela se vai.

Com um suspiro, espalmo as mãos ao lado do corpo para me levantar. Enfim estou sozinha, cercada apenas por um quase imperceptível rugido de poder que escapa da força invisível que ainda separa os reinos, e meus pensamentos uma vez mais tomam os contornos de Pesadelo. Vejo o meu complemento divino em todos os detalhes, como se estivesse bem aqui na minha frente: olhos traiçoeiros, lábios perversos, maçãs do rosto afiadas, e todos aqueles músculos.

Meu coração acelera e a relva responde, açoitada pela brisa, pois o que me faz revirar na cama todas as noites não é aquilo que conheço, e sim o que reside além da superfície, escondido nas partes que ele nunca mostrou. Debaixo do tecido das túnicas acinzentadas, escondido nos bolsos dos ternos, debaixo das pálpebras.

— Você está pensando em mim.

A voz ecoa desde a mais profunda escuridão como se com ela comungasse. É uma composição orquestral selvagem, dedilhada em cordas de perversidade, ecoada em devassidão. Viro apenas a cabeça, e meus olhos encontram o ponto exato onde as sombras do deus dos pesadelos o ocultam.

— Quem disse? — Encontro alguma coragem para perguntar.

O deus dá um passo à frente, deixando as trevas para trás, e abre um sorriso afiado que me empalidece um pouco. Ainda que não possa alcançá-lo por inteiro, meu querido luar faz o melhor para nos iluminar.

— Seu corpo — murmura, com os lábios pálidos afastados só o suficiente. — É fácil te ler, *deusa dos sonhos.*

Não sei quanto tempo levo para enfim me libertar da rede de encantos que Pesadelo teceu ao meu redor, mas quando o faço, me sinto mais peixe do que deusa: fisgada.

Talvez eu tenha perdido toda a minha coragem, ou talvez esteja descobrindo agora como é sentir medo, mas não posso permitir que ele brinque comigo dessa forma. Por todas essas noites vim até aqui não para vê-lo, mas para fazer uma pergunta.

Sim, uma pergunta. *Mas qual?*

As borboletas se descolam de minhas costas apenas para me fazer lembrar. São rabiscos, asas contornadas rebatendo meus pensamentos como se fossem o espelho e eu, o reflexo.

— Por que você destruiu o templo? — Quando o silêncio entre nós pesa, complemento: — Nem tente negar, eu sei que foi você. Eu te *senti*.

— Você acreditaria se eu dissesse que não sei?

Interiorizo sua resposta e, por fim, concluo que acreditaria, sim, fato que me surpreende pela rapidez com que o faço. Como posso acreditar em Pesadelo, o mestre das mentiras, se ele não me deu nenhuma prova?

Preciso de algo ao que me agarrar, ou vou cair. Um vislumbre de verdade, uma lasca de honestidade...

— Você e eu somos amigos?

Talvez o que busco seja isso: amizade.

Ele permanece calado por um período longo demais. Parece ter roubado todo o som das realidades, mas suas sombras ainda falam comigo. Gritam, na verdade, enquanto se esticam em minha direção.

Estou tão perto das estrelas que vou queimar.

— Não sei por quanto tempo um sonho e um pesadelo podem ser *amigáveis* — diz, enfim, levando uma mão ao queixo esculpido e pálido. A última palavra parece se amarrar em sua boca, pelo modo como ele a cospe com alívio.

Eu, por outro lado, não consigo me calar nem mesmo quando devo:

— Então o que nós somos?

Deposito todo o peso do que verdadeiramente desejo saber naquela única palavra, *nós*, e espero que debaixo de suas ironias e maquinações ele a entenda; que ele *me* entenda.

Se não for ele, que é minha metade, então quem?

— Inimigos. — Os lábios de Pesadelo se curvam, achando graça da própria sordidez. Sua língua bifurcada os percorre devagar, como se sorvesse das próprias trapaças. A cabeça pende para trás, e ele sorri, frouxo, estilhaçado, bêbado com sua própria crueldade. — Duas faces do mesmo destino, interpretações divergentes da mesma sina...

— Complementos — interrompo, ofendida por ele ter usado aquelas palavras.

Não posso aceitar que somos um paradoxo sem solução.

— Se você ia responder por mim, por que me perguntou?

Não há raiva ou fúria nos olhos infinitamente vazios do deus, senão um estranho indício de paciência. Ele sempre se divertiu às custas dos meus sentimentos, e temo estar lhe proporcionando um verdadeiro espetáculo.

— Porque quero saber se você me diria a verdade — respondo, sem mentir. Apesar de eu não saber como contar mentiras, dissimulo minhas verdades bem o bastante.

Meu complemento divino parece refletir por um instante, no qual suas sombras de repente se retraem, de modo a libertá-lo da aparência caótica de costume, ainda que pelo tempo de uma batida de coração. E ali, no vácuo que deixam, percebo uma nova faceta. Não o deus, mas o homem. Um homem terrivelmente ferido e sozinho.

— Não te prometo dizer a verdade, mas não vou mentir o tempo todo. Que tal assim? — sugere, enquanto seus olhos de matéria escura brilham.

Um acordo. Só mais um de seus jogos.

— É o bastante.

32
Pesadelo

— Por que, de repente, toda essa gentileza? — pergunta Sonho, desconfiada. Seus olhos de nebulosas estão cerrados, as sobrancelhas claras, franzidas, e os lábios grossos, bem apertados.

— Por acaso você está insinuando que eu não tenho educação? — gracejo, temeroso de que, depois de tantas noites sem vê-la, meu desespero em capturar cada detalhe dela tenha tornado minhas intenções quase transparentes.

As bochechas de Sonho esquentam sob minha atenção.

É errado pensar que eu a devoraria sem qualquer remorso? Que eu tomaria seu rostinho delicado com ódio, fúria e garras, e a preencheria de sombras até que as trevas reclamassem seu coração?

As correntes se apertam em resposta.

— Você sumiu por muitas noites — diz a deusa, encarando as próprias mãos que agarram o tecido das saias compridas, translúcidas o bastante para que eu vislumbre os contornos de suas coxas grossas.

Me recosto no tronco do salgueiro-chorão.

— *Você* sumiu por muitas noites antes. — Os cantos dos meus lábios querem se curvar, mas me esforço para ocultá-los com fiapos de escuridão, me sentindo culpado por me divertir. — E nem por isso saí por aí fazendo interrogatórios sobre os seus assuntos.

— Uma pergunta não é um interrogatório.

Ela parece ofendida e decidida. Tão pequena, tão doce. Eu a esmagaria, se ela fosse minha.

Não devo me esquecer do que os deuses que servem ao mal, meus irmãos, exigiram: que eu enganasse Sonho, fizesse com que confiasse em mim o bastante para me entregar quaisquer segredos que ainda guarde para os Deuses antigos. Não importa que ela seja uma criatura frágil e inocente, tola o suficiente para acreditar em um pesadelo: esta é uma tarefa importante, que eu jamais poderia recusar.

A vingança e o retorno para Aéther são as únicas coisas com as quais devo me importar — sempre foi assim. Passei éons pensando nelas, planejando com o auxílio dos outros nosso retorno à integridade do que um dia fomos.

Em outro filamento, outra realidade, quem sabe a deusa dos sonhos e eu não pudéssemos ser mais do que meros opostos. Deuses como nós, no entanto, não detêm o poder de mudar a natureza da própria sina. As tarefas que cumprimos, cada motivo de alegria e aflição, e até um suspiro que damos... Tudo pertence a Tempo, Poder e Vida.

Somos faces do mesmo destino desde o dia em que os mundos foram partidos.

— Então pode esquecer o que quer que você acha que viu no templo — aconselho, com tédio. — Não vou te explicar meus motivos.

A verdade, no entanto, é que pensar no altar e nas orações e no segredo que os deuses do bem guardaram me enraivece, e eu borbulharia e me derramaria sobre continentes inteiros se pudesse.

Se fosse livre.

— Você fala como se aquela violência não tivesse significado nada.

Aperto minhas mãos e esmago algumas sombras. Seus gritos me acalmam.

— E você fala como se me conhecesse, deusa dos sonhos.

Sonho me encara sem vacilar, e aqui devo dar o crédito para ela, já que meus olhos a beliscam e mordiscam por trás da barreira invisível, ainda forte o suficiente para me dar um alerta através de um simples puxão de correntes.

Arfo, porém não cedo.

— Não quero brigar. — Ergo as mãos em um gesto pacífico, e meus dedos brincam com os elos pesados. — Na verdade, vim te fazer um convite para me acompanhar no reino mortal outra vez.

O engodo enrodilha minha língua e deixa um gosto terrivelmente amargo para trás.

A deusa me observa calada.

— Um convite?

Assinto.

— Pensei que você tivesse ficado bravo comigo depois da última vez — diz ela, e então mordisca o lábio, tímida, e quase vejo o doce suco das frutas escorrer pelo queixo pequenininho. Que gosto teria?

Me forço a chegar o mais perto que posso, embora meu corpo se recorde bem da dor terrível e nada prazerosa que sentiu da última vez que tocou na divisa.

— Isso já foi, Sonho. — Deixo que meu sorriso mais simpático aflore, apesar de sentir a corrupção que minha boca insinua. — Vamos nos encontrar e, quem sabe, provar que sonhos e pesadelos podem ser amigos.

Ela morde a isca, incapaz de perceber o anzol.

— Amigos?

Seu rosto reluz. Brilha mais forte do que qualquer astro que os Deuses antigos já criaram, e ofusca até mesmo o maldito luar que, do outro lado da barreira, vira o rosto cheio de crateras para nos observar.

— Fiquei curioso com os seus sonhos. — Toda mentira tem um fundo de verdade. — Quero saber mais sobre você.

— Amanhã? — pergunta, tão feliz que quase não sou capaz de olhar.

— Amanhã.

E eu a fisgo.

FRAGMENTOS

Era uma vez um coração inteiro.

Ele era imaterial, feito de fluido celestial, porém forte e vigoroso. Batia por todo espaço e tempo, por cada criatura existente e por aquelas que ainda seriam criadas, sem jamais fazer distinção.

Um dia, esse coração se apaixonou, amou demais, profundamente, e como acontece com todo coração, ele simplesmente... se quebrou.

Então, os deuses, sem piedade, o arrancaram.

Tempo o transformou em pó e, deste, fez grãos de areia. Poder se apossou dos batimentos, que chamou de ação e reação. Vida mastigou o resto, e cuspiu fora as partes de que não gostou, às quais os três Criadores chamaram de *trevas*.

E todos teriam sido felizes para sempre, como costumam terminar as histórias que começam com *era uma vez*. O problema é que mesmo no buraco esfarrapado, entre os restos do coração desalmado que as trevas ocuparam, o amor encontrou formas de crescer.

De maneira imperfeita, por vezes egoísta.

Poderia um coração que ama às vezes fazer mal sem querer?

33

Sonho

Minhas tarefas no reino mundano estão terminadas, ao menos pela duração desta breve visita, e corro ao encontro de Pesadelo com minhas pernas transformadas em patas pequenas.

Se a forma que assumi hoje pudesse sorrir, eu sorriria. Como não posso, deixo que minha alegria vaze e sombreie com laranja e cor-de-rosa o belo poente de estrelas gêmeas que ilumina o horizonte. Me distraio com revoadas de mariposas enormes, e logo estou brincando de caçar como um legítimo animal faria.

Não se esqueça de quem você é, as borboletas que me acompanham tratam de recomendar, e agradeço por tê-las comigo. Nas realidades que visito, é difícil manter a atenção fixa em uma coisa só quando há tanto para ver e aprender.

Em um cais pouco iluminado, senão por algumas lâmpadas altas que refletem luz na superfície de um mar avermelhado, Pesadelo me espera com as mangas da camisa dobradas, um cigarro aceso pendendo nos dedos, e sombras escuras marcadas na pele de mármore. Seu cabelo de nanquim está meio despenteado, a fronte, sisuda. Ele parece perdido em pensamentos, genuinamente cansado, e me perco nele por um momento.

Para evitar intervenções diretas no trabalho um do outro, por mais oportunas que pudessem ser da minha parte — afinal, estava certa em impedi-lo de influenciar aquelas crianças da última vez —, concordamos em apenas nos encontrar depois que nossos assuntos celestiais estivessem resolvidos.

Podemos dizer, portanto, que estamos em nosso momento de folga.

Ou em um encontro, as borboletas pontuam, atrevidas.

Escolho fingir que não as ouvi. Por mais que me esforce para esquecer, ou para disfarçar, eu o estou traindo e enganando, exatamente como os deuses do bem me pediram para fazer.

Jogando.

— *Au au* — digo, quer dizer, lato.

O deus se assusta ao me ver parada ao seu lado, e se volta para mim, arrancado dos próprios pensamentos, com um olhar lancinante de desconfiança e repulsa. Leva pouco mais que um instante breve para se dar conta de quem sou.

— Mas que tipo de demônio peludo horroroso é esse? — pergunta, indelicado, se ajoelhando sobre a madeira castigada pela água doce para me observar melhor. Ele ainda não encontrou uma forma de poluí-la, e espero que nunca o faça.

Meu rabo abana, involuntário, diante de suas íris escuras e abissais, e a força dos sentimentos que se embolam em meu estômago me faz retomar os contornos de deusa que ele conhece. Estamos tão perto agora que, se eu fechasse bem meus olhos e silenciasse o turbilhão dos pensamentos que me rodeiam, poderia ouvir o coração dele ribombar, talvez no mesmo ritmo que o meu.

— Um cachorrinho — respondo, com os cotovelos e joelhos no chão em quatro apoios.

O deus encara a ponta do meu nariz, e seus olhos quase descem para o recorte de pele que o decote revela. Antes de ceder, no entanto, ele se ergue com um único movimento fluido, e as linhas de nanquim em sua pele deslizam, formando desenhos perturbadores. Algumas se acomodam ao redor de seu pescoço, quase como se o sufocassem.

— Não gostei — diz, emburrado, cruzando os braços. — É...

— Adorável? Fofinho? Uma gracinha?

— Terrivelmente repugnante. — Os lábios corados se curvam daquela forma peculiar que, a cada vez que vejo, penso compreender menos.

Eu também sorrio, pois ainda que os Deuses antigos nos digam que nascemos para permanecer separados, não poderia negar a verdade que pesa em minha essência: estar com Pesadelo me deixa feliz de uma forma nova e imprevisível.

É uma contradição, um paradoxo injusto. Mas quem me conheceria tão bem, se não aquele que nasceu para ser meu oposto?

— Para casa? — questiono, me erguendo também.

Temo que, quanto mais ficarmos juntos, Pesadelo de fato me revele alguma informação que terei que repassar aos outros e, com isso, nosso tempo juntos acabe.

Entendo, de certa forma, o que me pediram, mas não quero traí-lo.

Passo as mãos sobre minha túnica feita com milhares de conchas e vidro do mar colorido de sonhos, e sinto toda a atenção dele outra vez depositada sobre mim. Minha pele esquenta.

— Ainda não. — A voz do deus fica mais grave, rouca como o vento da tempestade. — Pensei que fosse gostar de conhecer um lugar que descobri neste planeta por acaso. Você aceita me acompanhar?

— Eu?

Não sei por qual motivo a pergunta tão mal elaborada deixa meus lábios, porém não me esforço para reformulá-la. Ainda que feita em uma única sílaba, algo me diz que Pesadelo vai compreendê-la.

O deus dá de ombros.

— Você quer ser minha amiga, e talvez eu queira ser o seu. O que custa tentar?

34
Pesadelo

Eu não quero ser amigo dela.
A ideia de amizade é obscena para mim. Implica em deuses-emoção cujo nome eu apenas pronunciaria se quisesse ter um péssimo dia, ou causar em mim mesmo um intenso enjoo acompanhado de dor de cabeça, mas Sonho não sabe de nenhuma dessas coisas. Ela não sabe que não tenho opção e que meu o plano tomou uma direção totalmente inesperada.

Por isso, a deusa apenas sorri, com doçura, e o que começa como uma centelha, logo se torna um clarão capaz de incendiar a noite.

Seguimos em silêncio até um prédio que, há muito, recebeu reforços de aço cruzados sobre as janelas para ajudar a sustentar o peso de todos os andares adicionados ao topo. As portas giratórias de vidro ainda guardam os segredos de outras eras, contados por mãos de todas as almas que um dia as tocaram.

Desespero.
Desilusão.
Luxúria.
Ambição.

Bebo das emoções impregnadas conforme entramos, invisíveis aos olhos facilmente enganáveis dos mortais, muito embora o átrio esteja completamente vazio.

Como se pressentisse nossa presença, um elevador mais contemporâneo ao tempo em que nos encontramos, aço imaculado, livre de qualquer impressão, abre as portas e espera pacientemente por mais instruções.

— Quadragésimo segundo andar — digo em voz alta, e assim que os mecanismos começam a funcionar, me volto para Sonho que, ao meu lado, parece curiosa até mesmo com as pegadas no chão. Só então percebo que está descalça, exatamente como faz no próprio reino; as unhas sujas de terra. — A sua aparência está um pouco... deslocada.

Ela ergue a cabeça para me olhar de baixo, e nada em sua expressão permite entrever se entende a acidez de meus comentários.

— Ah, desculpe. Vamos ficar visíveis aqui? — Seu rosto se ilumina ainda mais que o comum, percebo, conforme a expectativa de tomar parte do dia a dia do mundo mortal, ainda que de um insignificante pedaço, recai sobre ela. — O que você sugere?

— Apenas observe — replico, presunçoso. Arrogância e Vaidade são minhas melhores amigas.

Então por nada além de um momento, liberto minhas sombras das linhas que as mantêm presas à minha pele e, com um gesto de mãos, faço com que todas desçam sobre meu corpo desde o cabelo, que ressurge da névoa densa em um arranjo novo: os fios da frente quase formam uma franja. As luzes tremulam, e de minhas orelhas pendem inúmeros brincos — mantenho os besouros roxos, é claro. Eles conquistaram minha preferência, já que costumam murmurar comentários obscenos em meus ouvidos.

A mudança se completa quando o terno que visto, amarrotado por um dia intenso de trabalho, tremula e, por fim, se transforma. Calças pretas como o nanquim de meu cabelo aparecem, acompanhadas por uma camisa levemente bufante e, em homenagem à acompanhante que devo enganar, um toque de cor: um casaco vermelho como um presságio de sangue, repleto de detalhes dourados, pousa sobre meus ombros.

A deusa não desvia os olhos nem por um instante, parecendo impressionada e curiosa.

— Você está tão... — Ela segura palavras na boca, ou apenas as perdeu? Às vezes penso em forçar passagem por seus lábios, só para descobrir o que ela tanto esconde cada vez que engole ou suspira. — *Diferente*. Sempre que te vejo, você parece vestido com trevas.

Faço uma reverência debochada, repleta de floreios. Entremeadas ao tecido das roupas, se arrastando por debaixo de minha pele, minhas sombras sibilam.

— Os mundanos deste filamento têm um senso de beleza estranho.

— E você quer agradá-los?

— Ah, não. — Sinto meu rosto se contorcer em uma careta. — Não interprete o meu gesto dessa forma pavorosa. Prefiro ser *admirado*.

As sobrancelhas alvas de Sonho se juntam, e ela franze a testa pequena. Cachos caem sobre seus olhos, e por um instante de loucura imagino como seria tocá-los.

— Você é vaidoso, deus dos pesadelos.

Uma constatação que em nada me aflige.

— Sou uma criatura eterna. — Dou de ombros, porém o gesto não é nem um pouco como uma desculpa.

Minhas zombarias, embora muito sérias, arrancam uma risada melódica de meu complemento divino. Ela soa como um vendaval, sutil o bastante para me despedaçar.

— Me avise se não for apropriado, tá? — pede Sonho, por fim, de modo tão humilde que chega a me insultar.

O elevador se preenche com uma luz intensa. Como se feita de luar e raios de estrelas massivas, e minhas sombras gritam contra o fulgor que as castiga tão de repente. Me escondo atrás dos braços, e quando enfim volto a enxergar, me deparo com uma visão custosa demais.

Sonho usa um curto vestido verde, tão claro que me faz lembrar de águas rasas e calmas; camadas de franjas se derramam sobre suas curvas abundantes, como ondas. O cabelo pálido, que antes alcançava o chão, está tão curto que roça suas orelhas pequenas em caprichosos cachos. Por fim, noto as luvas peroladas que cobrem seus braços até a altura dos cotovelos, bem como os sapatos de salto de bico arredondado que escondem seus dedinhos inquietos.

Mas o que verdadeiramente me faz querer gritar e destruir este mundo inteiro não é o modo como ela, tímida, sorri em busca da minha aprovação. Não, não é nada disso.

É aquela boca.

Aquela maldita boca pintada de vermelho.

35

Sonho

As portas da caixa de metal na qual nossas presenças imortais estão tão fragilmente contidas se abrem e, enquanto encaro Pesadelo com uma expectativa que brota sem razão entre as flores em meu peito, ele sai para um corredor quase silencioso sem dizer uma palavra, ou dar qualquer explicação.

Uma música reverbera ali, abafada, mas não preciso me esforçar para saber de onde vem. Os pensamentos daqueles que a ouvem voam ao meu redor como abelhas, e eu os vejo como pontos de luz sobre um pano de fundo escuro.

Desejos.

Anseios.

Vontades e...

Ah, como os sonhos são brilhantes.

Como um beija-flor que fareja o néctar, deixo que meus passos me guiem naquela direção e só então me dou conta de que meu acompanhante está batendo com um punho bem fechado em uma porta que, de súbito, se abre para revelar um ambiente enevoado e à meia-luz.

— Vem, Sonho — pede, manso e no tom de um convite, e por um instante muito breve chego a acreditar que vai me estender a mão.

Mas ele não pode. Eu não posso.

As correntes apertam só o suficiente para lembrar.

Então o sigo para o interior do que os mortais chamam de *clube*. Perto das janelas que deixam ver uma garoa fina cair sobre a noite, se acomoda um palco modesto e lustroso, onde um conjunto de mortais dedilha, de modo coordenado, instrumentos encharcados de sonhos. No centro, uma mulher canta belas palavras embaladas com melancolia, e a voz dela é um chamado honesto.

Provavelmente sou a única que entende de verdade o que a cantora, com tanto esmero, entoa agarrada ao microfone. Seus sonhos são grandes...

— Nada de trabalho. — Pesadelo está parado às minhas costas, tão perto que sinto sua respiração em meu pescoço, que ficou nu em razão do penteado. Minha pele se arrepia. — Pode me contar tudo o que você quiser sobre seus... — A língua dele se enrola, e me pergunto se continua bifurcada ou se ele também a disfarçou: — ... *métodos*, mas não mostrar. Nós estamos aqui para sermos mortais por uma noite.

Me viro para encarar seus olhos, e é com espanto que me dou conta de que há uma réstia de luz neles pela primeira vez. Ela tenta escapar, mas eu a persigo até enfim entender que seu olhar é apenas um reflexo do meu.

— Seria bom se nós pudéssemos fazer algumas das coisas que eles fazem.

Deixo que o deus me guie para uma mesa enfeitada com pequenas velas, e nós nos sentamos um de frente para o outro.

— E quem disse que não podemos?

Sua expressão é traiçoeira, e meu coração quase se parte quando me dou conta de que a adoro.

Sou mesmo uma completa traidora, pois traio a ele e a mim mesma.

— Nós não podemos.

A verdade deixa minha boca com um gosto terrivelmente amargo que nunca provei antes e, surpresa, levo os dedos aos lábios para me assegurar de que não há nada de errado com eles.

Pesadelo estica o braço para apanhar dois copos translúcidos de uma bandeja próxima, e oferece um deles para mim. Depois, ergue o que manteve consigo em um gesto que já vi se repetir muitas e muitas vezes no reino mundano, em memórias de momentos felizes.

— Aposto que nenhum dos outros jamais tentou descobrir se isso é verdade — sugere.

Devolvo seu brinde, e deixo que o líquido toque a ponta de minha língua. Amargo... amargo *demais*. Picante também. Tem o mesmo gosto deste nosso encontro: secreto, com notas de proibido.

— Você está com medo — acusa ele, com um sorriso perverso se formando atrás das bordas do copo e dos cubos de gelo que já se derretem, mais quentes que o coração do deus dos pesadelos.

Me remexo na cadeira acolchoada, quase ofendida.

— Sonhos não têm medo — afirmo com os músculos tensos, prontos para se provar.

O sorriso dele se alarga e toma conta de todo o rosto.

— Pode mentir para si mesma, se quiser.

— Sonhos também não mentem.

Pesadelo se inclina sobre a mesa, e a luz das velas bruxuleia em seu maxilar tenso, lançando sombras vivas muito maiores do que as que qualquer um dos ali presentes sequer poderiam imaginar. Elas sussurram, sórdidas.

— Então me conte o seu maior sonho — pede, ou melhor, desafia.

Sob o escrutínio de seu olhar me sinto exposta, e sou levada a pensar que cometi um erro terrível ao não trazer nenhuma das borboletas comigo para este lugar — elas são ótimas conselheiras e saberiam o que me dizer.

— Eu sou Sonho, e como sonhos nunca mentem, não posso contar isso para você.

Ele não parece decepcionado quando recosta na cadeira pequena demais para seu porte grandioso. Muito pelo contrário, parece nunca ter se divertido tanto às custas da ingenuidade de alguém enquanto acende um de seus terríveis cigarros.

E muito embora eu não tenha garras nem sombras traiçoeiras para me ajudar a navegar nesse estranho mar que se interpõe entre nós; nada que ele aprovasse ou gostasse, além da minha virtuosa honestidade, resolvo perguntar:

— Qual o seu pior pesadelo?

O deus nem parece pensar antes de responder. Expira, soltando verdades na forma de fumaça:

— Estar aqui.

Pesadelo pede outra bebida, e não consigo ignorar o que ele não disse com palavras, mas me permitiu entrever com todo o corpo.

"Estar aqui *com você*."

36

Pesadelo

Sonho pode ser um poço de benevolência, uma deusa forjada pela luz, mas ela parece saber muito bem como mexer com a minha cabeça e, por isso, acho que a odeio cada instante um pouquinho mais.

O suficiente, ao menos, para desejar arrancar todos os segredos dela. Entrar em sua pele, conhecer sua essência imortal e todos os pensamentos que já teve — os únicos, em todas as realidades, em qualquer que seja o tempo, aos que jamais tive ou terei acesso.

Os Deuses antigos a criaram para ser imune a mim, então decido atacar com tudo o que tenho:

— Talvez os seus sonhos e os meus pesadelos possam coexistir naquela pista de dança? — arrisco, me esforçando para não deixar escorrer tanta perversão das palavras que pavimentam o caminho para a armadilha.

Os olhos acinzentados dela relanceiam o espaço em frente ao palco onde casais se movem no suave ritmo de uma música repleta de segundas intenções, e me sinto preenchido pelo delicioso cheiro de depravação. Posso ver a luta interior que a toma: refletida em sua expressão de repente preocupada, em seus dedos que agarram o guardanapo de tecido, na tensão de seu perfil.

Minhas sombras salivam.

— Eu nunca dancei — confessa, por fim.

O rosto dela esquenta, e por um instante arrancado da realidade de quem sou, quase a acho... Não, não a acho nada senão um obstáculo ingenuamente irritante. Uma conquista. Um desafio.

Só mais uma coisa para corromper. Alguém cujos segredos devo arrancar.

— Então espero que você não se importe de ser conduzida.

Deslizo para fora da cadeira, os pés ligeiros clamando alto por um pouco de caos e inconsequência. Sonho, no entanto, não mexe um único músculo sequer. Seus cílios brancos feito plumas descem e sobem, e ela olha para mim com intensa expectativa.

Da última vez que tentei tocá-la, fruto de um impulso que enterrei nas trevas de meu coração, as coisas não terminaram bem. O muro-que-já-não-é-um-muro nos repeliu; nos jogou para longe um do outro como forma de nos lembrar dos desígnios dos Deuses antigos.

Mas agora... Bem, agora não há mais nada entre nós senão o ar e a substância invisível de nossos próprios anseios. Não há nada além das correntes e daquele comando que odeio mais do que poderia odiar qualquer outra coisa.

Os elos me sufocam, brilhantes com a ordem dos Criadores.

Mas já resisti a eles antes, e ergo o braço, com uma coragem estúpida e terrivelmente inconsequente. Meus dedos se esticam repletos de estática, e um relâmpago cruza o céu que, por um instante, se acende como se fosse dia.

Sufocadas, minhas sombras se debatem. São chicotes, víboras e dentes afiados cuja fome apenas aumenta desde que mostrei a elas a única presa da qual jamais poderiam provar. Ordeno que se silenciem, quase imploro para que se aquietem, enquanto me convenço de que faço o que faço por vingança, e não pelo mesmo prazer depravado que me domina cada vez que beijo uma boca ou saboreio um corpo.

— Dizem que se deuses opostos se tocarem, os mundos se partirão.

Os olhos de Sonho estão postos nas janelas, tão distantes quanto seu coração. Eu a vejo travar uma luta interna e, por um instante, me sinto aliviado por saber que ela jamais aceitaria este meu ato de loucura e rebeldia contra os Criadores.

Me deixei ir longe demais com essa vingança, e já é tarde para mim, mas, sendo completamente honesto, uma parte minha não deseja que ela sofra nenhum mal imposto pelos Deuses antigos.

Estou prestes a desistir quando uma mão enluvada atravessa o espaço e o tempo em minha direção, e meus olhos de deus não ignoram o momento exato em que uma barreira é quebrada entre nós, ainda que não seja aquela construída propriamente por nossos Criadores.

O ar estala, a garoa desaba em tempestade, e no alto do céu as cinco luas desse mundo ressurgem de trás de pesadas nuvens para testemunhar o exato instante no qual os dedos de Sonho encontram os meus.

37

Sonho

Seria mentira se eu dissesse que não fico esperando que o mundo se parta e as realidades colapsem, como sempre disseram que aconteceria, no instante eterno em que meus dedos enfim tocam os de Pesadelo.

Foi meu o gesto final, e até mesmo o lamento. Desejo voltar, pedir perdão a Tempo, que, impiedoso, nos faz sempre avançar. Sou inundada por culpa, receio, desejo. Temo que meu egoísmo faça tudo se desmanchar, e sinto tanto por esta parte corrompida de mim mesma...

Como pude permitir que ela se sobressaísse?

No entanto, o que acontece é a materialização de meus mais impronunciáveis anseios. Aqueles que levo ocultos nas batidas de meu estranho coração celestial, entre os fios de meu cabelo, tecidos nas manchas e estrias em minha pele.

Pois por um momento, sim, um doce e pacífico momento, não sinto nada.

Meus lábios se curvam em um sorriso aliviado, fruto deste meu ingênuo entendimento de como as realidades funcionam.

Então sinto tudo.

38

Pesadelo

Conheço bem a fome, mas nunca antes a senti como esse monstro poderoso que agora agarra minhas entranhas por dentro e ameaça jamais soltá-las; que quer me consumir por inteiro e me devorar até cuspir ossos divinos.

Eu vejo Sonho e tenho fome.

Eu *sou* a fome.

39
Sonho

Uma das mãos de Pesadelo segura a minha. A outra agarra dolorosamente o tecido que envolve minha cintura, me conduzindo com habilidade em uma pista de dança cheia de casais mundanos, e quase sinto como se ele nunca mais fosse se afastar.

Nos movemos em sincronia perfeita, somos quase a mesma melodia: eu, a voz sonhadora, de ideal entonação; e ele, as notas graves que sustentam a música.

Me esforço para esquecer as pontas de nossos dedos unidas e focar os botões de ossos bem polidos do casaco dele, ou mesmo os ombros que se erguem como cordilheiras à minha frente. Faço tudo o que posso para não encarar diretamente os olhos dele, mas é em vão: estrelas procuram a matéria escura onde podem se assentar.

— Você está me evitando? — Ouço ele perguntar com uma voz rouca e áspera que escorre por meus ouvidos. Sombras entoam a indagação e nos engaiolam em fios de escuridão.

Ergo o rosto, e minha primeira reação é me esconder. Penso em retornar para o meu reino, esquecer essa noite e todas as outras que compartilhei com ele. Negar o papel que me deram e decepcionar a todos, se for necessário, para poupar meu coração. Mas Pesadelo não me solta.

Parece, inclusive, se divertir ao me ver lutar em vão.

A batida da música acelera um pouco, as palavras cantadas passam a ser outras, o ritmo se modifica, mais moderno, mais rápido e quente e, ainda assim, o deus não dá indícios de que vai recuar.

Meus dedos também o agarram, sentindo a tensão dos músculos de seu braço.

— Por que você está fazendo isso? — A pergunta me escapa de modo ansioso, cheia de expectativa.

Sinto como se estivesse sem ar enquanto luto contra o aperto em minha garganta e o calor que se espalha pelo meu corpo. Sequer me lembro de que sou uma deusa; de que não preciso, de fato, respirar.

— Isso o quê?

O deus me traz para mais perto sem aviso. Meus seios roçam seu peito e, em resposta, os dedos dele apertam minha cintura, abrindo buracos no tecido e fundindo os diamantes em alguma outra matéria desconhecida que ele, como criador, poderá escolher como nomear.

— Isso. — Inspiro com dificuldade, e o cheiro dele me preenche com algo ao mesmo tempo doce e ocre. Talvez seja veneno. — Você não está sentindo as correntes? Sepa...

Dedos agarram meu queixo, me interrompendo de modo rude, e sou forçada a encarar os olhos dele, que ardem em sentimentos devastadores enquanto meu rosto é forçado para cima de um jeito ávido e, ao mesmo tempo, estranhamente delicado.

— Não ouse pronunciar essa palavra para mim, Sonho — alerta Pesadelo, e sua fúria logo abranda em outros sentimentos quando os mesmos dedos que seguram meu queixo correm sobre meus lábios em uma carícia gentil.

Ao nosso entorno, centenas, milhares, de vozes se assomam, sibilando na forma de sombras perversas. Elas se esticam e engolem as luzes, as chamas das velas, e até mesmo o brilho das cinco luas, que adentrava pelas ventanas.

O deus dos pesadelos me devora com os olhos, e já não há mais nenhuma cortesia ou delicadeza em seu comportamento. Ele é caos e destruição. É pura escuridão.

— A noite chegou ao fim — decreta Pesadelo, antes de desaparecer sem aviso ou explicação, e sua ausência queima e arde como se uma parte minha tivesse sido arrancada.

Seguro meu rosto com as palmas das mãos, ainda sentindo o fantasma de seus dedos.
Talvez tenha sido.

40

Pesadelo

Meu reino está ardendo. Queimando.

Caminho sobre as chamas que lambem minhas pernas, desejoso de que pudessem dissolver não apenas as árvores moribundas e os arbustos ressecados, mas também esta carne desprezível que aprisiona minha essência imortal.

Animais fogem, piam, rugem, guincham, zumbem e coaxam, e nem mesmo esses lamentos juntos aplacam a fúria que destrói meu coração. Lá está a deusa-emoção que a representa, acendendo as piras, colocando fogo em tudo aquilo que ainda não queimou. Ela bate palmas, seus olhos são labaredas frias que decretam destruição.

Houve um tempo em que eu não questionava os desígnios dos Deuses antigos. Meus Criadores eram sábios, os primeiros. Eles eram Aéther, a substância angélica pura, e eu os obedecia.

Eu os amava.

Não sei quando esse amor se transformou em mágoa, e depois tomou os contornos de desprezo. A linha entre o desprezo e a raiva, por sua vez, era tênue e muito mais fácil de corromper. Por fim, não restou nada além de ódio.

Eu os odeio por terem me condenado ao mal.

Caio de joelhos sobre um campo de plantas carnívoras que perecem diante das labaredas, e minhas roupas se incendeiam com meu desejo de vingança. Nu como vim ao mundo, me deito na terra chamuscada e abraço meu corpo que nunca sentiu de verdade o toque de outras mãos.

Nunca — *até esta noite.*

Meu peito ecoa um desejo de mudança, mas o sufoco com a fumaça roliça e ocre da queimada. Minhas sombras festejam, acelerando mais a desolação.

Escavo um buraco com os dedos, sem me importar com as pedras e o carvão que os ferem. O sangue brota, e enterro qualquer réstia de amor que tenha sobrevivido ao momento em que arranquei aquela parte fraca da minha própria alma.

Se não posso ser nada além do que as correntes que me aprisionam determinaram no instante da criação, então que eu seja o pior dos pesadelos.

Terei minha vingança, e não deixarei que nada — nem ninguém — se coloque em meu caminho.

Nem mesmo Sonho.

FRAGMENTOS

No princípio, os Deuses antigos criaram o próprio céu. Tudo o que havia abaixo, mergulhado no precipício onde seus pés balançavam, eles chamaram de *mundo*.

Este mundo, no entanto, era enorme em vastidão. Não apenas um, como o nome faz parecer, mas um emaranhado de intrincadas existências, filamentos infinitos de possibilidades: para cima ou para a frente, para baixo ou para o lado, para trás ou voltando. E neles, nós brincávamos. Demos vida e forma às nossas próprias criações, até que pouco a pouco as contaminamos com egoísmo, vaidade — competição.

Dividimos o que antes era indivisível e, como punição, os Deuses antigos nos partiram em algo sem forma, embora não vazio; afinal, havia trevas mesmo sobre a face indistinta do abismo.

Então os Criadores decretaram: que haja Luz.

E porque Luz era toda boa, eles a separaram de Escuridão.

Um lado do bosque foi dado para a primeira reinar, o outro, para a segunda, e entre eles foi imposto um muro, construído pelo poder brutal de uma só palavra sussurrada por três bocas e sustentada por infinitos pares de mãos.

41

Sonho

Maravilhada, abro caminho através de um frondoso jardim. Amor segue ao meu lado, com suas coxas fortes sobre tornozelos delgados, pés silenciosos que afundam na substância etérea, e sei que entende a fascinação que me toma: muito embora eu seja uma criadora natural, nada aqui nasceu de minhas sementes.

Estamos no reino de Luz, a primeira deusa que Tempo, Poder e Vida fizeram depois da ordem de separação. Ela é a mais virtuosa e incorruptível entre nós: sua matéria é alicerce do que nos faz servos do bem, e tudo o que ela toca é fulminante e benigno.

Meus olhos emocionados se enchem de diamantes, que trato logo de secar na manga esvoaçante de minha túnica para evitar contaminar a pureza do bosque, pois eu sou Sonho, e agora sei que mesmo sonhos podem, em algum grau, ser corrompidos por pesadelos.

E eu não ousaria manchar esta terra com a minha fraqueza.

Amor me encara, e a possibilidade de que entenda tão bem o conflito que toma meu coração me faz desviar os olhos para as folhas cintilantes de uma árvore imensa que se assoma sobre a colina adiante. Tão, mas tão grande, que seus galhos são pináculos de puro fulgor e, esculpidas entre os veios do tronco, se erguem paredes de uma morada celestial que irradia, sem descanso, como um farol entre os filamentos.

— Você está bem? — pergunta a entidade, com a voz suave.

Ajoelhada, encaixo as pétalas compridas de uma flor pálida entre minhas mãos e sopro seus esporos em um só fôlego, espalhando centelhas que flutuam no céu do reino abençoado. Cada um deles voará por um tempo, um filamento, e encontrará seu caminho até um coração mortal que se perde em escuridão, afastando as trevas.

— Seria tão fácil propagar o bem se tudo o que precisássemos fazer fosse soprar...

Amor entende minha alusão e, com a tranquilidade transparecendo na fronte, sorri.

— Um dia, quem sabe. Por enquanto, só nos resta trabalhar.

Seus dedos se entrelaçam aos meus enquanto me ajuda a levantar e, por um instante, quase me afasto e denuncio os segredos que escondo, pois sei bem o que está prestes a acontecer.

Antes, os toques que eu conhecia e amava eram de mamães Esperança e Vontade, assim como o de meus Criadores, cuja presença nunca se esvaiu de mim de verdade. Agora, no entanto, minha essência está maculada, impregnada por um desejo que não vai embora, por mais que eu o recrimine ou tente jogá-lo fora. E os dedos de Amor lembram os contornos fortes das mãos que eu mais sonho em sentir outra vez. Das mãos que tão fragilmente anseio; adoro. Das mãos que eu jamais deveria ter conhecido.

As mãos de Pesadelo.

E o que mais dói é saber que Amor compreende tudo, embora tenha a delicadeza de não me dizer com palavras.

— Tem certeza de que quer continuar? — Seu tom é complacente, quase piedoso. Talvez sinta pena, ou até mesmo arrependimento, por ter me contaminado tanto com o próprio poder. — Nós podemos voltar depois.

Nego a oferta com a cabeça, pois minha garganta está apertada demais e sei que, desta vez, a culpa não é das correntes.

Imagino que Amor saiba que as raízes desse conceito tão abstrato que representa estão brotando em campos desordenados no meu coração, mas que não faça ideia do quão profundas sejam.

O que será que me diria — e como reagiria — se soubesse que não apenas passo meu tempo livre na companhia do deus dos pesadelos porque quero, mas que também permiti que ele me tocasse, violando todas as regras de separação?

Será que também pensaria que me corrompi?

Me consideraria indigna de participar das reuniões que preside no próprio reino, ou de pisar nesta terra abençoada pela mais pura chama da luz?

— Então vamos — diz Amor, desconhecendo os lampejos intrusivos de meus pensamentos e o quanto de mim mesma aprendi a esconder nos últimos tempos.

Seguimos os campos ladeados por muros intransponíveis de raízes enormes que se cruzam em belas tranças. Suaves, elas dançam, acompanhando o pulsar fulgurante das estrelas no céu. Adentramos por uma abertura no casco da árvore, onde uma pequenina criatura alada, toda feita de cintilas, nos guia enquanto atravessamos longos corredores e salões reluzentes. Por fim, chegamos a uma sala simples e íntima, onde há apenas três cadeiras gravitando em meio à bruma. Em uma delas já está quem viemos encontrar.

— Amor, Sonho! — Luz imediatamente nos reconhece, rodeada por suas criações, prismas, faíscas e faroleiros minúsculos com longos cajados feitos de sóis.

Minha irmã estica os braços delicados e nos abraça mais em essência do que em corpo. De todos nós, é a única que os Deuses antigos não aprisionaram em matéria grosseira, afinal, ela está em tudo. Ela *é*.

Sua forma é pequenina e esguia em comparação aos espaços infinitos que ocupa, e, no geral, ela se pareceria com uma criança humana. O rosto é delicado, sempre gentil, e emoldura olhos que nunca se abrem, já que, quando nasceu, o clarão do próprio poder a cegou.

Me sentindo desabar, me agacho para afundar em seu brilho, e quando Luz me segura com força, com seus dedos de raios entre meus cachos, fustiga quaisquer ramos de trevas que poderiam ter sido plantados em mim por minhas próprias transgressões e segredos. De repente esqueço o nome que me deram, as barreiras que me aprisionam, as correntes que me moldam, e sou apenas o que sou.

Uma ideia.

Uma esperança frágil.

Um sonho moldado.

— Por que demoraram tanto para vir me visitar? — questiona minha irmã mais velha, cruzando as perninhas pálidas por debaixo de um véu que é pura cintilância. Os pés descalços balançam no ar, gerando um arco-íris.

— Nós sabemos que você é muito ocupada, não queríamos te atrapalhar. — Amor se ajeita na cadeira à esquerda de nossa irmã, e eu tomo aquela à direita. — Sentimos muita saudade, mas hoje viemos para pedir orientação.

A deusa da luz assente, como se já soubesse de nossos percalços. Seu rosto se volta para a paisagem recortada de uma janelinha no tronco, como se visse, através da matéria de suas pálpebras quase translúcidas e de todo o reino, o ponto exato em que um muro divide seu bosque daquele comandado por seu complemento divino.

— Não sou tão sábia quanto vocês imaginam. A única coisa que notei foi uma perturbação maior que a comum na barreira. — Ela faz um gesto de mãos tão rápido, que estrelas se desprendem por entre seus dedos, subindo em direção ao teto na forma de tartaruguinhas. Em seus cascos, caberiam mundos inteiros. — Escuridão faz isso às vezes, acho que para me irritar. Imagino que ela tenha muito tempo de sobra, já que o mal quase não se esforça. Alguma mudança maior no seu reino, Sonho?

Meu coração descompassa e me sinto muito envergonhada.

— Não — respondo, baixinho, perscrutada pela atenção recebida. — Os tijolos continuam caindo, não sei se algum dia vão parar, mas o poder dos Criadores ainda impera no limite entre os bosques, e nada nem ninguém consegue passar.

Luz assente, como se satisfeita.

— E Pesadelo disse ou fez alguma coisa que você consideraria importante compartilhar?

É estranho ouvi-la falar o nome de meu complemento divino sem qualquer tipo de subterfúgio, como mamães sempre fizeram.

Com frequência me pergunto se elas se culpam pelo que aconteceu; se, como eu, pensam que, caso tivessem me tratado como igual e deixado de me proteger tanto, minha curiosidade a respeito do deus dos pesadelos seria menor, pois eu já saberia o que esperar dele.

Minhas mãos agarram minha túnica de modo involuntário, e preciso me forçar a relaxar o aperto no tecido.

Ele me tocou, sim, é isso o que eu deveria dizer. Ele me tocou, e os mundos não ruíram nem se despedaçaram. Ele me tocou, e eu gostei.

— Não — digo em vez da verdade.

Minha irmã sorri, pacífica.

— Você tem feito um ótimo trabalho, querida Sonho. Nós sabemos que o que pedimos não é fácil, e por isso queria te agradecer pessoalmente por entregar uma parte tão grande de você a serviço do equilíbrio. Nós somos a única coisa que impede o mal de desvirtuar a harmonia.

— Mas não temos certeza de que os Criadores querem isso. — As palavras deixam meus lábios antes que eu possa impedi-las e, quando me dou conta, já é tarde demais: a constatação paira sobre a sala como uma aura pesada.

— Você está certa, mas só em partes. — Luz segura minhas mãos com ternura, e o ponto de contato entre sua essência e minha matéria é preenchido por um calor familiar. — Escondemos muita coisa desde o seu nascimento, porque o papel que você exerce é primordial. Queríamos te proteger, deixar que sonhasse sem amarras, sem nunca conhecer o medo. Mas acreditamos que a destruição do templo foi um sinal claro de que eles estão procurando alguma coisa e não se importam mais em esconder ou disfarçar.

— Procurando? — Meus olhos focam minha irmã mais velha, em busca de uma resposta em suas reações e, depois, se voltam para Amor. — O quê?

— Uma forma de tomar de volta o que um dia tiveram — responde Amor sem pestanejar. — O que hoje é nosso.

— E seria muito trágico mostrar ao mal um pouco de bem?

As duas entidades ao meu lado suspiram como se eu fosse uma criança ingênua, e talvez realmente seja, tantos éons mais nova e menos experiente.

— A unidade não é mais o estado natural das coisas, Sonho. — Luz se coloca de pé, e nós entendemos que já nos demoramos demais. Por mais que nossa irmã nos ame, compreendemos que obrigá-la a ficar contida dentro de uma única sala é ir contra sua essência. — A separação é a ordem que devemos cumprir.

— Mostramos ao mal o que é o bem todos os dias, querida irmã. Mas eles não o querem para dividir alegrias ou aceitá-lo. Eles querem deturpá-lo; transformá-lo em outro tipo de mal.

— Não há o que ser feito a respeito da unidade que perdemos. Agora, tudo o que temos é a separação, e devemos lutar para que ela também não pereça. Nossos bem-amados Criadores assim decretaram, e eles sabem mais. Para que a chama da luz se derrame, é necessário que haja escuridão. Isso é o equilíbrio.

E com um sopro suave como um beijo em nosso rosto, a forma que Luz assumiu para nos receber se desfaz, e ela desaparece com seus faroleiros, deixando apenas cintilas.

42

Pesadelo

— Redecorou? — pergunta Escuridão, escondendo o rosto circunspecto atrás da borda lascada de uma caneca. Ela mal bebericou o café antes de franzir os lábios, em desagrado. Mesmo assim, engoliu tudo e lambeu até as pontas dos dedos com uma língua perturbadoramente comprida, mastigando a cerâmica.— Gostei do que fez com o lugar. — Seus dedos lânguidos e feitos de sombras indicam a paisagem carbonizada vista através das janelinhas da minha choupana. — Tem personalidade.

Dou de ombros e me esforço para não levar aquilo como um ataque, uma crítica ou, pior: sarcasmo. De todos nós, minha irmã mais velha é a mais sincera — nunca esconde o que pensa atrás de palavras afiadas ou dúbias. Ela sabe ir direto ao ponto, ou, como diriam os mortais, *colocar o dedo na ferida*.

Não é engraçado como eles sempre têm um ditado para tudo?

— Eu já estava enjoado — digo, mantendo a distância necessária. Ela é nefasta e instável o bastante para que todos nos mantenhamos afastados nas raras ocasiões em que está presente. — Vou fazer tudo crescer em um novo arranjo. Talvez acrescentar mais plantas carnívoras e venenosas.

— Já estava mais do que na hora, Pesadelo. Seu reino é degradante, e não no bom sentido. — Maldade se intromete, balançando para a frente e para trás na cadeira. Maldita mania que ela tem de deixar todas com as pernas bambas. — Imagine só um deus vivendo em uma pocilga como essa. Como você quer que os mundanos façam orações para você se nem mesmo se dá ao respeito?

— Não me lembro de ter pedido a sua opinião — atravesso, entredentes. Minhas sobrancelhas se erguem, e espero parecer desaforado o suficiente. — Aliás, não me recordo nem mesmo de ter permitido que você pensasse em entrar no meu reino de novo.

— E você acha que poderia me impedir?

— Que tal se você fosse lá para fora e eu recomeçasse o incêndio? Quero testar se o fogo daria um jeito nessa sua cara horrorosa.

— Ah, que saudade da presença degradante dos meus irmãozinhos!

A deusa da escuridão bate palmas, feliz ou talvez apenas louca o suficiente para gostar de uma dinâmica como a nossa. Depois, se levanta em um só pulo, e seus pés calçados em botas de couro de crocodilo batem com força no chão; percebo que ainda é possível ver os olhos sem vida do animal que lhes deu forma. As pernas e o resto do corpo de Escuridão, no entanto, não passam de uma massa difusa feita das mais concentradas trevas, compactadas na altura de uma criança.

— Vem, vamos andar um pouco lá fora e sentir o ar delicioso de um incêndio mortífero.

Nos colocamos todos de pé.

— Maldade, você fica — completa Escuridão, sem deixar espaço para discussão. Foi uma ordem, e nós nunca a desobedecemos.

Seguimos pelo bosque incendiado, esmagando torrões e carcaças de pequenos animais que não foram rápidos o suficiente para fugir das chamas. Passamos ao lado de uma enorme árvore entumecida, que queimou até o tronco ceder sobre si mesmo. Galhos foram transformados em carvão que se derrama pelo leito de um riacho esturricado, onde alguns peixes ainda se debatem.

— Não fique bravo, Pesadelo, mas Maldade me contou tudo sobre essa sua amizade com a deusa dos sonhos — fala assim que saímos da choupana. — Ela tinha o dever, já que você mesmo não me disse nada. — Ouço censura em sua voz infantil. — Não que eu já não suspeitasse, considerando as coisas estranhas que andei sentindo por aí.

Meus punhos cerram, prontos para partir Maldade ao meio, mas me obrigo a não demonstrar nada além de indiferença quando me dou conta de que, muito antes que minha irmã do meio pudesse me fazer qualquer mal, eu mesmo me delatei, contaminando minha perfeita essência maligna com a permissividade dos sonhos.

— Não pensei que você fosse se interessar — respondo tão sem emoção quanto posso. É melhor que ela não sinta o cheiro de medo em mim; ao menos não mais do que a parcela que meu pai cedeu para me animar.

Escuridão se detém. Os pés seguem apontados para onde caminhávamos, mas seu tronco de fumaça densa se torce aos poucos em minha direção. Tenho que baixar a cabeça e os olhos para ser capaz de encará-la, e a visão de seu rosto ilegível, puramente mal, me faz estremecer.

— Eu me interesso por tudo que esteja relacionado à nossa causa, Pesadelo. — Ela dá um passo, diminuindo a distância entre nós, e minhas sombras assomam, pressentindo o perigo. — Você foi o último a nascer, então foi o que menos sofreu. Você não faz nem ideia de como foi ser a primeira. Passar éons sozinha, sem entender por que o mundo que eu conhecia não existia mais. Sem entender por que os Criadores, que juraram me amar de forma incondicional, me dividiram em duas, e me deixaram machucada e silenciada. — Mais um passo, e sinto um arrepio na espinha sob o peso ensandecido do olhar da deusa. — Tudo o que eu faço é pensando em ter de volta o que já foi nosso, irmão. Não meu, porque não sou egoísta, mas *nosso*.

Fico congelado no lugar, com medo de dizer qualquer coisa e Escuridão julgar minha resposta como errada. Quando Sonho me deu uma ordem no reino mortal, percebi que se preocupou com a maneira como eu receberia suas palavras, talvez por ter sido criada em um ambiente sem hierarquia, em que todos são, de fato, irmãos. Mas a verdade é que já recebi ordens o suficiente para me acostumar a elas e saber quando devo engolir meu orgulho.

— Me desculpa, não vai mais acontecer — peço, contraindo todos os músculos do corpo.

Minha irmã mais velha abre um sorriso obscuro o bastante para me causar um arrepio tenebroso. Sua boca, assim como o resto da matéria que a corporifica, é um abismo de trevas devoradoras de estrelas.

— Espero que você a machuque — deseja ela, de maneira doce e inocente como uma criança, e, por isso, extremamente perigosa. — A nossa vingança está próxima, graças a você.

Então, sem aviso, Escuridão segura minha mão.

Com a proximidade de nossos corpos, minhas sombras gritam e se afastam, pois o toque da deusa da escuridão é venenoso. Pesa toneladas. Abre buracos em mim, os quais preenche com o mais concentrado suco do caos apenas para se divertir.

— Sim — murmuro, desesperado para me afastar.

Sinto presas afiadas, espinhos e tormentos insanos lutando para emergir.

Os dedos dela, entretanto, projetam garras afiadas que se encravam não apenas na carne que me aprisiona, mas em minha essência imaterial. Ela arrancaria tudo aquilo que sou, se quisesse.

— Não fique com medo, Pesadelo — pede Escuridão, saboreando a resistência que lhe ofereço, e mesmo suas palavras de incentivo soam como um comando perverso. — Seja exatamente o que os nossos Criadores ordenaram, e muito em breve mostraremos o quanto eles erraram ao nos condenarem a esta existência indigna. — Os olhos da deusa se acendem, porém neles não há nenhuma luz. Não, ali dentro só há trevas e fome. — E lembre-se de que quanto maior a chama, maior a escuridão deve ficar para engoli-la.

Depois que Escuridão e Maldade se retiram para perturbar algum outro deus desavisado ou um pobre mortal coitado, a chuva lava meu trabalho e transforma tudo em um lamaçal denso demais para que seja possível esconder minha frustração entre os pingos grossos. Eles caem feito meteoros, ansiosos para abrir crateras em mim, cataclismas proféticos que não deixam nada escondido.

Recebo a torrente de frente, erguendo bem o rosto e deixando que as pedras de gelo ricocheteiem em minha cabeça. Elas batem no nariz, quase abrem um corte na boca, e fico aqui, odiando meus humores e a influência celestial exercidos sobre o tempo.

Faço um gesto de ombros que se espalha pelos braços e logo escorre para as mãos. Sou o deus dos pesadelos, e a tristeza deveria ser só uma emoçãozinha indiferente com a qual palito os dentes. Obrigo as nuvens a se recolherem mais no alto, onde não podem me incomodar tanto, e volto os olhos novamente à cena de destruição deixada pelo incêndio que, em um rompante, causei.

Me livrei da maioria das árvores queimadas e dos galhos transformados em carvão, reenchi os rios, brejos e pântanos com água um pouco menos turva e fétida, e soprei vida aos peixes, pererecas e cobras-d'água, que sabiamente me agradeceram.

Agora faço crescer raízes não tão moribundas que, assim que engrossam o bastante, se transformam em árvores altas quase sem folhas. As que permanecem têm tons curiosos que variam entre verde e marrom intensos. São as primeiras cores que vejo aqui, tirando, é claro, o amarelo incandescente da joaninha Perdição, que sempre me acompanha. Depois de tantos éons estáticos de cinzas e trevas, não compreendo por que minhas criações ousam mudar contra minha omissa vontade.

Obviamente, já conheço a resposta, embora não queira — não *possa* — pensar muito a respeito: elas mudaram porque *eu* mudei.

Irritado, faço crescer moitas e musgos. Cubro pedras à beira de quedas-d'água mortais com bastante limo, e afio as rochas ali submersas o bastante para matar. Sopro vida a cada mosca asquerosa, mosquito irritante, felino intimidador, e todos aparecem carregados de cores camufladas — verde-neon, vermelho e amarelo —, que de repente pintam meu reino com tons aguados feito as sobras ressequidas no godê de um artista.

Tinha esquecido há muitos éons, mas agora lembro que sempre conheci essas cores. Posso fazê-las eu mesmo, com a parte que ainda tenho.

As correntes me sufocam, e mesmo assim arranco um pedaço da minha própria alma para ser capaz de lembrar que já fui inteiro.

43
Sonho

Desde a noite em que Pesadelo e eu nos tocamos, busco me ocupar com muitas tarefas. Retomei meu trabalho no reino mundano, semeei campos estéreis, e quase desejei ter Esperança e Vontade aqui outra vez: suas conversas e perguntas atenciosas me encheriam de afazeres, e eu sempre teria o que falar. Agora, tenho apenas silêncios ocasionalmente quebrados por grilos, além de tempo de sobra para pensar.

E Tempo é um deus poderoso — não à toa ele foi o primeiro a nascer. Dê tempo de sobra a alguém, e essa pessoa, ainda que seja uma deusa dos sonhos, acabará por usá-lo para fazer o que não deve.

No caso, o que esta deusa em questão não deveria fazer em hipótese alguma é pensar em Pesadelo. Muito menos se dirigir ao limite entre reinos, especificamente àquela parte do muro que ruiu, na esperança de encontrá-lo.

Mas a deusa dos sonhos não parece assim tão sábia, ou capaz de controlar seus desejos — e seus pés —, por isso caminha entre a relva com pressa e anseio, quase desesperada para não ter o coração partido ao se deparar apenas com as raízes mortas e espinheiros secos do reino contíguo. Há noites, uma fumaça escura sobe, roliça, rumo ao céu do outro lado, e nem mesmo o luar quis dizer o que suas crateras viram por lá.

Por que está se referindo a si mesma assim? As borboletas espertinhas me perguntam enquanto pulo sobre as pedrinhas bem lisas que formam um caminho perfeito em meio ao riacho, guiando minha travessia. *Devemos fazer o mesmo?*

Elas estão inquietas e sentem, melhor do que quaisquer outras de minhas criações, as perturbações na superfície de minha essência. Em vão, insistem em perguntar o que há de errado comigo, e eu realmente gostaria de poder oferecer mais do que apenas silêncios complacentes como explicação.

Mentir nunca foi da natureza de um sonho, porém não sei o que mais posso fazer para esconder o sentimento que ameaça brotar em meu coração.

Devo cuidar de meu reino, me manter pura e intocada pelo mal, mas quando enfim alcanço os limites da barreira e os olhos *dele* encontram os meus, a única coisa na qual consigo pensar é no momento em que nossos mundos se encontraram e me permiti sonhar com um pesadelo.

E por não poder verbalizar o que sinto quando sua boca cruel e profana sorri, nem o que lentamente me consome, me dissolvo em milhões de borboletas que avoam por todo o bosque, muito acima da copa das maiores árvores, sem nunca sair do lugar. Nos meus próprios sonhos, me transformo em folhas que se desprendem de seus galhos, na primavera e também no outono; me torno a garoa gentil que cai das nuvens de todos os mundos, em todos os filamentos de realidade.

Desejo até mesmo ser o ar, pois quem sabe assim o deus dos pesadelos me respiraria e seríamos, enfim, um só, enquanto o fôlego durasse.

44

Pesadelo

— Sonho, Sonho. — Deixo o nome pairando entre nós e me forço a não sentir nada enquanto as sombras se debatem e se atiçam por debaixo de minha pele como se quisessem iniciar outro incêndio. — Eu sabia que você viria.

Essa antecipação que sinto cada vez que a espero é algo novo para mim. Esses sentimentos estranhos que brotam, tal qual ervas daninhas, são tão desconhecidos quanto o anseio que sinto ao me perguntar se ela virá, ou se me oferecerá um de seus sorrisos sem pedir nada em troca.

A deusa se aproxima com timidez; um toque de impasse que nunca vi antes guia seus gestos. Ela trançou o cabelo, e quase sou capaz de ouvir o suave roçar do tecido das vestes bem apertadas junto a seu quadril largo. O conjunto de blusa e saia parece feito de pétalas de flores, e adere ao corpo da deusa como se ela própria fosse um caule.

— O que você fez comigo? — pergunta Sonho sem qualquer hesitação, os olhos explodindo em nebulosas rodopiantes. Um contraste gritante com os gestos inseguros de antes.

A honestidade dela quase me faz perder o ar, porém mantenho a postura predatória. Estou pronto para devorar a mim mesmo, se necessário, para que ela nunca saiba a forma como me atinge.

— Não sei se entendi. — Me demoro em cada palavra, pronto para estender esse momento o máximo que posso. — O que eu fiz?

Os olhos estrelados da deusa se abaixam, focando talvez os pés, ou as mãos que leva entrelaçadas à frente do corpo. De repente, sinto uma ausência absurda, e minhas sombras gritam.

Quero que ela me olhe, que me veja. Ela é a única que *vê*.

— Você me tocou... — Um sussurro que atiça meus rebentos.

— *Nós* nos tocamos — corrijo, sem bem saber por que aquele detalhe pequeno me importa tanto, ou por qual motivo venho me agarrando a ele sem nunca me cansar de lembrar que, no final, foram os dedos *dela* que tomaram a decisão.

— Nós nos tocamos — corrige ela, para minha satisfação. — E então... — As palavras parecem lutar em sua boca, e mais do que depressa já me imagino arrancando todas dali com as unhas, a língua e... — Algo mudou em mim.

Minhas sobrancelhas se erguem, questionadoras por natureza, muito embora meus lábios estejam se curvando em evidente reação à torpeza de pensamentos interrompidos.

— Não faço ideia do que isso quer dizer — minto, porque mentir é fácil e natural. Porque parece a única coisa familiar à qual me agarrar.

— Então você não sentiu nada?

Sonho parece incrédula e até um pouquinho ofendida. Ela reencontra a confiança que sempre exibe, adensando o ar com seu poder, e põe as mãos na cintura. Um desafio silencioso.

Mal posso esperar pelas consequências.

— Nadinha. — Minha língua estala, traiçoeira.

As sombras se ajuntam para um bote, desejando mais do que nunca serem alimentadas pela indignação da deusa dos sonhos.

— Eu não acredito em você. — Ela cruza os braços, e minha atenção respinga em seu decote.

— O que exatamente você sentiu? — A pergunta deixa minha boca doce e me lembro da viscosidade do mel que um dia ela me mostrou pingando de enormes favos. Mergulhar em Sonho deve ser exatamente assim. — Conte com detalhes, assim talvez eu possa ajudar, deusa dos sonhos.

Me acomodo no chão, recostado em uma pedra. Uma xícara lascada aparece em minhas mãos, o cheiro de café que exala é forte e ácido, e estou quase me sentindo em casa, quando a deusa enfim se ajoelha à minha frente, penitente.

— Você está brincando comigo — acusa Sonho, o narizinho arrebitado, a boca avermelhada bem junta.

Faço uma expressão de surpresa.

— Que acusação mais horrível, Sonho. Foi você que disse que queria ser minha amiga.

— Eu não disse isso. — As mãos dela se cerram em punhos.

Deuses, como isso é divertido.

— Então você não quer? — Tenho que me lembrar de soar decepcionado.

A deusa dos sonhos suspira e, em resposta a ela, a relva de seu reino balança em uma dança suave.

— É claro que eu quero — confessa.

Dou um gole no café, e só não cuspo o líquido amargo por consideração à minha acompanhante celestial. Posso ser um deus dos pesadelos, mas não sou um troglodita.

— Nós nos tocamos para provar que não somos a perdição um do outro, como sempre nos fizeram acreditar — inicio o argumento, certo de que já venci a discussão. — Disseram que você poderia me matar com um único olhar, Sonho, mas cá estamos nós. — Não que ela vez ou outra não me mate com um olhar ou um gesto, mas não é este o ponto. — Não sei o que você alega ter sentido no reino humano, mas como isso é algo que *amigos* fazem, estou disposto a voltar lá para descobrir.

A atenção da deusa dos sonhos está toda sobre mim e, conforme o significado da oferta se assenta em sua consciência, vejo que ela brilha muito suavemente, beijada pelo luar.

— Você faria isso? — questiona, insegura.

A verdadeira filha da Esperança.

— Pela nossa possível amizade, é claro. Por que não vamos agora?

São mentiras demais... Tantas que agora já nem sei mais para quem estou mentindo.

45

Sonho

Ao nosso redor, casais assistem com curiosidade ao desenrolar de uma tragédia refletida em uma grande tela que, afixada em uma estrutura metálica, se estende até o chão.

Embora nunca tenha visto um drama representado para uma multidão em imagens móveis, dançando no escuro da noite, Pesadelo acertou ao sugerir que viéssemos ao mundo dos mortais e nos encontrássemos bem aqui, neste espaço e neste tempo, que eu conhecia bem.

A história que assistimos começou como uma ideia que embalei nos meus próprios braços. Depois, um anseio quase transformou em desejo e, por último, virou amor. Mas o amor é volátil, nunca pende inteiramente ao bem, embora o sirva, e o que antes era sonho se converteu em um pesadelo terrível...

Pesadelo.
Pesadelo.
Pesadelo.

Teria sido você a sussurrar perversidades nos ouvidos desses jovens apaixonados? Foram seus lábios que primeiro murmuram a ideia da morte? Foi sua a mão que ofereceu de modo leviano o veneno, sabendo o que causaria?

Balanço a cabeça na vã tentativa de afastar o enxame de pensamentos que por pouco não rivaliza em quantidade com as abelhas de meu reino. Não devo pensar no mal, nem de que forma os que o servem trabalham. Este é um mistério reservado aos Deuses antigos, e a mim cabe apenas inspirar e sonhar.

Meus olhos passeiam, curiosos, pelo ambiente no qual nos materializamos, escondidos entre os mundanos. Logo os detalhes deste mundo me fazem esquecer todo o resto, e estou encantada com as árvores anciãs. Não posso salvá-las, e sei que um dia, no futuro, serão derrubadas, mas ainda assim eu as abençoo para que sejam felizes enquanto respirarem.

A grama baixa sobre a qual estamos sentados cochicha para mim, contando causos debaixo de toalhas e cobertores esticados, quando um movimento à minha frente chama atenção.

Um casal de mortais ignora as cenas retratadas na tela. Seus ombros estão próximos, e o reflexo da projeção forma um recorte perfeito contra suas silhuetas, que eu veria ainda que tudo fosse trevas.

Elas se estudam, e ouço a batida desenfreada do coração de cada uma. Os dedos se achegam, os poros se dilatam, e, conforme suas bocas se abrem em um sorriso cúmplice, sou envolvida pelo gosto doce dos pensamentos. Estou presa àquele momento, sou o sonho que as une. Enquanto engulo com dificuldade, sinto os lábios se tocarem e depois a língua.

Como deve ser a sensação de toque na nossa pele, que não dos nossos próprios dedos? É necessário ser mais delicado, ou isso não importa? Qual é o gosto desse desejo tão urgente? Ele fica e finca raízes, ou é de uma chama tão tênue quanto o nascimento de uma estrela?

— Você sabe *mesmo* o que são beijos? — pergunta Pesadelo, e sua voz rouca, tão suave quanto o vento, me assusta pela profundidade da qualidade perversa.

Viro o rosto para o lado oposto, pois não quero que ele me veja corar, tampouco perceba meu arfar.

— É claro que sei. — Tento soar aborrecida, na esperança de que não note o nó em minha garganta. — Eu que os criei. O que são beijos se não sonhos depositados nos lábios de outra pessoa? Desejos profundos e sinceros, sussurrados junto da boca, sagrados demais para serem expressos na forma de som.

O silêncio se achega e, refletidos na tela, consagrados nas nuvens, amantes desafortunados sussurram juras de mãos dadas como para confirmar o meu discurso. Diálogos inteiros ocorrem. Em alguns mundos, amanhece; em outros, é sempre noite; e nas nebulosas que meus olhos escondem por trás de uma aparência extremamente mundana, estrelas explodem em nasceres tão violentos quanto os sentimentos que florescem em meu peito.

Tudo passa e, quando penso que me livrei de ser ainda mais perscrutada, o deus dos pesadelos simplesmente sorri.

46

Pesadelo

Diante da explicação boba da deusa dos sonhos, minhas sombras se reúnem no chão ao meu redor, formando poços escuros e vorazes que devoram grama, raízes, dedos e bolsas esquecidas. Serpenteiam ao redor da minha acompanhante, ganindo como lobos famintos contra a tempestade.

Vejo que ela acredita em cada palavra do que diz, mas seus olhos de estrelas não mentem. Sua inocência é como o perfume de um sofrimento fresco. Uma ferida que ainda sangra, tão doce contra o vento...

Minha.

Nossssa. Nossssa perdição.

As sombras farejam e quase cedo ao impulso de libertá-las, para variar, me perguntando qual seria o gosto de Sonho em minha boca. No entanto, as correntes apertam forte, fulminantes como no dia em que Tempo, Poder e Vida com elas me aprisionaram. Sufoco dolorosamente, e não é de um jeito bom.

As regras. As malditas regras!

Não posso ferir meu complemento divino, mas posso fazer com que fira a si mesma e, ah, como eu adoraria assistir a ela se desmanchar...

A selvageria que toma cada um de meus pensamentos é uma tempestade de fome que me puxa para a escuridão, e eu me inclino aos poucos. Corto o ar como a faca corta a carne. Meteoros, atmosferas. Ponteiros, Tempo. Ganho o espaço que existe entre nós — já não há nenhum espaço entre nós, somos os espaços e tudo o que reside neles —, antes de dizer:

— Não foi isso o que eu te perguntei, Sonho — insisto, mas não por causa do pedido ameaçador de Escuridão para tomar todos os segredos da deusa, nem por causa das juras de vingança que fiz a meus irmãos e a mim mesmo. Insisto porque aquela resposta é vital; porque não saber me corrói e destrói os meus dias e noites. — *Você* já foi beijada?

Ela demora um instante para entender o que eu verdadeiramente quis dizer e, como se dividíssemos a mesma pele feita de matéria escura, sinto que a deusa estremece, esticando as cordas de si mesma e dos filamentos. Um arrepio delicioso me percorre até a ponta dos pés, e de repente meu peito sobe e desce com o peso de milhões de arrependimentos.

Um dos braços dela sobe, delicado, e mãos pairam em frente ao rosto, cobertas por pequenas pulseiras na forma de anéis de planetas. Sonho toca os próprios lábios entreabertos com a ponta dos dedos, os olhos vítreos carregados de desejo.

Meu coração troveja e, ao longe, relâmpagos castigam a noite, formando padrões no alto do céu que qualquer deus poderia enxergar. É sempre assim quando estamos juntos: os Criadores parecem nos avisar, mas finjo que não compreendo a mensagem, pois aqui, agora, só existe a deusa dos sonhos.

Antecipo sua resposta, mas jamais teria previsto que soaria tão desesperadamente sincera:

— Não — sussurra ela, atormentada. Se esforça para desviar os olhos dos meus.

O que ela não sabe, no entanto, é que uma vez que o desejo captura uma presa, é impossível escapar.

Sou o deus dos pesadelos, feito para destruir, para corromper, para depravar, e destruiria o mundo, *todos* os mundos, apenas para cobri-la com a minha perversidade até ver a voz lhe deixar a garganta na forma de lamentos.

Até ouvi-la rezar para mim, o deus dos pesadelos.

Chego ainda mais perto, mas Sonho não se afasta. Treme contra si mesma, mas é corajosa. Não conhece meu pai: Medo.

— Quer que eu te mostre?

A pergunta não soa agressiva, muito menos carregada de crueldade. Na verdade, parece tão honesta que nem mesmo eu compreendo minhas intenções.

A exibição já se encaminha para os atos finais, e quando um veneno é passado de mãos, estico um braço e o apoio perto o suficiente do quadril de Sonho para sentir o calor que atravessa suas roupas e as desfaz. Meus dedos se espalmam e agarram um pouco de terra.

Ela ainda não se mexe.

Na verdade, está paralisada bem ao meu lado, como uma estátua caprichosamente esculpida em flores, de modo que eu jamais a teria percebido se não tivesse encontrado o ângulo certo para observar. Suas íris reluzem, enormes, engolindo as luzes do ambiente, pois não há nada com que possam se comparar.

— Você estava certa quando disse que beijar é como contar segredos — digo, focalizando os lábios entreabertos dela por um instante devastador. Conto os vincos dali, provavelmente muito macios, e desejo mergulhar na umidade que ela trouxe quando, com muita suavidade, os tocou com a ponta da língua. — Será que posso contar um para você?

Meu nariz está alinhado ao dela como duas estrelas em um mapa, e a deusa dos sonhos me encara com surpresa e curiosidade. Não assente, porém também não nega; parece incapaz de reagir, presa nos próprios pensamentos. Por isso, me inclino ainda mais, e minhas sombras quase a engolem.

Mantenho uma mão firme na terra, porém com a outra toco nela muito devagar, primeiro com a ponta dos dedos, depois com a palma inteira. Seguro o rosto da deusa, me corroendo no processo. Inclino sua cabeça até que o cabelo dela se espalhe pela grama e, fio a fio, retome a cor e o comprimento de sua verdadeira forma — aquela que habita o bosque.

Aquela que apenas eu vejo.

Sinto algo em mim se estilhaçar bem lá no fundo. Sempre fui quebrado, apartado em milhões de cacos afiados, mas desta vez é diferente... Tem um peso que quase me afunda. Penso que estou sorrindo, porém não compreendo por que minhas bochechas e meu peito doem.

Eu me inclino junto da deusa dos sonhos, trêmulo pelo esforço do controle que quase me escapa, e minha boca se abre sem ordem, arfando sombras inquietas. Meus lábios roçam nos fios de cabelo dela, bebem o orvalho fresco acumulado nas curvas de seus cachos, e rebentos de escuridão sorvem de seu cheiro inebriante.

— Se te beijasse, nunca mais conseguiria parar. — murmuro, ao me sufocar nela e em minhas próprias palavras.

47

Sonho

Me sinto como uma estrela que cai e incendeia na atmosfera de um mundo distante antes de ser estilhaçada. Como um segundo roubado do próprio Tempo. Como se eu fosse o nada, embora dentro de mim resida força o suficiente para fazer nascer tudo, porque esta noite, pela primeira vez, *eu tive um pesadelo*.

Não devo pensar nem em reviver as circunstâncias desta violação grave à minha essência, mas é impossível não remoer cada instante, ou mesmo os espaços entre eles, em busca de uma explicação. Fiz isso durante toda a manhã, com as mãos enfiadas na terra fresca e os pés bem assentados sobre as pedrinhas coloridas e redondas dos riachos que gorgolejavam em solidariedade à minha aflição.

Faço isso agora, cada vez que meus olhos piscam. Dentro de um breve momento, de uma singela respiração, caberiam muitas vidas que eu, incansavelmente, revisito em busca de uma justificativa.

Meu corpo material é deixado aqui de pé, feito um casulo, mas minha essência parte para longe. Ganha asas, se transforma em ventania, e de repente estou sobrevoando minha cabana. De uma viga no teto, assisto à cena se desenrolar como se cada partícula de pólen que brilha contra o luar fosse um segredo; uma peça; uma chave.

Talvez se eu olhar para elas por tempo suficiente, consiga entender.

Estou deitada em minha cama, adormecida. Borboletas me envolvem, mas seus nomes me são estranhos, tão desconhecidos quanto seus formatos que lançam sombras compridas pelas tábuas do piso. Me remexo e agarro os lençóis com uma leve contração dos dedos. Abro os olhos, sonolenta, e demoro a entender que não reconheço as companhias que me despertaram, porque elas não são, de fato, criações minhas.

Talvez porque minha consciência estivesse muito distante do corpo que habito, naquele momento, tenha pensado que, de suas asas translúcidas, quase feitas de gelo, olhos piscavam para mim. Aqui de cima, entretanto, não há nenhuma dúvida ou confusão a sanar: eram mesmo olhos escuros e vazios, feitos de todas as coisas mais voláteis e perversas já criadas pelos Deuses antigos, a me observar.

Na cama, a outra versão de mim se engasga quando mãos se aproximam, crescendo desde a parte mais escura, debaixo da cama, onde o luar não alcança. Muitas e muitas delas, delicadas como as asas das libélulas, feitas da mais pura sombra. Elas me tocam e ainda sinto em minha essência cada impressão deixada pela ponta de um dedo.

Sinto medo, mas é uma sensação tão passageira que o deus-emoção que lhe nomeia sequer teria a chance de se materializar. De cima, reconheço em meus olhos o momento exato em que enfim compreendo a quem pertencem as mãos e, ingênua, permito que me explorem. Elas envolvem meus calcanhares, acariciam minhas panturrilhas, e deixam uma trilha de fogo conforme sobem pelas coxas, em um lento caminhar. Afagam meu cabelo, deslizam por minhas costelas, e de repente estou sendo despida de minha própria pele. O segredo que Tempo, Poder e Vida gravaram em mim bem ali, exposto para a noite escura e suas mãos sombrias.

A Sonho que está na cama arfa, e eu aqui em cima engulo um grito. Nossos corações batem mesmo sem necessidade, em um compasso desarranjado extraído por um percussionista inexperiente.

Pesadelo. Pesadelo. Pesadelo.

Eu recostaria meus arrependimentos contra seu peito, se você estivesse aqui. Daria de bom grado o que restou de meus pecados e sangraria meu coração imortal buscando aquilo que, há muito éons, nós dois conhecemos.

Mas as correntes que o sufocam são as mesmas que aprisionam meus braços e pernas. Me impedem de entregar aquilo que guardo de mais precioso dentro de mim e que nunca foi dado a ninguém.

Me curvo sobre mim mesma por um momento antes de abandonar a cena que agora reside apenas em minhas memórias, e com um pouso suave reencontro meu corpo que abandonei nos confins do meu lado do bosque. Talvez pela profundidade da digressão, não noto de imediato os animais reunidos ao meu redor: uma onda de incerteza percorrendo toda a relva.

Pisco, me acomodando de volta no presente, e sinto peso nos ombros. Patas macias tocam meu rosto como se quisessem me avisar de que há algo de errado para além das paredes da minha mente, e meu corpo todo treme.

E é o barulho de galhos se partindo que me faz entender que não sou eu quem está tremendo, mas sim o chão. Dou um passo para longe da cama, depois outro para fora da cabana, e o tremor agora ressoa dentro de mim, abalando a placidez das águas de minha essência.

Meu reino inteiro sacode e balança com violência, e quando me lanço pela relva até a origem do que perturba minha paz, sequer preciso fazer algum esforço para procurar. Naquele ponto da barreira que separa o reino do deus dos pesadelos do meu, naquele mesmo lugar em que o muro antes feito de névoa celestial ruiu até não restar nada além de poder puro, surgiu um largo buraco no chão, que consome terra, pedra e barro.

Como uma bocarra, a fenda insólita puxa as raízes próximas, engolindo as árvores, assim como qualquer outra criatura que ouse se aproximar, com um guincho terrível de se ouvir. Ela os traga em direção a um escuro que só não é mais intenso, porque é todo feito de estrelas — uma parte de nada. A mácula suga tudo e, enquanto o faz, arranca também pedaços de mim, pois não há nada em meu reino que não seja eu.

O cataclisma se engasga e regurgita cascas e lascas a cada engolir. Estremece o ar, faz o chão sumir, suga as cores. É um castigo cruel, e em meio ao desespero de não saber como impedi-lo, percebo que a nódoa não se contentou apenas com meu lado do bosque.

No reino contíguo, tudo que havia perto da barreira também sumiu. As raízes farelentas, as casas de vespas, e até o ancestral salgueiro-chorão...

Tudo, menos a força invisível que ainda nos impede de atravessar.

48

Pesadelo

— Não sei o que você fez para conseguir um cataclisma desses, mas meus parabéns! — Loucura saltita diante da destruição que assola meu reino de ponta a ponta, margeando os limites entre os bosques.

Terra rachada e partida, árvores enormes engolidas, galhos espalhados por todos os lados, montes deslizados, animais desfalecidos, centenas de criações perdidas, barro e neve misturados, e um buraco imenso bem na divisa onde antes existia o muro.

Eu me inclino o máximo que posso, na beirada escorregadia, e as estrelas que me encaram no fundo da bocarra são inconfundíveis; me lembram Aéther, pela força do brilhar, e sei que não sou o único deus pensando nisso.

— Você acha que se nós nos jogarmos aí, vamos acabar caindo lá? — cogita Maldade, também perto o bastante da beirada para fazer minhas sombras salivarem com a ideia de empurrá-la.

— Por que você não pula e vê se consegue chegar? — sugiro, tão perverso quanto posso, para não transparecer a dor terrível que aquele mastigar me causa. Cada pedacinho de chão cedido, cada verme, micróbio, grão de poeira absorvido, é uma parte de mim que se perde.

— Não fiquem assim tão perto — adverte Angústia, e trata de segurar as mãos de minha irmã do meio que, com um balanço de braço, se desvencilha. Em mim ela não ousa tocar.

Para não deixá-la ainda mais transtornada, dou alguns passos para trás.

— Tenho certeza de que os nossos Criadores são mais inteligentes do que isso. — Vingança limpa uma presa com uma unha enorme e afiada. — Por que nos dariam de bandeja uma passagem para Aéther depois de todo o trabalho que tiveram para nos fazer esquecer o caminho?

— Mas as estrelas e esse céu... — Maldade franze a tez, esticando bem o pescoço de modo que seu corpo fique bem longe, mas a cabeça se achegue tão perto do buraco que as pontas do seu cabelo desapareçam dentro dele. — Tenho certeza de que são os mesmos.

— Você não lembraria, irmãzinha. — Escuridão nos interrompe e, ao som repentino de sua voz maligna, todos nos calamos. Não se ouve nem sequer um farfalhar ou o coaxar de um sapo desavisado.

A massa escura que forma minha irmã mais velha se move para a frente, sem pressa, e para bem diante da cratera que passamos um longo tempo observando depois que os tremores suavizaram, quando pude mandar minhas sombras avisarem todos os deuses que servem ao mal o que estava acontecendo.

— Mas faz sentido que o céu se pareça com Aéther. — As palavras da deusa da escuridão soam afiadas e perfuram meus ouvidos. Há ressentimento suficiente nelas para queimar todos os mundos, e todas as realidades, em que habitamos. — Nós fomos feitos de pura malignidade, mas ainda somos imagem e semelhança de nossos Criadores. E que forma melhor de nos punir do que mostrar a coisa que mais queremos e que pensam que jamais poderemos alcançar?

Os olhos sem vida dela se voltam para mim, e me esforço para manter meus pensamentos e sentimentos muito bem ocultos debaixo de camadas e mais camadas de sombras peçonhentas. Não que isso vá funcionar, se ela realmente quiser se aprofundar.

Ela sente. Ela *sabe*. Escuridão sorri para mim, como um poder antigo e nefasto que ninguém senão seu próprio complemento divino, Luz, poderia de fato compreender. Ela sorri com desdém, mas também com pena. Sorri como se reconhecesse minha ignóbil tentativa de esconder algo dela, de quem advêm todas as trevas e os véus. Todas as sombras.

— Pode parecer um castigo ter o seu reino, a parte mais material da sua essência divina, violado dessa forma, Pesadelo — prossegue a deusa, em toda a sua sabedoria maligna. — Mas esta intervenção só mostra o quanto suas ações perturbaram os Deuses antigos o suficiente para que mandassem um aviso.

— Então você acha que foi mesmo um castigo dos Criadores? — questiona Desconfiança, de longe, pois nunca se sente confortável o bastante para se aproximar de nós.

— Ah, eu tenho certeza de que foi. — Minha irmã mais velha me circunda, e resisto ao impulso de me encolher. Sua matéria espessa ameaça me invadir, tirando minhas sombras do caminho uma a uma, como se arrancasse pétalas de uma flor com o intuito de não deixar nada além do miolo. — Você tocou a deusa dos sonhos, não tocou, Pesadelo?

Não posso mentir.

— Toquei.

A confissão sai de mim como se fosse mais um pedaço de alma arrancado. Ganha vida própria conforme todos os deuses que servem nos bosques do mal guincham, cuspindo maldições venenosas sobre a terra, a *minha* terra, enojados com a minha profanação.

— Pesadelo é um deus obediente, só fez o que eu pedi. Ele profanou o próprio corpo e a própria essência maligna com a podridão dos sonhos, mas foi por nossa causa, meus irmãos — defende Escuridão, embora suas palavras carreguem tanta repulsa que eu preferiria que não as tivesse pronunciado. De seu corpo escuro se formam braços, que ela abre em direção aos céus como alguém prestes a receber a chuva. — Nós recebemos o recado, bem-amados Criadores — pronuncia com desdém e uma pitada de sarcasmo.

Engulo em seco, e, como a mais volátil das víboras, a deusa da escuridão volta a cabeça em minha direção antes de continuar:

— Não sei tudo o que você tem feito com a deusa dos sonhos, mas não pare até tirar tudo dela. Tire os sonhos do mundo, e vamos ver se Tempo, Poder e Vida enfim não vão achar pertinente receber seus filhos em casa outra vez.

49
Sonho

Ajoelhada à beira da enorme cratera que já consumiu uma larga faixa de meu reino e das criações que não conseguiram fugir de suas mãos invisíveis, deixo que os soluços que partem meu peito ressoem também no céu. Lá do alto o luar suspira, redondo e incapaz de ajudar, pois nós dois sabemos, bem lá no fundo...

É minha culpa.

Não é algo que ele precise falar.

Retraio as trepadeiras grossas que cresceram da ponta dos meus dedos dos pés em direção à bocarra, sentindo as bordas irregulares me arranharem. Não há mais nada para investigar, e as borboletas lamentam sem parar em minhas costas.

Lágrimas caem. Molham meu rosto, pingam em minhas mãos bem fechadas e nas minhas vestes, que hoje não passam de panos acomodados ao redor do corpo sem qualquer esmero. Elas pingam e pingam, pranteadas das nuvens que eclipsaram as estrelas.

Pela primeira vez deste lado do bosque, chove. A garoa engrossa, e alguns pingos mergulham no buraco profundo, de onde piscam nebulosas que reconheço e algumas cujo nascimento não pude presenciar. Ali serão consumidos e, como parte do castigo divino que Tempo, Poder e Vida pretendem me impor, jamais se transformarão em sementes.

Dessas lágrimas, nenhum sonho jamais brotará.

Sim, é minha culpa.

Quero gritar. No entanto, quando parto os lábios, extravaso raízes e ramos descontrolados. É um erro pensar que sonhos não sentem dor. Sinto tudo, talvez com uma intensidade ainda maior, e é por isso que meus braços se enrolam ao redor do corpo e minhas unhas se enterram nas costelas, prontas para sangrar culpa.

Quero pedir aos Criadores que me perdoem pela fraqueza. Quero pedir por orientação, por ajuda. Que esqueçam o que fiz e o que senti. Que me façam voltar a ser a deusa esculpida ainda em Aéther, pura e incorrupta.

Quero tudo isso e, de repente, já não quero nada além de estar nos braços dele que, por entre os pedaços e ruínas da devastação do próprio reino, ainda veio me encontrar.

Sua aparição é um espectro, ao longe, pois a bocarra não permite que nos aproximemos mais do limite entre os bosques.

Sombras e fúria. Ódio reprimido, prestes a vazar.

E quando vejo seus olhos de matéria escura, entendo a origem da minha culpa: mesmo diante de tanta destruição, não me arrependo.

— Sonho? — chama Pesadelo com a voz baixinha, que chega até mim mais pelo açoite do vento do que pela audição. Em seus lábios meu nome já não é nada, senão uma prece. Sim, o ouço rezar. — Você está bem?

As lágrimas escorrem. São temporais e cachoeiras; oceanos e rios e veios de sal, e forço meus dedos para ainda mais dentro da pele, pronta para rasgá-la. De um corte, a luz das estrelas vaza para a noite e se enrosca com o brilho triste do luar, reluzindo e transformando a noite em dia.

— Sonho? — fala meu complemento divino outra vez, se lançando em sombras agitadas por cima da bocarra que o ameaça engolir, forçando as correntes no limiar, como se quisesse ser capaz de me impedir. — Por que você está se machucando assim? Pare!

Mas não posso parar; não agora.

Estou em cheia, e quero transbordar meus segredos, expurgar todas essas meias verdades que contei.

Pesadelo. Pesadelo. Pesadelo.

Eu não me arrependo.

— O quê...? O que é isso, Sonho?

O deus força o limiar e o ataca com mãos de sombras e vespas pretas. No entanto, a barreira, que desde o princípio nos separou, resiste mesmo sem os tijolos. Invisível aos olhos, muito embora não seja necessário vê-la para saber que está ali: o poder dos Deuses antigos que a ergueu ruge e estala sob o peso da insatisfação deles.

— Nós cometemos um erro — digo, baixinho.

O sangue brota, e o sinto escorrer, deixando meus dedos escorregadios. Vermelho, a primeira cor que conheci, e a única que não criei.

A chuva o lava e o transforma em um belo cor-de-rosa, com o qual eu poderia pintar milhões de pétalas de flores, e depois escoa para a bocarra que, provando da minha dor, parece arrotar cometas.

Debaixo da minha carne, gravado em ossos e em essência de tudo aquilo que sou, o mapa se inflama como se clamasse para ser libertado. Ele reluz com a pureza das estrelas do único céu verdadeiro de onde todos nós viemos e para onde, um dia, todos nós retornaremos.

Acuada e encolhida, abraçada à minha própria dor, a luz acende meus cachos e se derrama por cada um de meus poros. Eu me sinto arder, incendiar, e não há mais roupa que possa me esconder, nenhum centímetro de pele para conter este poder.

Um guincho agonizante corta os bosques e estremece os céus. É uma coisa vil, cruel, atormentada, e quando as sombras se atiram em minha direção, estrebuchando e caindo no buraco, engolidas pelo vácuo, vejo Pesadelo outra vez.

Do outro lado, ele está caído no chão, arfando, e não há sequer um fiapo, um espectro, um vestígio de fumaça escondendo seus traços dolorosamente belos.

Encaro o deus dos pesadelos como se houvesse voltado no tempo antes de ele ser estilhaçado em centenas, milhares, de versões de si mesmo. Os reflexos contidos em cada uma das sombras que restaram ainda avançam contra mim e se debatem contra o poder que não permite que me alcancem.

— De onde está vindo essa luz, Sonho? — pergunta ele, e as palavras saem trêmulas e fustigadas pelo cansaço de se encontrar despido da própria identidade.

— Se eu contasse... — pondero, me sentindo fraca e de repente muito exposta. Recolho meus dedos, afasto minhas mãos, e conforme a pele rapidamente se refaz, o brilho se recolhe uma vez mais para meu interior. — Você sofreria ainda mais do que hoje.

50

Pesadelo

Eu vi a luz das estrelas de Aéther.
Eu vi.
Eu *vi*.
Eu vi.

Estou me afundando em um mar de matéria escura, mergulhado no gelo de lembranças nunca acessadas que me remetem a algo que conheci antes de ser Pesadelo; antes de ser partido ao meio.

Nebulosas e mundos e realidades preenchem todo e cada espaço, embora ainda exista tempo o suficiente para criar. Minha boca está cheia com um grito sufocado que não quer sair, pois as correntes me apertam e me forçam, querem me estilhaçar mais uma vez. Querem me fazer esquecer mais uma vez.

Mas desta vez não esqueço.

Os Deuses antigos podem tirar tudo de mim, de novo e de novo. Roubar minha felicidade, mudar meu nome, me enterrar debaixo de sombras, e ainda assim jamais serão capazes de me fazer esquecer a sensação de estar *em casa*.

Afinal, além da vingança há somente um único sentimento capaz de me devorar vivo: saudade.

FRAGMENTOS

Enquanto cavalgavam em nebulosas, de realidade em realidade, costurando e tecendo o futuro, bordando em constelações o que mais tarde chamariam de *destino*, Tempo, Poder e Vida decidiram criar filhos à sua imagem e semelhança, pois se sentiam extremamente sós. Criaturas belas às quais foi, primeiro, dada a capacidade de sentir e, depois, compartilhada a fagulha da criação.

E, ah, como os Deuses antigos foram felizes! Tanto que, por muitos éons, Tempo fez questão de parar; Poder se regozijou em apenas ser reação, tão latente quanto a semente que espera para brotar; e Vida... bem, Vida determinou que seus filhos jamais conhecessem o fim.

O que os Criadores não entendiam ainda, todavia, é que uma alma, uma *essência*, está fadada a mudar.

E quando o luar se tingiu de vermelho, era sinal de que o mundo mudou. Os Deuses antigos foram obrigados a separar os inteiros e não aguentaram o peso da decepção que maculara o coração deles por terem feito isso. Eles se retiraram, mas não sem deixar gravado um caminho no coração da filha de Esperança e Vontade, crentes de que, se a mudança não poderia ser impedida, um dia eles próprios também mudariam.

51

Sonho

A deusa dos sonhos não deveria se acovardar. No entanto, cá estou, recostada entre os travesseiros, dedos agarrados ao lençol, olhos bem abertos, encarando o teto da cabana que reflete muito de leve o luar que se infiltra pelas janelas. Tenho medo de cerrar as pestanas. Tenho medo de dormir e, mais do que tudo, tenho medo de vê-lo nos limiares do sonhar.

Preciso encontrar uma forma de consertar as coisas. Apaziguar os Deuses antigos para que levem embora o castigo que macula meu reino — *nossos* reinos — e, para isso, devo me esquecer de todos os sorrisos perturbadoramente belos que Pesadelo já me confiou. Esquecer sua voz, apagar da memória o molde de seu toque, a forma como seus dedos aderiram à minha pele, as sombras de um beijo que nunca foi dado, mas poderia ter sido.

Não sei se ousaria confessar os sentimentos que pesam em meu peito, nem se teria coragem de pronunciar um segredo ainda mais precioso do que aquele que carrego, oculto, debaixo da pele. Sei apenas que devo fazer tudo em meu alcance para manter o equilíbrio, decretado pelos nossos Criadores, pois é assim que as coisas são e sempre serão.

Separação.

Como ousei? Como pude ser tão ingênua? Tão egoísta?

Suspiro. O cansaço se abate por cada centímetro do meu corpo material, mas me esforço para não fechar os olhos. Não posso permitir que a noite me embale e traga, revestidos de pesadelos, meus mais inestimáveis sonhos.

Meus olhos piscam no mesmo ritmo das estrelas que tão amorosamente resguardam, e sinto a resistência de meus dedos diminuir. O lençol escorrega, carregado pela brisa. De repente, o teto parece mais escuro, e embalada pela doçura do sono, quase sou tragada para a inconsciência onde reside minha essência imortal. Quase, porque, por todo meu reino, ecoa uma palavra que eu jamais poderia confundir.

Não, não a palavra, mas a voz que a pronuncia. Ele a cantarola para a brisa, de modo que o som é soprado e ressoa em cada folha:
Perdição.

A voz rouca e baixa, carregada de perversidade, me arranca da cama e me ponho a correr por entre o capinzal. Atravesso campos de flores, riachos, descampados. Passos ligeiros, batidas descompassadas, um rastro de tecido. Despida dos medos que me vestiam, alcanço aquele ponto na fronteira entre nossos reinos. Aquele onde o muro ruiu e nada resiste ao avanço da fenda que cavoucou ranhuras na terra com garras invisíveis.

Ele está do outro lado, sempre estará. É este o pressuposto de nossa existência.

— Você anda me evitando? — Ouço o deus perguntar, muito embora quase não possa ver suas feições por detrás da confusão de sombras.

Um passo para a frente, e a névoa revolta que o cobre se afasta, ganhando a forma de tentáculos, cobras, braços e mãos que vêm ao meu encontro até que as correntes façam o trabalho de reprimi-las.

O deus sorri, traiçoeiro e lindo, e vejo como minha confusão o agrada. Parece saborear o torpor que libero cada vez que tomo ar.

— Me ajude, Pesadelo — É tudo o que sou capaz de dizer, caindo de joelhos. Meus dedos se enterram, criam raízes na terra empobrecida daquela fronteira já tão castigada. Torrões e pedras caem na fenda, e meu coração quase se parte. — Estive pensando, e acho que os Criadores estão nos castigando.

Ele me encara como se jamais tivesse me visto antes. Percebo o modo como seus olhos antes cerrados cedem ao interesse, se abrem e correm por meu corpo exposto demais, se demorando em meu rosto que revela tudo. Meus desejos estão escritos em cílios e curvas de sorrisos, pontuados por sardas.

— Ah, sim. Com certeza é um castigo.

— Então podemos consertar tudo isso... *juntos*.

— Não — diz ele depois de um longo silêncio, com simplicidade.

A palavra me corta como um raio, e parece sequer ter lhe custado um pensamento. Engatilhada, como as cargas das armas que ele mesmo ajudou a criar no reino dos mortais.

— Não? — Mal posso acreditar. — Mas você nem...

— Não — reitera Pesadelo, e daquela vez é impossível não notar o sorriso sarcástico que se forma nos estilhaços de sua boca. Aquela bendita, maléfica e completamente cruel, boca.

Ele está se divertindo às custas do meu sofrimento?

— Como você diz uma coisa dessas? — Me ergo em um salto, sentindo meu sangue etéreo borbulhar. — Como consegue pensar em aceitar que estamos sendo mastigados, que nós e nossas criações vão sumir, e não fazer nada? — Aponto para a fenda que, pedaço a pedaço, nos devora.

Ainda que lágrimas não derramadas turvem minha visão, consigo ver pela expressão no rosto afiado do meu complemento divino que eu disse algo muito errado, pois suas sombras se revoltam. Como se tivesse mexido em um vespeiro, os fiapos contornam seu dono de forma veloz e se atiram contra a barreira invisível. Parecem não se importar com o risco, não temer a fúria dos Deuses antigos.

Minha.

Nosssssa. Nossssa perdição.

As palavras já não são sugestões carregadas pela brisa, mas vozes completas e furiosas. Me encolho no exato instante em que as feições do deus se contorcem, revelando um pouco, só um pouco, de uma dor que parece ser ainda maior do que todo o universo, com todas as realidades criadas por Tempo, Poder e Vida.

Não dura mais que um instante, entretanto, e ele logo retoma a aparência fria e perversa de sempre. Esconde por completo o que sente, mas parece se esquecer dos olhos. Ah, os olhos... eles revelam tudo o que Pesadelo tenta esconder. Me mostram o fogo que tomou o lugar de seu coração, e minhas mãos tremem com o esforço de não erguê-las. De não confortá-lo. De não poder ser aquela que o toca. Aquela que o cura.

— Castigo? — A palavra soa como uma provocação. Como se ele dormisse e acordasse com ela na ponta da língua, e já tivesse pensado em extingui-la do nosso mundo, de todos os mundos, em mais de uma oportunidade. — O que você, deusa dos sonhos, pensa que sabe sobre o castigo dos nossos Criadores?

Envolvo meu tronco desnudo, respirando com dificuldade, e encaro meus pés antes de reunir coragem para olhá-lo nos olhos.

Recebo todo o peso do ódio de uma única vez.

— Eu não quis...

— Não vou te ajudar a conseguir de volta o que tiraram de nós. Não vou te ajudar a retomar o equilíbrio perfeito, muito menos a apaziguar a ira dos Deuses antigos. — Os lábios de Pesadelo pingam veneno, e, dentro daquela sentença, sou para sempre feita prisioneira de minhas próprias escolhas. — E não porque você me insulta a cada bênção e a cada sorriso. Não, Sonho, não vou te ajudar, porque eu *não quero*.

— Pesadelo... — O nome dele deixa minha boca em forma de súplica, e de repente estou a apenas alguns passos da beirada, pronta para cair. — Não faça por mim, mas pelas suas criações, pelo seu reino... Por *você*. Tudo isso é você, a sua essência imortal. — Aceno, indicando o buraco que, do lado dele, mastiga sem parar um imenso tronco chamuscado. — Você não sente a dor?

— Eu sinto dor todos os dias e noites e nos espaços entre eles. — A resposta é verdadeira e, pela primeira vez, não há segundas intenções. — Sinto dor desde que fui separado, repartido, estilhaçado. Renegado a este corpo indigno de um deus. Como você pode pensar que essa punição — diz, apontando para a cratera em seu próprio lado do bosque — é diferente de todas as que já sofri?

Balanço a cabeça, e meus cachos se misturam a lágrimas.

— O que você quer?

No fim, tudo se resume a isso... Não é verdade?

A um jogo.

Os olhos do deus me perscrutam, de repente muito interessados. Ainda que feitos de matéria escura, brilham como se fossem uma estrela prestes a colapsar.

— Não sou tão ingênua a ponto de acreditar que você não quer nada de mim — insisto, agora que tenho sua completa atenção. — Confesse.

Pesadelo mostra a língua bipartida conforme vira primeiro o rosto esculpido, e depois todo o corpo alto e forte em minha direção. Ele cruza os braços, quase inteiramente pintados de nanquim pelas sombras que convocou, e me observa de modo perturbador.

— Você não estaria disposta a dar o que quero — diz ele, enfim, tão baixo que a relva estremece junto com meu corpo.

— O quê? — Sou tola o suficiente para perguntar mais uma vez.

O deus se inclina em minha direção, e a distância não me impede de reconhecer a postura animalesca. Me faz lembrar da primeira vez que me tocou, e da promessa de violência que quase depositou em minha boca na última vez que ousamos nos encontrar no reino mortal.

Ao meu redor, o ar vibra. Se expande, como minha essência imortal que quer vazar deste corpo quando os lábios pálidos de meu complemento se abrem apenas o suficiente para murmurar, de modo gentil e cuidadoso:

— Eu quero tudo.

Os braços dele se esticam ao longo do corpo com punhos cerrados, e as sombras se liberam para a noite como se se refestelassem com o sofrimento do próprio senhor. Ele aponta para mim com os dedos e os olhos, e sinto meus joelhos cederem.

— Quero todas as respostas, quero o espaço entre os seus fôlegos, as palavras da sua língua. — Um sorriso vai se formando em seus lábios, e é pura devassidão e caos.

É prenúncio da escuridão, epítome da maldade. É pesadelo. *Todos os meus pesadelos.*

Mas ele não para. Agora, em voz alta, diz:

— Ah, Sonho, eu quero todos os gostos que já provou, todas as cores que você já criou. Quero ser todo o bem que já influiu, beber dos sonhos que você já realizou. Quero ser seus gritos, quero habitar na sua pele. — Seus olhos parecem mais doces, quase apaixonados. As pestanas descem e sobem, revelando o princípio de minha loucura. A causa da minha fraqueza. — Você me daria isso? Entregaria a sua essência pura a mim? Serviria aos propósitos de uma criatura nefasta como eu, minha doce, ingênua e destemida Sonho, só para agradar esses Criadores que também te mutilaram?

Meu corpo já não responde aos comandos. Derreteu no lugar em que caí de joelhos, completamente subjugada. Sei que deveria recusar, no entanto, não posso ignorar o motivo pelo qual fui criada — minha missão divina, minha *sina* —, tampouco ignoro este chamado que, desde os recônditos do meu coração, insiste em ecoar.

Sou a deusa dos sonhos e, portanto, não posso deixar de realizar nenhum deles, pela ordem dos Criadores.

Sonhos nem sempre são fáceis de distinguir para aqueles que os têm. Podem passar por desejo, se embaralhar com a ambição, se fundir à aspiração. Mas eu... *Ah, eu não ousaria, jamais, me confundir ou me enganar.*

Eu sonho em ser. Completa.

Unida.

Dele.

E porque as palavras de Pesadelo carregam verdade, eu sei que ele, agora, também sonha. Ele sonha *comigo*.

— Sim — respondo, incapaz de negar. — Eu te daria todas essas coisas.

52
Pesadelo

Ela não pode estar falando sério, penso, com os lábios colados em uma linha tão fina quanto a lâmina de uma faca com a qual amputaria aquela parte fraca da minha alma sem qualquer hesitação, caso ainda a tivesse dentro de mim.

Tão deliciosamente ingênua.

Recuo um passo, me esforçando para manter o controle sobre minhas sombras que se rebelaram desde o momento em que a deusa dos sonhos surgiu no limite entre nossos reinos, como se de fato convocada pelo meu tolo chamado.

Pele nua reluzindo sob um gentil luar, curvas à mostra por poucas tiras de tecido, olhos inchados e penitentes, lábios macios e vermelhos, cabelo longo ao vento.

— Você não faz ideia do que está dizendo. — Traio minhas próprias intenções quando minha voz soa grave e rouca, especialmente perigosa. — É um insulto você concordar com tanta facilidade.

Sonho está caída de joelhos, dominada, e sinto uma estranha dor física cada vez que relanceio suas mãos unidas em prece.

— E é um insulto você pensar que sou assim tão tola — pronuncia ela, e o vento carrega sua voz doce para tão perto que minhas sombras se atiram outra vez contra a barreira, desesperadas para beber dela. — Fale exatamente o que você quer de mim, Pesadelo. O lugar, o tempo. Assim nós vamos poder consertar o que quebramos; para que os Criadores nos perdoem, e tudo volte a ser como era antes.

Balanço a cabeça.

— Antes quando, Sonho? Antes de nós descobrirmos o buraco no muro, ou de nós nos falarmos pela primeira vez? Antes de nós nos tocarmos? Ou muito, muito antes, quando você e eu... Quando ainda éramos um?

Os olhos enfeitados de estrelas da deusa parecem se arregalar, e penso que ela deve me considerar um herege por almejar retornar ao tempo de nosso nascimento; ao tempo em que éramos todos deuses em Aéther e não precisávamos nos reduzir a apenas metade.

— Eu sei que você também lembra — insisto, pois fomos longe demais, dissemos coisas demais. — Não precisa negar.

— Vai ser a última vez — fala ela, deixando claro que não vai me responder. Não sei se porque não pode, ou porque não quer. Suas íris estão voltadas para mim, e me sinto inegavelmente atraído.

— O que você quer dizer com isso?

Talvez seja eu o único ingênuo entre nós.

— Que nós nunca mais vamos nos ver nem nos falar, exatamente como fizemos nos últimos éons. Que você não vai mais tentar invadir o meu reino enquanto durmo e nunca mais vai me visitar. Que vamos fazer o nosso trabalho e nada mais. — Ela suspira. — Nossos bem-amados Criadores deixaram um comando, e pelo bem do equilíbrio, já é tempo de segui-lo. É egoísmo arriscar a harmonia dos mundos só porque você e eu...

A deusa dos sonhos se cala e, com um único e delicado movimento, se coloca de pé, com um semblante entristecido que diz bem mais do que qualquer palavra. Ela me dá as costas, e o cabelo alvo de poeira estelar ondulando sobre o corpo faz insinuações que me arrancam pedaços.

Sinto minhas defesas desabarem, todos os meus truques desmantelarem. Não possuo mais sorrisos cruéis, tampouco olhares perversos. Sequer posso ir além de onde já me encontro, impedido pela fenda faminta que ameaça me engolir caso eu dê mais um passo.

— O que há sobre você e eu? — exijo saber, ansioso. Sinto medo, tanto medo, que não me espantaria caso terminasse por convocar meu pai por acidente. Minhas sombras se esticam como braços, se lançando para a frente, mas não podem evitar que Sonho se afaste sem responder.

Não ouso usar a palavra *nós*.

Sonho para e vira o rosto de perfil. O luar enfim desce inteiro sobre o corpo dela, com uma luz pálida que se assenta sobre sua pele na forma de um tecido fino. Então me lembro da luz que vi escapar de dentro dela, tão benigna e quente que me lembrou de...

Casa.

— O lugar, o tempo. Diga — insiste a deusa, com um sorriso triste a esculpir os traços suaves do rosto pequeno. — Pela última vez.

Engulo, e pedaços de cometas rasgam minha garganta. Mentira ouviu Sonho confessar que guardava um segredo para os Criadores, e eu mesmo vi a luz estelar vazar de seus ossos, escorrer com seu sangue, quando ela feriu a si mesma neste lugar onde estamos parados agora.

Parece que estou prestes a conseguir tudo o que sempre quis, mas não me sinto como imaginei enquanto selo nosso último acordo:

— Amanhã, no reino mortal. Sem disfarces desta vez.

ℵ

Me vejo refletido em dezenas de espelhos que fiz surgir em meu quarto de paredes escuras; um espaço tão vazio que meus passos ecoariam caso minhas sombras não os engolissem.

Mal perco tempo me observando, embora não pelo motivo esperado: a maioria dos mundanos pensaria que o deus dos pesadelos é uma criatura horrível, uma aparição abominável, mas a este ponto já deve ter ficado claro que sou o completo oposto da feiura.

Ordeno que os fios de sombra ao meu redor se reúnam. Sob reclamações, o nanquim se retrai, tingindo minha pele, e logo toma formas que serpenteiam pelas mais diversas partes de meu corpo agora completamente visível. Espinheiros nos antebraços se misturam a serpentes venenosas, se enroscando nos bíceps. Olhos com íris de estrelas gêmeas piscam nas omoplatas, teias de aranha surgem entre os dedos, e uma besta expõe os dentes com ferocidade em minhas costas.

Satisfeito com o silêncio, me analiso em um dos espelhos.

Tenho um rosto afiado, realmente feito para tirar sangue, emoldurado pelo cabelo escuro, comprido o suficiente para esconder minhas trapaças. Maxilar quadrado e lábios cheios de mentiras. Ombros largos para suportar o peso do pior que existe entre mundanos e deuses. Aperto um pouco mais os olhos, sob cílios venenosos, e lá está um torso firme, músculos bem expostos onde a pele se estica, ossos salientes nos quadris. Coxas fortes e pés capazes de esmagar sonhos.

Sou uma arma esculpida com muita inteligência pelos Criadores. Uma armadilha da qual nenhuma criatura ousaria escapar. E, ainda assim, sinto que fui eu o enganado, o usado, o capturado.

Me aproximo mais, e meu reflexo me segue, dezenas de vezes.

Desde o dia em que Tempo, Poder e Vida ordenaram a separação dos mundos e fui renegado ao mal, existo apenas em benefício da minha vingança. Tudo o que fiz foi pensando em Aéther; em reconquistar o meu direito de ser, outra vez, inteiro.

Mais um passo.

Em todos esses éons, contudo, nunca me ocorreu, sequer uma vez, que meu estado indivisível não poderia ser alcançado sozinho. Para ser *um* novamente, eu precisaria da outra parte, meu complemento divino, aquela que me é oposta em todos os sentidos e que ganhou o direito de carregar e de viver com aquilo que de melhor havia em mim.

Ah, minha Perdição. Será que carrego o que de pior havia em você?

Suspiro aquebrantado, e meu hálito embaça a superfície reflexiva que, com um único toque, se estilhaça. O barulho ecoa por todo o cômodo, enquanto o sangue pinga dos cortes, se enraizando por entre os espaços das tábuas do piso, de onde, sem aviso, brota uma rosa cheia de espinhos grosseiros.

E com todo esse vermelho, começo a criar.

FRAGMENTOS

Em Aéther, existe um mar revolto.
Lá, a espuma das ondas é composta de palavras nunca pronunciadas. De remorso e arrependimento. De todas as mentiras já contadas.
E, bem no fundo das águas prateadas,
Entre as conchas e os retalhos soltos,
A mesma história é sempre contada.
Um turbilhão,
Um coração,
E o momento da separação.
Os Deuses conhecem a canção.
Eles a teceram em supernovas, bordaram entre luas e estrelas, fiaram em suas rocas.
A resposta está no muro erguido, não por mãos,
E sim por palavras.
Uma só declaração.

53
Sonho

Os sonhos de Pesadelo formam um caminho, quase como uma trilha de migalhas agridoces que posso seguir através do tempo e do espaço. Estou muito longe de meu ponto inicial, porém cruzo as realidades como se apenas andasse pelos cômodos de minha cabana, abrindo portas e caindo pelos vãos entre os filamentos.

O entardecer me recebe assim que saio no alto de uma colina, que, em recortes, fornece uma bela vista da floresta mais abaixo. Árvores altas e finas, com copas compridas de um roxo muito forte, balançam suavemente entrelaçadas umas nas outras. Acima, uma lua solitária pisca para mim, vermelha como um peito aberto, ou como a boca de um amante. Vermelha como o sangue dos deuses.

Um presságio.

Uma casa desponta bem na beira de um penhasco, perigosamente reclinada em direção ao abismo. Não passa de um casebre simples, costurado de modo apressado com tábuas desiguais, enquanto os olhos de janelinhas redondas me encaram.

O vento ruge, mas não me apresso. Com passos tranquilos, dou ao deus que está lá dentro tempo suficiente para se acostumar à minha presença. Subo e subo, sou pés e força de músculos, mas também sou as pedras que rolam. De repente, sou velha, muito velha. Em uma jornada, já vivi mais éons do que este planeta, do que qualquer outro corpo celeste feito por Tempo, Poder e Vida. Minhas rugas são comandos, minha fraqueza é resignação, mas ainda assim subo.

É estranho pensar que toda e qualquer criação um dia encontrará seu fim, exceto os deuses filhos, as deidades — *nós*. Nunca pensei muito no futuro, afinal, o tempo é apenas uma direção. Vivo o hoje, e todos os meus dias são *hoje*, porque meus amanhãs são infinitos. Enquanto galgo a colina, entretanto, me pergunto como seria sentir meus ossos pesarem e minha pele ceder; como seria envelhecer e experienciar essa estranha ideia de que o hoje pode ser tudo o que tenho.

Subo, me perguntando se este último encontro desagradará ainda mais aos nossos Criadores, ou melhor, se nosso último acordo colocará um fim em todo esse sofrimento. Pelo meu bem; pelo bem de todos os mundos.

Ele já levou muito, apesar de eu não ter percebido antes: minha inocência, minha verdade, minha resignação com a solidão. Se hoje não posso mais esconder minha tristeza por ser metade, é culpa dele.

Quando chego à porta da construção — que já não sei se devo realmente chamar de casa —, o ar está encharcado de fuligem. Ergo um punho, com a intenção de bater.

Será a última vez. Nós nunca mais nos veremos.

Parece mesmo que o agora é tudo o que tenho.

Antes que possa me anunciar, no entanto, a porta se escancara, rangendo em aviso, e Pesadelo surge na soleira empoeirada.

— Sonho.

Ele pediu que nós nos apresentássemos sem disfarces, e conforme corro os olhos por sua figura perigosa, vejo que cumpriu com a promessa: nada oculta a perversidade de seus sorrisos, ou o prenúncio de suas sombras que tremulam como labaredas feitas de cinzas e fumaça. É ele, como sempre temi, e do qual sempre ouvi falar.

O Pesadelo que sempre quis.

Me encolho para passar, atenta às batidas descompassadas de meu coração imortal demais para meu próprio bem, e sinto a presença esmagadora de seu olhar ao atestar que também cumpri minha parte no acordo. Aqui estou eu, a deusa dos sonhos, em minha forma mais verdadeira: cachos longos e brancos a resvalar no chão, enfeitados por borboletas que, vez ou outra, se descolam de minhas costas. Vestes simples que escorrem por meus ombros e se abrem na altura dos joelhos. Pés descalços, dedos sujos de terra, e bolsos cheios de sementes.

— Que lugar é este? — pergunto, incapaz de ignorar a pequenez do ambiente que quase não basta para conter nossas presenças imortais.

O deus pisca algumas vezes, seus cílios longos tremulam feito fumaça, e parece precisar de um momento para voltar a si. Suas sombras, por outro lado, não deixaram de me rondar e fazem a gentileza de fechar a porta, isolando o mundo real lá fora.

— Minha casa — responde, com o rosto impossível de ler.

Assinto, devorando os detalhes em goladas rápidas. Estamos em uma sala pequena com piso de tábuas de uma madeira escura e desgastada. As paredes caiadas já viram dias melhores: estão esmorecidas e manchadas, assim como as janelas. Há uma poltrona virada de frente para um fogaréu que crepita, baixinho, ao lado de uma pilha de achas inteiramente coberta por teias de aranha, além de um cantinho com balcões e bacias repletas de louça que deve ser uma cozinha. Por fim, uma única porta do lado oposto.

Nada de quadros ou pedaços de memórias. Nenhuma almofada confortável, tapete macio ou ninho de passarinho, ou sequer uma única abertura no telhado para receber as bênçãos do luar.

— Como no seu reino? — insisto, de repente cheia de curiosidade.

Meus pés me levam em direção às chamas, que refletem nos olhos atentos de centenas, milhares de aranhas. Elas piscam em sincronia, a acenar com as patas peludas e pretas como as sombras de Pesadelo, e tenho certeza de que estão tentando se comunicar.

— Sim. — A voz do deus tremula, frágil como os fios translúcidos de teia, e ficamos os dois de pé, parados como dois estranhos que se conhecem bem demais. — Apenas uma sombra dela; uma cópia, mas ainda assim igual em tudo.

— Por quê? — Não faço a pergunta completa, mas estou certa de que ele me compreende.

O deus dos pesadelos engole de um modo que parece doloroso, e o vejo virar o rosto em um lampejo quando suas sombras parecem prestes a me atacar. Seus músculos se contraem, o maxilar retesa, e as mãos se fecham em punhos.

— Porque eu queria te mostrar uma coisa, e não haveria outro modo. Você não poderia ir até meu reino, então encontrei uma forma de trazê-lo até você. — Suas palavras são cuidadosas, despidas de qualquer sarcasmo.

Não ouso sequer me mexer.

Um presente, ou apenas mais uma de suas maldades?

— Aqui — chama ele, como se fôssemos mesmo amigos que se visitam. Como se fôssemos algo além de ruína e destruição um para o outro.

Pesadelo segue em direção à porta que talvez seja de seu quarto e cobre a maçaneta com uma das mãos enquanto estende a outra para mim. Ele não me olha; pelo contrário, está tão envolvo pelas próprias sombras, que sequer sei se consegue me enxergar.

Receosa, estudo suas digitais e gravo mesmo a mais tênue das linhas em sua palma, aprendendo histórias. Digo a mim mesma que posso manter cada detalhe em minha mente e enterrá-los bem fundo em meu coração, enquanto rezo para permanecer firme quando permito que meus dedos se abram devagar, como vegetação reagindo ao calor de um sol, e se entrelacem aos dele feito trepadeiras.

— Você prometeu me ajudar — lembro não apenas a ele, mas também a mim mesma. Não posso me perder, tampouco me esquecer.

Esta é a última vez.

— E eu vou. — Pesadelo não parece estar mentindo.

Quando a porta enfim se abre, não sei o que esperava encontrar, mas certamente não era o gorgolejo gentil de um riacho, ou o perfume sutil de flores. Ainda assim, um campo inteiro delas se abre ao primeiro contato de nossos pés. Coroas e botões explodem em vermelho, ainda frescos e úmidos da terra que tiveram de vencer, ou do pincel que os coloriu; se voltam para nós como se fôssemos os raios que os fortalecem.

O campo serpenteia para longe, a perder de vista, e galga mesmo as mais distantes colinas. É um mundo de rosas e dálias, tulipas e amarílis, gérberas e íris carmim, e os sentimentos que o deus dos pesadelos me oferece através delas não têm fim.

Será que ele reconhece seus significados, ou as fez crescer apenas ao acaso?

— Pesadelo. — Pela primeira vez, o nome dele não lhe parece fazer jus. — Isso é tão... lindo.

— Eu fiz para você — confessa o deus, tão baixinho que suas palavras não emitem som. Eu as sinto se achegarem em meus ouvidos com a brisa, carregada de pólen, deformando o estado atual da nossa realidade.

— Para mim?

Meu complemento divino assente e, com um gesto de mãos finas e compridas, uma revoada de joaninhas amarelas se ergue do interior de cada flor, agarradas em cada pedúnculo e caule, enchendo o céu de fim de tarde com ainda mais cor.

Estico um dos meus braços como se fosse um galho, e sinto uma estranha felicidade quando os insetos pousam, me mostrando suas pintinhas feitas de sombras.

O rosto do deus dos pesadelos é um estudo em tristeza e, quem diria, esperança ao me dedicar sua total atenção. Despido de suas trapaças, ele não passa de um homem como todos os outros. Não, não exatamente como todos os outros, pois ele é mais.

Ele é, de alguma forma, todas aquelas palavras que eu nunca disse.

As memórias amputadas, as verdades obliteradas.

— Fiz tudo isso para mostrar que houve um tempo, Sonho, em que eu não era todo mal. — A voz dele fraqueja, e dezenas de rebentos de escuridão vazam de sua pele e lhe envolvem a garganta como os elos das correntes que nos prendem.

Mas não há qualquer separação aqui, ao menos não enquanto a impressão da mão dele sobre a minha perdurar, e me achego ainda mais sobre seus antebraços firmes e gelados.

— Nunca pensei que você fosse.

Os cantos dos lábios do deus se curvam, e gosto do brilho que reflete em suas íris abissais.

— O que você faria se este lugar fosse seu? — A questão é estranha vinda dele. Desajeitada até.

Por motivos que não compreendo, esse Pesadelo não parece o mesmo que encontrei na fronteira de meu reino; o mesmo que se recusou a me ajudar e que me disse coisas sórdidas.

— Você fez um belo trabalho com as cores, mas tem muito vermelho aqui. Falta um pouco de equilíbrio.

Ele parece refletir e, nesse entremeio, sequer um fiapo de sombra lhe escapa.

— Então me mostre.

O pedido soa como uma brincadeira e, por um instante inteiro, me permito sorrir. Quando suas sobrancelhas se arqueiam, entretanto, percebo que falou sério, e minha respiração falha com o poder se reunindo nas palmas das minhas mãos. Não deveria usá-lo, pois desde que a bocarra surgiu na fronteira do bosque, engolindo partes de mim, sinto fraqueza cada vez que tento criar.

— Tem certeza?

Pesadelo corre os dedos compridos pelo cabelo escuro e, por fim, assente.

— Me mostre sua forma de ver o mundo, Sonho. — Seus olhos estão meigos, nenhum sinal de ameaça à espreita. Matéria escura, sim, mas ela já não parece prestes a devorar tudo. — É isso o que quero em troca de ajudar você — revela com a voz grave cadenciada.

— Mas você disse que queria...

Sombras tremulam ao redor de Pesadelo, se separando, prontas para me emboscar.

— Eu menti.

Decerto ele havia mentido, mas não naquele momento. Não quando confessou o que mais queria, seu maior sonho — eu jamais me enganaria a esse respeito, tampouco esqueceria o significado de suas palavras mais imorais.

Para me ajudar, ele exigiu ser a causa do meu sofrimento sem nem saber que já o é há muito tempo.

O deus estica um braço devagar o bastante para que eu o impeça, caso deseje. Seus dedos apontam para mim e pousam sobre meu queixo, que ele agarra de forma branda antes de puxar para cima. Nossos olhares se cruzam.

Estremeço.

— Uma parte do bem que existe em você já foi minha — diz, com uma tristeza antiga, antes de me soltar.

Minha pele arde no ponto onde foi tocada, e porque não tenho para onde direcionar meus anseios e frustrações; porque não posso revelar a ninguém quais são os meus sonhos, deixo que todos saiam da única forma que conheço: semeio e planto. Sussurro para os brotos, acaricio as pétalas. Vou de flor em flor, mas desta vez as rego com minhas próprias lágrimas. Eu choraria minha solidão inteira às margens do riacho, se pudesse. Diria toda a verdade, dividiria todo o peso, porém não posso me desviar do propósito que recebi dos Criadores. As correntes me sufocaram todas as vezes que tentei.

Em outro tempo e outro espaço, no bosque que me foi dado para cuidar e que representa tudo o que sou, a fenda engole ainda mais terra, puxa raízes, sufoca os gritos de animais desamparados. E quanto mais poder uso aqui, mais ela cresce, ameaçando me devorar por inteiro se eu não parar.

Se não *ceder*.

Mas não cedo.

Faço crescer bosques inteiros para que Pesadelo nunca se esqueça de mim. Pesco mais luas e as deposito no céu para aplacar um pouco o vermelho do luar que sangra sobre nós. Me transformo em raízes, e eu mesma me fincaria nesta casa, com meu complemento divino, para o resto de nossas eternidades se assim me fosse permitido.

E o bosque lindo e colorido que, de alguma forma, semeamos juntos, começa a se transformar. Por influência do meu egoísmo e do meu pesar, fileiras de rosas inteiras afundam, brotos murcham, e monstruosidades carnívoras começam a brotar.

A boca que tudo engole em meu reino, entretanto, não me dá nenhum descanso, nem me permite lutar contra a mancha que impregna minhas sementes. Eu a sinto me mastigar, desejosa por tomar tudo o que sou: quanto mais poder uso, mais ela me castiga.

As correntes me sufocam.

Se nossos Criadores são de todo bons, então por que nos fazem sofrer?

Quando a dor se torna insuportável, caio de joelhos em um tapete de folhas, desejando, com todas as forças que ainda tenho, não ser mais metade.

Eu desejo.

Eu quero.

Eu *sonho*.

54

Pesadelo

Minhas sombras se esticam em direção de Sonho.
Minha.
Nossssa Perdição.
Ordeno que parem, que não façam mal algum a ela, mas nem mesmo o comando celestial é forte o bastante para impedi-las. A massa escura vai ganhando o contorno de braços conforme chega mais perto e, na ponta de cada um deles, surgem mãos idênticas às minhas que amparam o corpo delicado da deusa, de modo a impedi-la de desabar no chão.

Me atiro ao seu lado, sufocado pela confusão de plantas e flores e cores que continua a crescer. Eu a trago para meus verdadeiros braços assim que as sombras se dissolvem, silenciosas, como se soubessem que posso e *vou* encontrar uma forma dolorosa de punir todas pela desobediência.

— Sonho? — chamo, afastando os cachos pálidos do rosto dela em sofrimento. Meus dedos correm por sua pele, contornam os mesmos lábios dos quais já me imaginei arrancando gritos muitas vezes, e eles querem mais. — Sonho? — Eu a chacoalho muito de leve. — O que houve?

As pestanas da deusa sobem devagar, seus cílios de plumas roçam muito de leve as bochechas altas pinceladas de sardas, e de repente os olhos pontilhados por estrelas aparecem. Sua atenção ainda está longe, e como se a distância fosse impossível de suportar, eu a trago ainda mais para perto.

— Me sinto fraca — revela, e seus dedos agarram meus punhos como se temessem o momento em que nós nos afastaremos. Unhas arranham minha pele e sei, sempre soube, que há uma promessa aqui. — A fenda está crescendo, eu sinto. Toda vez que crio, ela se expande como se quisesse me punir, como se fosse me engolir.

— Eu sei. — Por dentro, estou ainda mais esburacado do que antes, pois a bocarra me arrancou pedaços demais enquanto fazia este campo de flores e todas aquelas joaninhas amarelas feito Perdição. — Também senti.

— Os Deuses antigos querem que isso termine.

— Isso o quê, Sonho?

Uma das minhas mãos desliza para a base de sua nuca e a agarro ali, entre seu cabelo, com ainda mais determinação. As íris dela refletem meus lábios, e me pego sorrindo talvez ainda mais estilhaçado do que de costume.

— Não fomos feitos para existir juntos. — Sonho balança a cabeça como se as palavras fossem capazes de feri-la mais que a punição dos Deuses antigos. — Não deveríamos ter nos tocado, não deveríamos ter...

— Continue — incentivo, e minhas sombras salivam. Sinto elas se avolumando por detrás de mim enquanto me inclino na direção da deusa, atento a cada fôlego. Minha outra mão a envolve pela cintura e a estou puxando, destruindo a fibra dos fios das vestes que a cobrem com a vontade ácida de meus desejos. — O que não deveríamos ter feito?

Ela engole, e penso que enfim pressente o perigo.

— Sou apenas um jogo para você? Uma presa? — pergunta de repente. Os olhos brilham como estrelas, milhares de nebulosas.

Enrodilho mentiras na língua, entretanto, quando abro a boca, me sinto incapaz de pronunciá-las.

— Sim, você é um jogo. — É o que digo no lugar de todas as falsidades que poderiam encher os ouvidos dela.

O corpo da deusa se retesa em meus braços, e ela faz menção de se afastar, mas eu a aperto, deixando claro que não vou permitir. Ela é minha, ao menos por este frágil instante que ameaça se partir.

— Você é a presa que eu nunca me cansarei de caçar — confesso, com a voz tão baixa e tão grave que não sei se ela me ouve ou se consegue entender a profundidade do que digo. Minhas sombras deslizam por suas panturrilhas, tocando a pele macia que as fendas da túnica expõem, e meu cerne estremece com as imagens do caos e de toda a agressividade que estou prestes a conjurar. — A única em todos os filamentos, em todas as realidades, que eu ouso dizer que nasceu para mim. Meu complemento, minha igual, minha metade. *Minha perdição.*

Sonho bebe de minhas palavras enquanto permanece em silêncio, e sua inércia parece preceder uma supernova. Sem pressa, os cantos de seus lábios cheios se curvam, e seus traços se iluminam como se o luar a abençoasse mesmo ali, longe dos nossos bosques. Ela esquenta, sob mim, puxando para si memórias de sonhos, e com um movimento possível apenas a uma deusa, se solta de meu aperto. De repente, suas mãos pequenas e poderosas estão em meu peito, suas coxas grossas apertam meus quadris, e ela me imprensa contra a terra úmida.

Já não consigo me impedir de sorrir, e sinto todo o meu rosto se transformar com a profundidade da devassidão de meus pensamentos. Não me surpreende o sentimento de que valeria a pena acabar com tudo, queimar e arruinar cada fio de realidade, por isso. Desconheço o altruísmo, não fui mesmo criado para ser um salvador.

— O que você quer, minha perdição? — pergunto, e desta vez não estou jogando, nem mentindo, mas me conforta que ela não saiba que eu daria tudo o que tenho por apenas mais um instante de afeição em seus olhos. — O que realmente veio me pedir?

A deusa parece doce e recatada, apesar do pouco espaço que ainda resiste entre nossos corpos materiais — insuficiente para suportar a imensidão de dois deuses. Leio a hesitação em suas feições curiosas; corajosas. No entanto, ela se inclina devagar, a boca se abre para tomar fôlego, e juro que faria até mesmo o ar que nos envolve pagar por provar seus lábios antes de mim.

— Quero que você me faça lembrar de quando fomos um, Pesadelo — sussurra em meu ouvido. — Pela última vez.

É um *decreto*, e fico mais do que feliz em atendê-lo. O controle parece escapar de mim na forma de fios de sombras que estiveram sempre ali, esperando para se despedaçarem, mas reúno toda a força que tenho para antes perguntar:

— Tem certeza?

Minha língua bifurcada corre pelos lábios em antecipação. Sinto o gosto dela em tudo o que toco, em cada pesadelo que projeto, porém desta vez poderei bebê-la até me afogar.

A deusa assente, me dando permissão.

Então tudo se torna escuridão.

55

Sonho

Os lábios de Pesadelo são estranhamente doces. Eu os provo com cuidado. As sombras compartilham segredos obscenos, as cores se entrelaçam com as mentiras que elas querem contar.

Conforme a língua dele pede passagem e toma posse de todas as palavras que já aprendi, fico pensando que ele tem o mesmo gosto de mergulhar, de cair até o fim dos mundos e de mim mesma.

Seu corpo grande e poderoso assoma sobre o meu, tornando quase impossível que eu tome ar, e as mãos me alcançam todas de repente, como se ele quisesse me arrancar pedaços.

— Minha doce Sonho — murmura em um de meus ouvidos, muito embora eu o ouça com cada palmo de pele que insiste em se arrepiar diante do tom carregado de fome que ele exala feito fumaça.

Seus dentes arranham, os olhos mordem.

Minha.

Minha.

Minha.

— Você nem imagina os pensamentos cruéis que eu já tive — sussurra.

A boca de repente roça meu pescoço, me arrancando um gemido que suas sombras prontamente engolem, incapazes de permitir que nem mesmo uma lembrança escape.

Ele vai me devorar, e estou certa de que vou pedir por mais.

— Pesadelo. — Seu nome é uma prece; espero que ele entenda. Um pedido de proteção; a inércia da terra que meus sonhos rompem antes de florescer.

— Eu já pensei em te arrancar meu nome aos gritos — confessa, mordiscando meus lábios, bêbado com os próprios desejos. — Já pensei em roubar seu coração. — Sombras formam dedos que escorregam por debaixo de minha túnica e esmagam meus seios. Eu arfo, e meus pulmões são como o prenúncio da tempestade. Sou sonho, vontade, desejo. — Já pensei em mergulhar em você tantas e tantas vezes que nem sei como começar agora que posso.

Tentáculos de pura escuridão se enroscam em torno de minhas pernas, me acariciando, e então sobem, deixando um rastro de fogo celestial por onde passam.

Me debato, em desespero, pois não sei mais como caber dentro de mim mesma. Sinto dor, mas não a distingo do desejo. Sou uma confusão de momentos que eu mesma roubei; uma carícia à meia-luz; um respirar sofrido; um grito interrompido.

Quero sentir.

— Isso é um sonho? — pergunta Pesadelo, perigosamente gentil.

Trêmulas, minhas mãos se entrelaçam aos fios grossos de seu cabelo.

— É — arfo em resposta, gravando na memória e na essência imortal os traços de seu rosto.

Passeio por seu maxilar, corto os dedos nos ângulos agudos de suas bochechas e me deixo suspirar com a curva dos lábios que, ao menos por hoje — ao menos por agora — são *meus*.

— Você sonhou, e não posso fazer nada mais senão te dar a minha bênção.

Um sorriso perverso se espalha pelas feições do deus.

— Ah, Sonho, não minta para mim. — Ele baixa os olhos para o meu peito que, em galopadas, busca por mais ar mesmo que não precise respirar. O tecido da túnica escorregou um pouco para os lados, expondo muito mais do que já ousei mostrar. — Você é uma boa garota, não é?

Faço que sim.

— Então me diga: eu fui o único a sonhar com este momento?

É inútil tentar disfarçar sentimentos já confessados.

— Não — respondo. — Eu também sonhei.

Pesadelo ri. Um som baixinho, meio abafado, completamente desvairado. É esse, me dou conta, o som da loucura dos homens; da fome dos animais; da lenta corrupção de tudo que é e já foi.

— Me conte tudo sobre os seus sonhos, minha perdição. — Os dedos dele descem sobre meu rosto. Tocam meus lábios, se enrolam em meus cachos. — Me conte o que eu fazia neles — pede, tão meigo que quase é capaz de esconder o caos que borbulha em seu interior.

Meu coração acelera e algo dentro de mim pulsa. É como uma luz que preciso buscar bem no fundo. Uma chama viva, um núcleo de estrelas.

Desde meu primeiro suspiro, eu obedeci. Aprendi a amar o equilíbrio perfeito, pois sempre soube que havia sido feita para representar uma metade. Agora, no entanto, me parece tarde demais para ignorar o desejo de me tornar inteira.

Corrompida.

— Você... — Tento virar o rosto, mas ele o segura com dedos e sombras, as íris intensas fixas nas minhas. — Você me tocava.

— Onde? — O aperto cresce, assim como o peso de seus ossos. De repente me sinto ainda menor. — Como?

— Você me tocava como eu sempre quis. Você me fazia sentir... — Me ouço confessar, desesperada por apenas mais um de seus beijos. Quero pertencer. Quero tanto ser mais do que eu mesma, mais do que apenas deusa. Continuo: — ... com as suas sombras.

As palavras arrancadas de mim se assentam sobre o corpo de Pesadelo como uma roupa tecida em segredos enquanto seus cotovelos baixam sobre o chão. Não há qualquer espaço entre nós agora e, ainda assim, sei que podemos ficar mais e mais perto. Quase imploro para que ele o faça logo.

— Assim? — pergunta, baixinho, no mesmo instante em que uma mão suave e feita de escuridão pressiona meu pescoço, me arrancando um gemido. Sufoco lentamente, mas não é como a opressão das correntes. Me sinto viva, e o deus sorri, satisfeito com o meu sofrimento. — Ou talvez assim?

Mais mãos me alcançam. Elas desenham em minhas panturrilhas, contam meus dedos dos pés, agarram minhas coxas e as abrem muito devagar, deixando impressões de lábios na parte de trás de meus joelhos.

— Pesadelo... — O nome escapa outra vez, por mais que me esforce para mantê-lo comigo.

Sua boca já está novamente sobre a minha, e sinto a curva perversa de um sorriso.

— De novo — pede ele, ou melhor, ordena.

As mãos feitas de sombras se multiplicam de tal forma que já não posso enxergar nada além da escuridão que irradia dele, em ondas, nos envolvendo em uma realidade própria onde não existem Criadores, castigos ou separação.

— Pesadelo! — quase grito, em agonia, quando os dedos feitos de pele, carne e ossos que antes seguravam minha cintura junto ao chão deslizam pela curva de minhas costas e apertam minha bunda.

O deus cresce sobre mim, abrindo caminho entre as fendas de minha túnica como se o tecido que me cobre fosse uma coisa repulsiva e odiosa, antes de prometer:

— Vou fazer com que você nunca seja capaz de sonhar com mais nada além de mim.

56
Pesadelo

Eu sou braços e mãos e dedos, feito de um desejo pulsante. Eu sou a escuridão que vê todas as coisas. Que conhece cada segredo já sussurrado sob o véu da noite na esperança de esquecimento ou talvez até de perdão. Eu sou a definição de pecado, sou um tipo doce de maldade, enquanto envolvo Sonho e entrego o abismo que habita em mim para ela.

Pela primeira e última vez.

Mesmo arrancado de mim e renegado, sinto aquele pedaço de alma fraco cuspir estrelas e chamuscar meu peito com labaredas enormes, pulsantes, que preenchem minhas veias e esquentam meu sangue.

A deusa não parece me temer, e por isso quero mostrar a ela tudo o que sou. Quero que enxergue e reconheça os pedaços que me faltam, que toque as bordas mais afiadas das cicatrizes deixadas em minha alma.

No entremeio dos lábios da deusa dos sonhos, no espaço de seus fôlegos sofridos, eu me permito esquecer o motivo pelo qual os Deuses antigos me criaram. Finjo, ao menos no instante deste frágil momento eterno, que não almejo vingança, e que nunca prometi enganá-la ou encantá-la com mentiras apenas para descobrir seus segredos.

Pesadelos podem ser trapaceiros e cruéis mentirosos, mas quando Sonho me abraça com pele e poeira de estrelas, quando me envolve com dedos e asas de borboletas, com carinho e amor, aceito a verdade que permeia cada parte de minha imaterialidade: nasci para ser dela.

Eu a quero mais do que poderia dizer; mais do que minhas sombras demonstram enquanto se refestelam em um enxame.

— Afaste as suas sombras. — As palavras da deusa voam baixas entre nós e pousam em meus ouvidos como se batessem asas delicadas. Seu rosto está corado, e mais sinto do que vejo o suplício permeado em seus traços. — Quero te ver.

E porque quero que ela me destrua — que me arruíne de um jeito muito particular e demorado —, eu obedeço.

Com um pensamento, a túnica escura que me cobre se desmancha fio a fio, se misturando às trevas que me envolvem. Estas últimas, por fim, recuam com muita dificuldade. Se avolumam ao nosso redor, formando nuvens densas — milhares de vozes que gritam toda a sorte de sacrilégios em minha cabeça.

Delicada, Sonho corre a ponta dos dedos por minhas costas, e desenha promessas em meus braços nus. Seus olhos incendeiam os contornos de meus músculos enquanto ela os reconhece. As cicatrizes que me cortam não são visíveis, e ainda assim a deusa as encontra, como se por intuição, vislumbrando os lugares onde fui partido.

— Sua vez.

Mal reconheço o tremor em minha voz enquanto imploro meu desejo, agora impossível de disfarçar sem o peso das roupas, ou a proteção dos rebentos de escuridão.

Ela hesita, mas o tecido fino de suas vestes não demora a se dissolver em borboletas que cintilam como estrelas roubadas de alguma constelação. Por um momento, a deusa permanece coberta pelas asas pálidas, tão mais viva do que qualquer uma de suas criações.

— Não tem por que se envergonhar — encorajo, incapaz de engolir as vontades perversas que escorrem pelos cantos de meus lábios.

As borboletas se desmancham.

Eu me esforço para reprimir um gemido, mas não consigo: agora estamos pele contra pele, estrelas contra matéria escura.

Então ecoo, com fome, e os fios de tempo e espaço estremecem. A deusa é a materialização de todos os meus sonhos, a resposta para as minhas orações, mesmo aquelas que fiz em momentos de ódio. É moldada pelos meus desejos mais sombrios e, ainda assim, é uma coisa pura.

Avanço sem cuidado algum, incapaz de suportar sequer um instante a mais roubado de Tempo sem possuir cada pequena parte de Sonho. Estou me devorando lentamente por querê-la desde a primeira vez que a vi no bosque.

Então a seguro com firmeza e nos faço girar. Minhas costas amassam as flores, e enrijeço quando a vejo sobre meus quadris — bastaria um deslizar.

Minhas sombras reagem, e alcançam punhos e pescoço e cintura e tornozelos. Se agarram a cada palmo de pele disponível que a deusa tão carinhosamente oferece.

Sonho arfa, e inspiro seu doce sofrimento.

Eu a puxo ainda mais para perto enquanto me afundo, perdido no entremeio entre os pesadelos dela e meus próprios sonhos. Minhas digitais a testam, e ela responde a cada provocação como se fosse se partir; como se não pudesse aguentar. Quando meu complemento se contorce, bebo seus gemidos, e já não sei mais distinguir quem eu sou de quem ela é.

Nós somos.

Um só.

Indivisíveis.

Por isso eu a beijo até que os fios de seu controle se partam, até que as correntes nos sufoquem e a dor seja um prazer incomparável, impossível de recriar até mesmo para um deus. Beijo Sonho até que seus quadris procurem o alívio que apenas eu poderia lhe dar, até que sua boca se reparta no instante em que ela sente que deve implorar.

Quero tê-la de joelhos, em todas as suas formas. Quero que ela me peça não como outros deuses ou mortais que já possui; não com desejo. Eles nunca significaram nada para mim.

— Por favor — murmura ela, angustiada, mordendo os próprios lábios com tanta força que um filete de sangue imortal escorre.

Minhas sombras fazem menção de bebê-lo, mas não permito que avancem. Com cuidado, minha língua o lambe. Doce como o embalar das ondas de um mar todo feito de mel. E eu ainda consigo dizer:

— Você nunca foi possuída.

Não é uma pergunta, mas ainda assim, a deusa assente. Seus olhos são nebulosas incandescentes, redondos, cheios de coragem e súplica.

— Sonhos não têm dono — fala ela baixinho, como se quisesse oferecer uma explicação a si mesma.

Deixo um sorriso perverso escapar. Volto àquele mesmo lábio que ela feriu, embora a carne já tenha se recomposto.

— Antes, talvez. Agora, você é *minha*.

Como explicar? Palavras não bastariam.

Então eu mostro.

Minhas sombras deslizam: toques e bocas e línguas ofídicas. Sibilam, sórdidas, a sufocante e imoral verdade de que eu atearia fogo em mundos e realidades para tê-la mesmo antes de conhecê-la tão bem. Sonho arqueia as costas, talvez pensando que pode fugir, mas minhas mãos a seguram pela cintura enquanto me derramo por sobre ela. Não temos mais corpo, somos essência, duas almas que se tocam, e ainda assim encontro uma forma de invadi-la e marcá-la; de preenchê-la com tudo o que tenho de pior e, talvez, até de melhor.

Nós badalamos no mesmo tempo. Dividimos o mesmo espaço, trovão e relâmpago. Flores, esporos, néctar, e as sementes que se espalham ao vento. Ela grita meu nome, e em sua boca a dor de ser feito de pesadelos se derrama como uma bênção.

Bebo até me engasgar, mas não posso parar. Eu a lambo, a sugo, e então nós atravessamos, juntos. Quadris, coxas, dedos e destinos entrelaçados. Eu a faço inteira minha até que a deusa estremece, rasgando o corpo em tiras de pele antes de explodir em uma luz tão brilhante que quase me cega.

Quase, porque em meio à nossa estranha satisfação, Sonho enfim se despiu para mostrar o segredo que carrega gravado no próprio corpo. É tão hipnótico, tão precioso, que não desvio os olhos: uma constelação. Estrelas e nebulosas que lhe contornam as costelas, delineiam os seios, preenchem as costas, e eu as reconheço ainda que milhares de éons tenham se passado.

Os barquinhos de sal, a espuma das ondas, cheia de todas as mentiras já contadas, e...

E quando chega a minha vez, eu jorro, e jorro caos. Meu prazer pincela os céus, e me desfaço completamente. Sequer estranho quando me pego sorrindo, cruel, satisfeito, trapaceiro... Inteiro.

Em Aéther, as ondas eram de mel.

57

Sonho

Agonizo, mas essa dor é de um tipo tão doce que penso que eu mesma a criei.

Preenchida por Pesadelo, grito para libertar meus anseios, para me despedir de meus sonhos.

Grito até que meus segredos sejam expurgados e meu corpo estremeça, todo feito de luz.

Grito quando os olhos dele me percorrem e suas sombras enfim assimilam o significado do mapa de estrelas gravado em minha carne.

Grito porque, em um instante, ele está sorrindo, satisfeito e exausto, ainda encaixado em mim, e somos um só.

Grito porque, enquanto sorrio e lamento, uma deusa se materializa bem no meio do campo de flores e nos observa com um misto de horror e asco.

Nunca a vi antes, porém reconheço o modo como a presença divina deforma esta realidade.

Ela é quem chamam de Maldade.

58

Pesadelo

— Saia daqui! — grito, mas já nem sei que tipo de palavras pronunciei antes dessas, tampouco se saíram de minha boca *tão* venenosas, *tão* perigosas quanto as imaginei. — Saia daqui, sua maldita intrometida. Eu vou acabar com você! — praguejo, para que minha irmã entenda o tamanho da minha fúria e não duvide do quanto a amaldiçoo ao pior dos destinos; o perecimento, o esquecimento.

E até mesmo desejo que aquela bocarra que ainda mastiga as fronteiras de meu reino se abra bem aqui, para engolir Maldade e fazê-la sair da minha frente; tirar os olhos de Sonho.

Minha doce Sonho. *Minha*. Encolhida e envergonhada, abraçando os próprios joelhos contra o peito, o corpo ainda nu escorrendo uma parte das minhas sombras pegajosas.

— Ora, ora, Pesadelo — fala minha irmã, com o tom sarcástico de quem está se divertindo além da conta. — E... — Estica um pouco o corpo magro, para enxergar quem se esconde além de mim. — Sonho? — Uma risadinha hedionda deixa seus lábios. — Quem diria. Sempre pensei que uma deusa como você, serva do bem, seria tímida e recatada. Mas agora que te vi aqui, montada no meu irmão, acho que preciso reconsiderar...

Sua língua estala.

— Se você não sair daqui agora, juro pela imaterialidade que me dá vida, Maldade: eu não vou mais me controlar.

Como se quisessem dar mais credibilidade à ameaça — à promessa —, serpentes de escuridão deslizam, corroendo toda e qualquer superfície que tocam. Destroem as plantas, esmaecendo as cores que a deusa dos sonhos e eu criamos juntos.

Maldade ergue as mãos, cujas garras compridas ainda estão sujas de sangue da última presa mortal que ajudou a ferir, e faz um gesto pacífico que não combina em nada com seu olhar malicioso.

— Apesar das suas grosserias, irmãozinho, fique sabendo que eu vim até aqui com a melhor das intenções. Não sei se por castigo dos nossos bem-amados Criadores ou por uma consequência dessa festinha de vocês, as coisas estão bem preocupantes no seu reino. — Ela ri feito uma hiena, e de repente me abomino por ter criado tais criaturas. — O que não ruiu, aquela fenda pavorosa tratou de engolir. Você não sentiu?

As palavras dela me fazem lembrar de que existe um mundo para além das paredes desta casa conjurada — desta mentira tão bem contada. Forço meus sentidos a se afastarem das necessidades da deusa dos sonhos, a quem estavam inteiramente dedicados, e percebo os buracos abertos em meu peito.

Eu me deixei levar demais; esqueci que meu lado do bosque estava sendo mastigado aos poucos, e agora minhas sombras gritam, mutiladas e enraivecidas. Elas também se esqueceram do castigo e da vingança — das correntes —, e agora estamos aqui, enfraquecidos.

Atrás de mim, Sonho estremece e desaba no chão. Compartilho de sua dor, me esforçando para não cair — não na frente de Maldade, que parece extasiada por ter nos flagrado nesta situação. Se meu reino foi apossado pela desolação, o mesmo deve ter acontecido com o dela.

— Sonho... — murmuro, me ajoelhando ao seu lado. Quero ser carinhoso, gentil, porém meus dedos não sabem como. São como rebentos famintos, querendo tomar ainda mais do que a deusa já ofereceu.

— Tudo vai esvanecer, Pesadelo — interrompe Maldade, ainda nos assistindo. — Escuridão me mandou te buscar, e tenho certeza de que ela vai ficar muito feliz quando descobrir que você finalmente encontrou uma forma de conseguir arrancar o mapa *dela*.

Com a cabeça, minha irmã indica a deusa dos sonhos.

— Se chegarmos a Aéther a tempo, você talvez possa ser salvo da fúria dos Criadores.

Aquelas palavras me destroem e me condenam a relembrar. Separação. Tristeza. Dor. O desejo de ser inteiro.

Castigo.

Vingança.

Sonho.

Eu me envolvo no cabelo de poeira estelar do meu complemento divino; *minha perdição*. Nossos olhares se cruzam, matéria escura que quer devorar, estrelas que querem incendiar, e vejo a centelha daquele sentimento inominável que existia entre nós quase se apagar diante da verdade execrável.

Sonho se ergue em um movimento dolorido, mas cheio de poder. As borboletas surgem aos montes, apressadas, ainda um esboço, e descem sobre seu corpo, escondendo as marcas de minhas sombras e de cada um dos beijos que depositei. Seus traços magoados dizem mais do que qualquer palavra que a boca ainda inchada por beber de mim poderia ser capaz de revelar.

— Sonho.

Não sei como pedir para que ela fique, pois eu a usei, sim. Eu a atraí até aqui porque queria descobrir seus segredos, mas não para revelá-los. Tudo o que fiz foi porque queria fazer dela minha, só minha.

— É verdade? — pergunta, queixo bem erguido, punhos cerrados.

E, pela primeira vez, não minto.

— É, mas isso não é tudo...

A deusa dos sonhos sequer me relanceia uma última vez quando abre um portal para o próprio reino e o atravessa, levando consigo, outra vez, uma parte de mim.

59

Sonho

Sou a prova de que sonhos também podem ser atormentados por pesadelos.

Sou um coração partido.

Sou dor.

Tanta dor que já nem me importo quando mãos feitas das mais condensadas e perversas trevas me embalam, suaves de um jeito frio, erradas de um modo quase familiar demais.

Sei por que vieram, mas já não tenho forças para impedir que me levem.

60
Pesadelo

Onde Sonho está?
Eu não a sinto em nenhum lugar e, inegavelmente sozinho, me desespero.
— Onde Sonho está? — grito, ensandecido.
Minhas sombras se espalham pela casa que materializei nesta realidade mortal e estraçalham paredes, comem tábuas, se refestelam nos restos das cores e flores deixadas para apodrecer sob a influência corruptiva de meu poder. A única coisa que não conseguem destruir é a porta de entrada que, apoiada nos batentes arrancados, ainda funciona.
Eu a abro e saio em meu próprio reino — ou melhor, no que restou dele. O extenso bosque foi reduzido a nada mais que uma faixa de terra em cinzas. Na fronteira, a enorme bocarra engole montanhas inteiras, regurgitando alguns besouros e vespas malfadados que, em sua vã tentativa de voar para longe, são tragados novamente enquanto ainda gritam.
Com a força de meus sentimentos, conjuro Loucura e Fúria com um só pensamento, e elas me ajudam a atacar Maldade com tanta força que nada além de um estalo ecoa pelo cenário arrasado quando a arrasto para o inconsciente.
Neste não lugar, extensão de meus domínios, minha irmã do meio não tem vantagem, e seus olhos me encaram, vazios por um instante. Sei que ela se pergunta como fui capaz de vencer o peso das correntes que nos impedem de causar mal a outro deus, para subjugá-la assim. Tenho certeza de que nossos Criadores as forjaram, pesadas como montanhas, estáveis como

planetas inteiros, para que eles fossem os únicos capazes de nos punir. *Egoístas.*

O que ela não sabe, entretanto, é que eu provavelmente sou o único que já tensionou os elos forjados em fogo de estrelas vezes o suficiente para se enforcar. E a cada vez que testei os limites, os Deuses antigos me trouxeram de volta à vida, e as correntes se alongaram um pouco, e mais um pouco, e depois um pouco mais.

Estão tão compridas agora que eu poderia quase acabar com Maldade sem jamais sufocar com meu próprio veneno. Talvez eu faça isso, se não me disserem onde está Sonho, meu complemento divino.

— Por que você fez isso? — pergunto, e mergulhado na mente da minha irmã, sou seus mais constantes pesadelos.

Um corpo inteiro, dividido e separado. Uma entidade que ela sente nos limites do muro do próprio reino, cantando cantigas do outro lado. Um empuxo de poder e desejo. Uma mão, a curva de um sorriso em uma esquina.

Seu esquecimento, sem que ninguém jamais a ame a não ser aquela criatura que ela abomina e deseja consumir: sua própria metade.

— Porque você se desviou, Pesadelo. — Maldade não é do tipo de deusa que se entregaria sem lutar e, com espinhos e lâminas e pedaços das próprias lembranças, ela vem correndo e me ataca. — Esqueça a deusa dos sonhos, você não pode tê-la!

Desvio de suas palavras por pouco.

— Só porque você falhou com Amor não significa que eu também vou falhar — grito para ela de volta, e cada sílaba é uma criatura com ferrão, pronta para envenenar.

Minha irmã sibila, mostrando suas presas enormes.

— Não se atreva a violar as minhas lembranças.

Estou fraco, considerando o quanto meu reino foi mastigado, e não tenho forças para impedir minha irmã quando ela nos expulsa do inconsciente de volta a nossos próprios corpos materiais demais, frágeis demais.

— Pesadelo! — Angústia vem correndo, esperando nos acudir. — Meu filho, como você...?

Ela me encara com olhos pálidos e angustiados, de súbito muito ciente de que pode até ter emprestado um pouco de sua essência inata para me dar vida, mas que isso não a torna imune à minha ira.

E a ira... Ah, ela está crescendo.

— Você não é a minha mãe.

Abro um sorriso afiado, um dos meus piores. Minhas sombras se avolumam atrás de mim, fortalecidas em parte pela minha própria crueldade, e os fiapos relampejam em nuvens de escuridão.

— Agora fala de uma vez: onde Sonho está?

Eu a sentia, antes, como um pedaço meio sem importância que foi arrancado de mim. Sentia como um ruído, uma lembrança, alguém que sempre estaria lá se eu procurasse. Mas agora que a possuí, que a fiz minha, toda minha, sua ausência é agonia. Não haveria lugar neste mundo, em todos os mundos, onde ela pudesse se esconder sem que eu soubesse.

Os Deuses antigos decerto não ficaram nem um pouco felizes quando me viram profanar a deusa dos sonhos, e isso só faz minha loucura aumentar. Não me importo mais com a punição, caso desça sobre mim: enquanto tive Sonho, voltei a ser inteiro, e esse é o testemunho de nosso poder.

Não precisamos deles.

Estou tão fraco que, depois disso, não vai demorar muito para meu fim chegar. Com tão pouco restando do meu reino, sinto o mastigar implacável que há muito já se banqueteou em minha carne e agora rói meus ossos. São os dentes de Poder, a confirmar que toda ação tem sua reação.

Caio de joelhos, sangue manchando meus lábios com ferro e matéria escura, e reconheço os passos silenciosos e assustados de Medo a se aproximar furtivamente.

Os outros deuses assistem a meu esvanecer com gratidão — temem a mim, o pesadelo cruel e volátil que arrancou uma parte da própria alma. Agora que sabem sobre a existência do mapa, não precisam mais que eu vasculhe filamentos ou abra portas lacradas. Não sou mais necessário.

— Pesadelo? — chama Medo, e pela primeira vez penso que encontrou uma forma de ser corajoso.

— Suma daqui — digo, tossindo, e afasto o cabelo do rosto. Minhas mãos estão sujas de cinzas, ou será que elas próprias queimam?

— Filho, sua irmã a levou embora.

Preciso de um tempo para entender o que ele quer dizer.

— A Escuridão?

Medo assente.

— O muro simplesmente desabou, Pesadelo. Qualquer tijolo que ainda restasse, e até mesmo o próprio poder que imperava a separação. Não tem mais nada impedindo um pesadelo de atravessar o reino dos sonhos. A sua irmã estava aqui quando tudo aconteceu e cruzou a fronteira.

— Para onde? — exijo saber, e meu tom baixo e perigoso ecoa pelo que restou do meu lado do bosque, revirando a terra já machucada, causando ainda mais tremores nas colinas, quebrando pedras, sacudindo árvores, corroendo rios e pântanos. — Para onde Escuridão a levou? — pergunto outra vez, sem me importar com quanto me custa reunir poder para me colocar de pé.

Minhas sombras sibilam, se espalhando pelo descampado até se enroscarem em pés e braços e pescoço dos que ousaram conspirar pelas minhas costas. Não poupo nem mesmo Maldade, que já provou da minha fúria hoje.

— Você me traiu.

— E você traiu a si mesmo — cospe ela aos meus pés. — Traiu todos nós. Como pôde? — Sua indignação cruza meu reino e ecoa pelos espaços agora vazios de minha essência imaterial. — Nós juramos vingança, Pesadelo. Juramos encontrar o caminho de volta para Aéther, juramos exigir o nosso lugar de direito!

Maldade parece quase triste, pesarosa, e eu a solto porque não tenho mais dedos, ou força, para segurar.

— Os Criadores tiraram tudo de nós, Pesadelo, mas ao menos nós tínhamos um ao outro. Tínhamos nosso propósito. — O rosto de minha irmã está manchado por lágrimas escuras e oleosas. — E você jogou tudo fora por causa de uma simples deusa, uma serva patética do bem. Escuridão sabia que era só uma questão de tempo até você se deixar levar e, olhe só, ela não estava errada. Acha que eu não senti quando a maldade que habita o seu coração abriu espaço para aquela coisinha... aquele serzinho desprezível que torna minha existência lastimável?

— Para onde Escuridão a levou? — encontro força, ou talvez apenas empáfia, suficiente para perguntar.

— Para onde todos nós deveríamos ter ido, Pesadelo. Para onde teríamos ido juntos. Para *casa*.

61
Sonho

— Sonho. — Escuto uma voz chamar. — Sonhozinho...

Ela cantarola, de muito longe, e de repente a sinto em meu ouvido, beliscando minha carne, esmagando meu coração.

— Acorde — pede, e não com gentileza. A qualidade de seu tom é uma coisa seca. É ausência. — Acorde — agora, diz em uma ordem.

Abro os olhos, mas sei que a minha percepção não depende apenas deles. Então aguço os sentidos para longe da pele, como se lançasse uma rede. Peço, em pensamento, que minhas borboletas apareçam. Obedientes, os rascunhos se colorem para que alcem voo. De cima, pela percepção delas, confirmo a origem da perturbação.

É pequena e concentrada. Toda escura, toda densa. Toda má.

— Escuridão.

A massa de trevas de repente ganha uma boca, com a qual sorri de um jeito feio e errado. Não passa de uma criança, porém não a subestimo. Há uma razão para que essa pequena deusa seja complemento divino de Luz. Ela é poder desenfreado. Loucura abismal.

Escuridão se aproxima e inclina o corpinho em minha direção de um modo que me faz pensar que devo estar deitada. Depois, a cabeça obscura pende para um lado e, mesmo que não veja seus olhos, sei que ela me estuda, pois sua atenção é sufocante.

— Você não tem medo de falar o meu nome? — Suas palavras são curiosas, quase divertidas de tão perversas. — Que menina mais corajosa. Ou seria apenas burra?

Examino os arredores e me surpreendo quando, na verdade, percebo que não sinto nada de volta. Somos apenas nós, aqui, e então o nada. O nada, entretanto, ainda assim é alguma coisa: ausência. Espaço entre os espaços.

Estamos do lado de dentro, no tecido onde os filamentos de realidades foram bordados um a um e, quando ergo os olhos, vejo os pontos da costura caprichosa dos Criadores. Onde haveria linha, entretanto, encontro fios dourados de poder que reluzem, inquebráveis; a agulha é feita de palavras, comandos afiados, e costura sem parar. Para a frente, como o futuro.

Para a frente, como o destino dos deuses.

— Eu não conheço o medo. — Escolho essas palavras não apenas porque são a verdade, mas porque preciso que Escuridão entenda que não a temo, apesar de tudo.

Ela não pode me ferir, pois aqui, no avesso de todos os mundos, posso ver com clareza as correntes grossas que apertam seu pescoço diminuto. Os elos se enfiam em sua carne, brilham como as estrelas de Aéther, eles próprios formados de infinitas repetições do mesmo comando.

Levo as mãos ao meu próprio pescoço e sinto as minhas.

— Garanto que você não está perdendo nada — responde Escuridão, quase entediada. — Ele é chato demais.

Eu me ergo, ou ao menos penso que o faço, pois meu ângulo de visão demora a se ajustar. Por um instante, continuo encarando a deusa de baixo, e só então percebo que ela deve estar andando pelas paredes ou pelo teto, muito embora não exista nem uma coisa nem outra deste lado do tecido.

— O que nós estamos fazemos aqui? — pergunto, sentindo a fraqueza se espalhar pelo meu corpo terrivelmente mortal.

Então me lembro da dor, da terrível agonia de ver meu reino e minhas criações engolidos pelo castigo dos Criadores. Do desespero de ouvir as palavras de Maldade quando disse que Pesadelo só estava me usando; que só queria descobrir meus segredos. E da confirmação terrível que vi refletida nos olhos de matéria escura dele.

— Sei que os Criadores esconderam um mapa em você, deusa dos sonhos. Foi Pesadelo que me contou.

Escuridão não parece preocupada em poupar palavras, ou mesmo tempo, embora tenhamos o tempo de todos os mundos. Ela é direta como uma flecha, ainda que pareça se divertir enquanto tenta me machucar.

Pesadelo.
Pesadelo.
Pesadelo.

Mesmo diante de sua traição, não consigo odiá-lo.

O ódio, para mim, é ainda mais desconhecido que o medo; ainda que, deste último sentimento, tenha sentido uma fagulha no instante em que voltei a ser sozinha e dividida. A você, meu complemento divino, reservo apenas o mais vil dos sentimentos. O mais selvagem e indomável. O que não se pode pedir. O que repousa nas mãos, mas pode se esvair com um sopro: *amor*.

Eu o amo neste instante ainda mais do que quando nossos lábios se tocaram. Eu o amo agora porque ele me fez sentir completa, e que terrível maldição, que obscura penitência, é sustentar a separação agora que sequer tenho um bosque, ou uma fronteira onde encontrá-lo ao acaso. Não sobrou nada, senão a minha coragem e a minha ânsia por negar esse sentimento.

Não temo Escuridão, pois ela jamais poderia me machucar como ele.

— Vai ter que arrancar de mim à força — digo, com tranquilidade, sem sequer erguer a voz. Estou tão cansada, tão vazia, mas ao mesmo tempo, tão cheia de coisas que não entendo. Não sei como nomear tais sentimentos, nunca os conheci. — Não vou entregar nada para você.

Escuridão me encara em completo silêncio e, atrás dela, as agulhas costuram e costuram, velozes. Nosso tempo, marcado pelo comprimento de uma linha, pela intenção de uma ordem, jamais acabará.

A penitência é eterna, agora entendo, pois a punição por termos partido o indivisível nunca foi a separação, ou os muros. Não, a punição foi a certeza de que um dia nós nos lembraríamos de como era ser inteiro, e jamais poderíamos alcançar tal coisa.
Como podem ser tão cruéis nossos Criadores?
Eu me lembro — a deusa diante de mim deve se lembrar também —, e essa certeza queima mais do que os elos das correntes cravados em minha carne. É mais vermelha que o sangue, que, percebo, mancha o tecido antes imaculado de minhas vestes.
— Não preciso arrancar nada de você, deusa dos sonhos — diz Escuridão, por fim. Ela parece quase gentil, embora seus bons modos escondam terrores vistos por poucos. Coisas indizíveis. — Você está desvanecendo, não percebe? — Uma mão de sombras aponta para minhas feridas, e só então me dou conta de quantas, e quão profundas, elas são.
Me faltam pedaços, estou em frangalhos, sou uma confusão de cachos e buracos. Tantos quantos provavelmente foram feitos em meu próprio reino: um para cada sonho mastigado.
— Sabe por que os nossos *bem-amados* Criadores nos impuseram a separação, Sonho? — As palavras fazem as feições da deusa se crisparem e sua boca arreganhar presas, ainda que nenhum vinco se forme na massa obscura que a constitui. É mais uma impressão; uma sensação. — Você não deve saber, porque foi a última a nascer. Os outros também não sabem, mas eu me lembro de tudo. Eu fui a primeira.
— Luz foi a primeira — rebato, sentindo meus tendões romperem como uma costura enfraquecida não pelo uso, mas pelo fio de uma lâmina.
Meus pés escorregam, incapazes de obedecer a qualquer comando.
— Não, deusa dos sonhos. *Eu* fui a primeira. Um acaso infeliz, como dá para ver. Quando Luz nasceu, eu já estava lá. Eles a separaram de mim; a *arrancaram* de mim. — Escuridão arranca partes do próprio peito, que se espalham pelo ar feito

fumaça, e logo voltam a se acomodar em sua forma completa. — E eu vi tudo.

Não tenho mais forças para me manter em pé, por isso caio de joelhos. Tudo que resta de meu poder, direciono para ocultar o mapa em minhas costas, além de manter minhas criações vivas.

Como se Tempo, Poder e Vida pudessem me despender uma última graça, eu rezo. Rezo ali, em silêncio, nas batidas fracas de meu coração. Rezo para que libertem meus sonhos, para que ao menos eles sejam livres e não precisem mais de mim, para que vivam e sonhem por si próprios. Para mim, não peço nada — não penso que os Criadores me dariam atenção, se lhes rogasse piedade.

— Como foi que nós ofendemos tanto os Criadores? — questiono, em um ímpeto febril. Não sinto mais minhas pernas, e meus dedos parecem quase translúcidos. Ou será que o que falha é a minha visão?

Escuridão não fala por um longo tempo, e não compreendo o significado, tampouco o peso, de seu silêncio.

— Você e Pesadelo pediram por isso, Sonho.

— Pedimos?

— Os Deuses antigos nos separaram para nos obrigar a esquecer. Duas metades não podem deixar de ser um inteiro. Este é o verdadeiro significado da separação.

— Um inteiro — repito, enquanto meu corpo cai para o lado e, acima, as agulhas bordam sem parar meu inevitável destino.

Há um clarão de luz quando enfim perco as forças e, diante dele, sou capaz de enxergar os olhos de Escuridão.

São crateras inextinguíveis de fome.

Medo.

Raiva.

Solidão.

— Eu não te odeio mais do que odeio os outros servos do bem, Sonho — confessa a deusa, agora tão perto que o frio de suas sombras me é familiar. Faz lembrar outros rebentos que me envolveram, cuidaram e adoraram. — Sinto muito, na verdade, pelas coisas estarem terminando assim. Afinal, o meu irmãozinho também está desvanecendo agora. — Ela me empurra com um pé como se eu não pesasse nada, e minhas bochechas sangram e se achatam junto ao chão que não é chão, mas ainda assim reflete as costuras do céu. — Se serve de consolo, fique sabendo que vou fazer muito bom uso desse mapa. Vou para Aéther tomar o lugar que é nosso por direito.

Os dedos dela acariciam meus cachos já desprovidos de qualquer brilho, e o toque é uma coisa vil e triste, carregado de finais.

— E quando estivermos em Aéther, tenho certeza de que ninguém mais será metade.

— Todos vão voltar a ser inteiros — murmuro, com a boca seca.

Minhas pétalas murcharam, minhas estrelas caem do céu.

E quando a deusa da escuridão arranca o mapa de minhas costas, a linha de meu destino enfim acaba.

A costura tem seu ponto-final.

62

Pesadelo

Todos pensam que deuses não podem morrer; se isso fosse verdade, eu não estaria desvanecendo agora.

Já posso sentir o turbilhão de vontades me engolir, pedaço por pedaço.

Meus rebentos se debatem feito sapos expostos ao sal. Ensandecidos, se atacam no desespero de tentar me proteger, mas já não tenho mais forças para comandá-los.

Ergo um dedo, no qual eles se enroscam em desespero, pela primeira vez em silêncio. Não há mais vozes, nem murmúrios. Não há lamentos, senão os de minha própria consciência.

Sonho.

Onde você está?

— Faça alguma coisa! — escuto a voz de Angústia muito perto; perto demais.

Ela está ao meu lado, não saiu desde que caí de joelhos na terra seca, com as pernas subitamente abocanhadas por dentes invisíveis.

Queria que ela soubesse que, em todas aquelas vezes que enchi a boca de perversidade para dizer que ela não era a minha mãe, eu não falava sério. Será que é tarde demais para Angústia me perdoar?

— Não dá para ver que eu estou tentando? — Agora é Maldade quem grita. Não sei se alucino com a dor, ou se realmente a vejo agarrar meus pés como se fosse me puxar. — Essas malditas sombras se recusam a deixá-lo. Estúpidas! — Ela dá um chute, depois um soco, e não para de bater nos fios e rebentos escuros que me envolvem, com ferocidade. Sinto as mãos poderosas da deusa sendo picadas e arranhadas pela fumaça.

— Então vamos levá-lo assim mesmo — rosna Vingança, como se aquela fosse a atitude mais sensata possível.

Eu agradeceria a intenção, se pudesse. Mas minha língua é uma coisa seca, uma casca oca. Desaprendi as palavras.

— Nós não temos tempo — soluça Angústia, e suas lágrimas pingam em meu rosto, se misturando ao sangue divino que me escapa pelos olhos e nariz.

— Somos deuses! — De repente, Maldade está sobre nós, e sua forma esguia lança sombras muito maiores do que deveria. — Temos o tempo de todos os mundos! Vida nos deu isso. Pelo menos isso. Eles não vão tirá-lo de nós. Não vão, não vão!

Pisco, pois penso que vi, ao longe, um raio de luar despontando por entre nuvens sinistras, sempre tão pesadas.

Sonho.

Você também sente, minha perdição? Para onde quer que Escuridão a tenha levado, você também desvanece? Está com medo? Pensa em mim?

Tusso e engasgo, e meu veneno corrói a terra e as pedras. Vai se alastrando, como se procurando, mas não há muito mais aqui onde possa se assentar. A punição dos Criadores mastigou a superfície, engoliu meu céu. Minha choupana balança perigosamente, tão perto da beirada. No telhado, o velho urubu-de-cabeça-preta balança as asas.

Um castelo caído para um rei caído. Pedaços de sonhos, desalento e vidro.

Eu sempre fui esta coisa estilhaçada. Metade, amputado, desesperado por sentir.

No fim de meus parágrafos, as vírgulas se tornam pontos finais. Há dor na conclusão, sim, mas há também um sentimento estranho. Um pedaço de memória; algo importante que eu deveria lembrar.

Uma história.

Não, não uma história.

Uma *deusa*.

Cachos pálidos, feitos de poeira de estrelas. Sorrisos, verdades, joaninhas. Meu complemento, a parte que me faltava.

Meu equilíbrio perfeito.

Um estrondo corta a pequena faixa de terra que sobrou do meu lado do bosque. É um urro feio, cru. Poder antigo libertado; o aviso final.

Ao meu redor, a maioria dos deuses que servem ao mal foge como covardes. Estavam ali apenas para testemunhar o estrago. Vingança, Mentira, Desespero, Raiva, Avareza. Todos desaparecem, buscando por uma segurança que jamais encontrarão.

Angústia, Medo e Maldade são os únicos que permanecem.

— Vão — encontro um meio de pedir, embora achasse que devesse ter ordenado. — Fujam enquanto há tempo — murmuro até mesmo para os besouros que enfeitam minhas orelhas, e para a joaninha amarela que ainda se escondia no meio de meu cabelo, com minhas sombras.

— Nós não vamos para lugar algum, meu querido — assegura minha mãe, ainda que eu possa ver a luta em seus olhos leitosos.

Bem perto, a terra cede.

Mais um estrondo, um cataclisma. Minha choupana balança diante do abismo de estrelas. Ela cai devagar, como se ainda se obrigasse a ficar para me assistir com seus olhos de janelinhas e, da ponta do telhado, o urubu tenta voar. Aquele pedaço malfadado de alma que arranquei, no entanto, não é mais rápido que a fúria dos Deuses antigos. Uma garra, depois a outra, e então ele também é fisgado, puxado para dentro do buraco.

— Eu o liberto — tento dizer, mas todos os sons que minha boca poderia produzir são engolfados pela dor.

Fecho os olhos e busco dentro de meu próprio abismo. Poderia um vazio combater o outro?

Ali, de onde o pedaço de alma foi arrancado, sinto a sombra de sua ausência. Na infinitude da bocarra, ele despenca para o desconhecido, não mais urubu, nem aranhas ou vespas, penitente em sua punição. É só outra luz que se apaga, e desejo que não tema, pois seremos fustigados juntos. Desvaneceremos, mas talvez ele, que sempre considerei uma parte fraca, um estorvo, sofrerá ainda mais. Nunca deixou de amar, nem de ansiar e esperar.

Desmorono com o que restou de meus pesadelos, e minha agonia termina com o mesmo pulsar, percebo, de estrelas vazias.

63
Sonho

Eu não me lembro muito de como era ser apenas essência — alma, espírito. No momento em que nasci, os Criadores me deram um corpo material e me empurraram para dentro dele. Fui selada, acredito, um pouco às pressas, e demorei bastante para me acostumar à ideia de estar aprisionada em algo assim tão grosseiro.

Tenho, portanto, apenas uma impressão gravada na memória dos poucos instantes roubados de Tempo em que eu ainda era livre para me expandir e apenas ser o que sou. É difícil colocar tal sensação em palavras, mas eu diria que era como ser uma nuvem, e mesmo os raios de luar que a atravessavam gentilmente. Era como ser todas as coisas de todos os mundos ao mesmo tempo, com a diferença de que eu não precisava, de fato, habitá-las para entendê-las.

Me sinto assim agora. Tão desprendida que sequer sei se sou mesmo Sonho, a deusa, ou se virei outra coisa.

Para onde os deuses vão quando esvanecem? Retornam à matéria de Tempo, Poder e Vida, ou apenas desaparecem?

Tento abrir os olhos, mas descubro que não os tenho. Então busco a ponta dos dedos dos pés e das mãos, o vaivém de meu peito, pego bem no meio de uma respiração, ou o confiável pulsar de meu coração mortal demais, porém não há nada. Sou apenas uma consciência à deriva, no escuro.

Não sei se ainda posso ser considerada uma deusa, mas me recordo das primeiras lições tão amorosamente dadas por Esperança e Vontade. Quando elas me ensinaram que deuses são capazes de criar tudo o que querem.

Basta pensar no que deseja, diriam, se estivessem aqui. *Você, deusa dos sonhos, pode criar qualquer coisa, é só imaginar.*

E com essa certeza, eu imagino. Me vejo como uma gota de poder em um mar de matéria escura; um princípio inteligente. Então me lembro de meus braços e pernas, da forma de meus quadris, de cada um de meus cachos, e os moldo enquanto me expando, um pouquinho por vez.

Agora sinto a ponta de um dedo, depois de outro. Parto meus lábios, mas não sei se ainda tenho voz para falar. Meu nariz coça e minhas pálpebras lutam, ainda coladas.

— Abram-se — peço, com gentileza. Não quero assustá-las.

Aqui, no escuro do vazio, na barriga da ação e reação, movo meus pés para a frente e flutuo no éter. Bem distante, vejo um feixe dourado que parece me chamar, preguiçoso, embora o silêncio persista como um acompanhante fiel.

Não sei quanto tempo se passa, nem mesmo se nesse não lugar Tempo se faz presente, até que a escuridão começa a tomar formas. Linhas compridas aparecem em meu campo de visão, esticadas, como se arrancadas de outra dimensão. Elas se assentam, se ligando como horizontes. Viram nuvens e as seis luas que, uma a uma, pesquei de outros mundos para enfeitar um céu. Parece que faz muito tempo, ou que se passaram éons inteiros, porém me lembro delas.

Meus pés, de repente, encontram um chão. É macio e úmido, tem o cheiro da terra fértil dos campos do meu sonhar e, enquanto caminho, um barulho de água ecoa em meus ouvidos de modo familiar.

Um tecido se acomoda ao meu redor fio a fio, convocado pelo meu poder.

Apuro os sentidos, serpenteando junto ao riacho que se revela, e recolho algumas das gotas que me oferece como um bálsamo, as quais guardo no bolso de minhas vestes.

A estranha luz dourada parece descer, abrindo caminho em minha direção. Ela se aproxima, toca meus dedos dos pés, e vejo que não passa dos reflexos da estrela que brilha na ponta mais distante do céu, reluzindo nas asas de uma revoada de joaninhas amarelas.

Asas abertas, a balançar, os insetos me chamam, indicando o campo adiante que me é ainda mais familiar que as pintinhas.

O campo de flores que Pesadelo fez para mim. Ou melhor, o campo que nós fizemos juntos.

Levo as mãos ao peito, buscando sentir o acelerar de meu coração, que, para minha surpresa, ainda está aqui. Batendo forte, incansável. É minha âncora, e enquanto eu o tiver, saberei reconhecer o caminho para casa.

Meus pés avançam sem ordem. Descem e correm, voam e flutuam, se esforçando para não machucar nem mesmo uma única pétala, enquanto me guio pelo cheiro da fumaça.

É ocre, nesta paisagem idílica. Quase a macula, mas não completamente. A fumaça e as flores, o veneno ácido e a quietude, são obras do mesmo mestre, pertencem à mesma família.

Não demoro a ver, caído diante de um imenso lago de águas escuras e paradas, um corpo cuspido, quase esquecido.

Rebentos de escuridão, tão obedientes, formam em torno do deus dos pesadelos um casulo vivo. Não permitem que eu me aproxime, ameaçam me morder com milhares de bocas, mas, ainda assim, choramingam.

Perdição.
Minha.
Nossssa perdição.

— Pesadelo — chamo, com a intenção de lhe tocar. Minhas mãos levam ferroadas enquanto tento afastar o enxame que não conhece outro modo de se defender, senão atacando. — Pesadelo, sou eu. Sonho.

— Sonho — responde ele, com a voz cansada e rouca.

Ela não vaza do interior do casulo, entretanto. Ecoa na margem oposta do lado, e a sigo enquanto me pergunto se devo mergulhar. Analiso meu reflexo e, por um instante, as águas se remexem, revelando restos de pesadelos malformados. Alguns reluzem como sonhos embrionários.

— Pesadelo! — Agora estou gritando, em desespero, enquanto contorno as beiradas, procurando entre o capinzal.

Meu corpo emite um chamado, porém a resposta me confunde. Eu a sinto no casulo de sombras, que deixei junto às flores, e no bico oleoso de um enorme pássaro de penas que parecem escorrer e se dissolver, feito nanquim. Ele está caído, o corpinho contorcido em um ângulo estranho que indica que, subitamente, perdeu a habilidade de voar.

Dos olhos da pobre criatura, espirram fagulhas.

— Sonho — gralha, baixinho, deixando uma luz forte vazar. — *Meu* sonho.

— Pesadelo?

Passo por cima de raízes esfareladas e pedaços do que me parece uma casa que também caiu do céu.

— Eu disse para ele que, se me arrancasse, ele ficaria fraco — a criatura moribunda fala, expelindo uma fumaça roliça e viva, parecida com sombras.

Não consigo entender.

— O que você é?

— Sou Pesadelo — responde o pássaro ferido, a cada instante mais esmorecido. Seu bico agora está quase dissolvido, os olhos de matéria escura, injetados. — Ou o que restou dele.

— Mas naquele casulo...

— As sombras protegem só um corpo; uma casca. Sem mim, ele não pode se curar. Se eu esvanecer, ele também esvanecerá.

Chego mais perto.

— Como posso ajudar? — ofereço, sentindo nosso tempo se esvair rápido. — Me diga o que fazer, como salvá-lo.

— Ele é que precisa me querer de volta. — O corpo do pássaro se agita. Em seu peito, um vaivém que é presságio de sofrimento. Seu sangue escuro empoça. — Ele fala que eu sou a parte que o faz querer as coisas que não deve. Antes de ele me arrancar, ele ainda sabia como era amar e tinha desejos menos cruéis. Não precisava se machucar. Se você encontrar um jeito de me devolver, talvez ele volte a ser como antes.

Eu assinto e, corajosa como um sonho deve ser, estico minhas mãos em direção à criatura moribunda.

Quando as ergo novamente, a casca que antes era um corpo de pássaro se dissolve feito carvão. O pó esvoaça, levado para longe, e percebo que seguro um pedaço de alma arrancada; um princípio, tão inteligente quanto aquele que nos dá vida.

— Não sei como te devolver para ele, pequeno, mas sinto o seu clamor. Você sonha?

A esfera de luz me responde, com a voz fraquinha:

— Sim.

— Então, hoje, a deusa dos sonhos vai te abençoar.

Esperançosa, eu sopro e aguardo.

64

Pesadelo

Quando estou sufocando, me lembro de Sonho. No limiar entre o ser e o deixar, enquanto minha essência esvanece, minhas sombras gritam, minha vontade perece; me agarro à imagem dela quase sem querer.

Sonho.
Sonho.
Sonho.

Houve um tempo em que eu ainda rezava. Não de joelhos no chão, mas não nego que ainda esperava. Acreditava. Isso foi há mais éons do que eu poderia contar, embora não existam números nem estrelas suficientes para tal feito.

Pensava que havia até mesmo desaprendido esse conceito tão estranho de oração, pois a fé foi feita para a efemeridade dos mortais, e não para a onisciência dos deuses. Mesmo assim, contra a escuridão que me forma, contra a tarefa que os Criadores me impuseram — ainda que meu coração tenha deixado de bater —, estou aqui, rezando por você, Sonho.

Eu rezo para que você me encontre; para que ao menos neste não lugar de esquecimento, dois deuses caídos, esvanecidos, possam ser um inteiro. Ah, Sonho, meu arrependimento me corrói mais do que o normal. Minha consciência, a pouca que ainda me resta, insiste em me lembrar de que foi minha culpa te trair. De que os Deuses antigos a puniram pela minha ganância.

Que sua dor, minha doce Sonho, não passa de consequência de minha mesquinharia; minha fome por vingança.

Então rezo e peço, talvez, pelo seu perdão. Me ajoelharia à sua frente agora se pudesse. Tocaria seus cachos, embora não tenha mais dedos. Sequer tenho mais uma boca com a qual chamá-la e, ainda assim, ouço sua voz.

Sinto você.

Sua presença é a luz de supernovas, o brilho eterno, e queima infinitamente. Seu cheiro de terra, o perfume de sonhos realizados, a gentileza.

Sei quem eu sou, embora tenha sido criado para ser outra coisa. Um monstro de rebentos, massa de tentáculos, puro pesadelo. E ainda assim você está no ar que desejo, em toda a beleza que eu achava que não poderia alcançar. Você está em mim, e eu a perseguiria até os abismos onde nós um dia partimos os mundos. Eu a acharia mesmo que isso me destruísse, e, nesse momento, quando não passo de um princípio inteligente estilhaçado, entregaria o pouco que me sobra se pudesse ao menos ver seu rosto uma última vez.

Eu rezo para que as punições terminem, para que as correntes se quebrem. Rezo para que nunca mais haja fronteiras ou muros. Para que meu nome nunca mais seja pronunciado longe do seu.

Tudo o que eu tinha eram pesadelos. Por você, agora, *eu sonho*.

Dor.

Conheço a dor — somos velhos amigos.

Essa que me invade, entretanto, é tão nova quanto antiga. Me livrei dela há muitos éons, e jurei que nunca mais a sentiria.

É algo terrível, estandarte da fraqueza, mas que neste estado me fortalece. Uma dor que devolve a voz de minhas sombras, e reconstrói meu corpo já não mais tão terrivelmente mortal. Estou tão leve, apesar do peso.

Este fardo do qual me livrei; esta terrível voz esperançosa que arranquei...

Ah, seu velho e teimoso pedaço de alma, você não mudou nada. Como foi que encontrou o caminho de volta?

Minha essência poderia se espalhar pelos céus como nuvens finas, ou recair em mundos inteiros feito garoa. Eu poderia ser uma chuva de estrelas, tão fugaz quanto pensamentos.

Eu poderia ser qualquer coisa.

Perdição, minhas sombras murmuram, agitadas.

Nossssa perdição, gritam enquanto se tornam mãos e línguas e olhos e me mostram a única de quem preciso.

Aquela que é minha.

— Sonho! — O nome dela me escapa aos tropeços, embora não me lembrasse de ter lábios. — Sonho — chamo outra vez, mesmo assim, porque de repente tenho olhos para vê-la, ajoelhada junto de mim em meio ao campo de flores que reconheço, pois o fiz, e não quero perdê-la. Porque enquanto a afirmo, a ancoro.

Mas as mãos pequenininhas e sujas de terra e cinzas daquela que é meu complemento divino estão pousadas sobre mim como se ela fosse feita das asas de suas borboletas. Suas digitais afagam meu peito exposto, e quando o encaro, finalmente entendo que foi por aqui que minha alma retornou para casa.

— Você voltou para mim, Pesadelo.

Os braços da deusa me envolvem com gentileza, e eu resfolego, cansado, no meio do pólen e da fumaça, exausto por pensar que nunca mais a veria, feliz porque seu corpo está enfim junto ao meu, onde pertence.

Não há muro capaz de me separar dela outra vez.

Nunca mais.

— Eu me arrependo tanto e de tantas coisas — murmuro em sua orelha, sentindo falta das joaninhas que não há muito a enfeitavam. Não sei quanto de Tempo podemos roubar, por isso digo a única coisa que verdadeiramente importa. Digo enquanto posso, enquanto ela ainda me ouve. — Eu te usei, mas não da forma como você está pensando... A verdade, Sonho, é que eu queria voltar a ser completo.

— Eu sei.

Os lábios dela estão em meu pescoço, e a sinto tomar ar enquanto engulo seu cheiro e me entranho em seu cabelo. Sua voz estremece, receosa, porém ela ainda exala a mesma coragem daquela noite quando nos vimos pela primeira vez.

— Eu não te culpo nem guardo mágoas, porque eu... eu também te usei — confessa, baixinho.

Não vejo seus olhos enquanto ela o faz, e isso é quase tão insuportável para mim quanto a ideia de não tê-la mais. Por isso, ergo seu rosto devagar. Tento ser gentil, apesar da urgência.

— Você? — Antes não teria acreditado que a deusa dos sonhos conseguiria me enganar, afinal, ela não sabe mentir. Mas agora entendo, pois sua maior qualidade é ser tão destemida quanto é deliciosamente insistente e ingênua. — Pensei que sonhos não pudessem mentir.

Sonho se afasta, e o vazio de sua ausência me subjuga quase com a mesma força das correntes.

— Os deuses do bem, meus irmãos, pediram que eu descobrisse se o muro havia sido perturbado de propósito. — Ela mordisca o lábio, o que me traz lembranças perturbadoras. Meu coração, traiçoeiro, se embebeda com saudade. — Aceitei me encontrar com você no reino mortal para investigar.

Materializadas em sombras, minhas sobrancelhas se unem. Espalmo as mãos na terra, sentindo as pétalas das flores que fiz de memória, tão macias quanto a pele de Sonho, e me endireito.

— Então você mentiu mesmo.

Ela cora, com as mãos unidas junto ao peito e constelações de estrelas cadentes sobre as maçãs do rosto.

— Nós traímos um ao outro, e por isso tivemos o mesmo destino — conclui, de modo simples. — Eu fui egoísta, escolhi meus sentimentos e desejos em vez da minha função.

Enfim encontro uma forma de fazer minhas pernas obedecerem e, com um pouco de esforço, me ergo. Meus pés estão cobertos de penas oleosas, grudados em sombras, e as espano com um movimento simples de mãos.

— Não sei que outro castigo os Deuses antigos nos reservam — falo enquanto me aproximo com cautela, temendo, mais do que qualquer outra coisa, a fragilidade desses sentimentos que tenho por ela. — Mas não importa qual seja, Sonho, eu vou pagar por nós dois. Nunca mais vou permitir que você se machuque.

Sonho ergue as pálpebras devagar, apenas o suficiente para que suas íris enfeitadas de estrela encontrem as minhas, e o choque é tão forte quanto o poder da criação.

— Você nunca mais vai sofrer — digo.

As promessas se desfiam, tomam as formas de rebentos de sombras, enquanto encharcam o chão ao nosso redor e pintam as pétalas de fumaça.

— Por quê? — pergunta ela, por fim, como se não soubesse. Percebo seus dedos dos pés se encolhendo e revirando a terra quando se esticam. — O que eu sou para você, Pesadelo? O que foi que mudou?

Não é a escolha de palavras da deusa, propriamente dita, que me faz entender que ela nunca me odiou pelo que fiz. Não, não é nada disso. Na verdade, é o modo como ela pronuncia meu nome — por pouco o som não sai, como se quisesse guardá-lo. Seus lábios, que agora me lembro bem de já ter provado, se abrem devagar em expectativa, e vejo e sinto e sonho com o doce néctar que deles escorre. Em sua língua, meu nome é um segredo bem preservado, mas eu o reviraria e redescobriria a cada crepúsculo.

— Eu queria voltar a Aéther para ser inteiro outra vez — confesso, com meu tom à face de um abismo, perigoso. — Mas não preciso partir. Não há mais nada para encontrar lá. Você está aqui.

Meus lábios sorriem, e desta vez já não preciso esconder a perversidade de meus pensamentos.

— Então você não deve mais procurar, Pesadelo.

Os passos da deusa dos sonhos são uma brisa fresca. Ela se achega com o sorriso contido, os dedos agarrando a barra das saias, os cachos pálidos. Seus braços se erguem, como já a vi fazer dezenas, milhares de vezes, e os dedos repousam em minhas bochechas — basta uma sugestão de toque para que meu coração se deixe dominar.

Minhas sombras fazem menção de se levantar, porém, desta vez, peço que não o façam. Tão acostumadas a ouvir minhas ordens e ameaças, elas se detêm, espantadas. Quero fazer tudo direito, demonstrar minha devoção. Quero que Sonho compreenda que, dentro de mim, não há mais apenas escuridão.

Minhas palmas capturam seu rosto pequeno; elas o embalam como um segredo que é só meu, e afago lábios, lóbulos e braços. Desço por suas costas, descobrindo cicatrizes recentes, ainda grossas.

— Quem?

Ela tenta se cobrir, mas não permito.

— Quem fez isso com você? — questiono novamente.

— Escuridão levou o mapa que eu escondia nas minhas costas — revela a deusa dos sonhos enquanto sopro uma bênção para suas feridas. Suas íris são como janelas embaçadas pela ameaça de chuva; as estrelas que exibem de repente ficam turvas por gotas que vão caindo até abrir buracos em mim. — Não consegui impedir. Acho que isso pode ser o verdadeiro fim.

FRAGMENTOS

Tempo nunca se cansa.

Sempre que faz *tic*, a Criadora do meio, Poder, faz *tac*.

Não dá para evitar: Poder nasceu para ser reação. Imita Tempo sempre que pode — e o irrita por escolha própria.

E assim seguem desde que emergiram do vazio. Vida apenas observa. É a mais nova e, portanto, tem mais a perder.

São todos de Vida esses filhos pródigos: foram moldados a partir dos próprios suspiros que, só tarde demais, descobriu serem imperfeitos.

Estão voltando para casa.

Mas a verdade é que nunca foram embora.

65

Sonho

Pesadelo e eu caminhamos por entre as flores lado a lado. Ele parece evitar pisoteá-las, talvez para me agradar, e não me canso de olhá-lo.

Posso tocá-lo agora.

Não há mais barreira entre nós.

Não há limites ou muros, e meu coração dispara, ribombando junto ao dele como se reaprendesse a bater. Somos como notas de amantes eternos, sussurros, suspiros.

Meu corpo esquenta com a sugestão de lembranças, e as borboletas ameaçam se descolar. Consigo impedi-las de erguer voo, mas alguns esboços não terminados caem sobre a relva antes de desaparecerem em cintilas.

Estou vazando de sonhos que não posso controlar.

— Ah, Sonho. — Pontas de dedos tocam meus ombros, ou seriam pontas de sombras? Não passaria de um gesto de reconhecimento, se feito ao acaso, por outro deus. Mas meu complemento divino não deixa nada ao acaso. — Você precisa guardar esses pensamentos para si mesma, caso contrário eu não vou conseguir me concentrar.

O deus estanca no lugar, e eu, um passo à frente, me viro em sua direção.

Os olhos semicerrados de Pesadelo, obscuros e cruéis, estão fixos em mim. Seus cílios roçam as maçãs do rosto afiadas quando ele pisca, e a boca perversa se curva muito devagar quando se permite sorrir. Sua língua está cheia de promessas, e eu não ousaria dizer mais que são vazias.

Não: ele está cheio de mim. No entanto, são suas íris que comunicam desejos. Vertem minha imagem, reflexo de estrelas, e me sinto transbordar. De repente sou rio, sou mar. Sou cachoeira. Sou toda gota de chuva que já ousou cair em cada filamento de realidade.

— Não me olhe assim — peço, fraca, escondendo o rosto nas mãos e entre os fartos cachos de meu cabelo solto.

— Para uma deusa, você parece saber pouco sobre o próprio poder.

Ouço a voz dele perto, ecoando de centenas e milhares de bocas ofídicas. É apenas uma impressão, uma sensação, mas Pesadelo não demora a torná-la real.

Eu o sinto deformar o espaço. São mãos — dele, não as materializadas em rebentos de escuridão —, uma repousada em minhas costelas, outra que sobe dolorosamente e envolve meu pescoço, apertando apenas o suficiente para se diferenciar das correntes.

Não conheço muito sobre a dor, mas quando sufoco, penso que gostaria de senti-la. Gostaria que ele me partisse, apenas para me fazer inteira outra vez.

— Vamos encontrar Escuridão — fala ele, colando nossos corpos de modo familiar. Encaixamos como peças de nossos próprios jogos. Somos feitos do mesmo material. — E, quem sabe, uma forma de quebrar essas correntes.

Então o deus me puxa sem aviso. Seus dedos são focos de incêndio no tecido de minhas vestes, como se fossem abrir buracos em minha pele.

— Mas o equilíbrio... — Tento discordar, ou avisar, mas já não sei mais como expressar meus pensamentos.

— Eu só quero você, Sonho.

Suas mãos seguram meu rosto como se eu fosse a única coisa com a qual ele já se importou. Digitais sobre meus lábios, e de repente eu os estou abrindo, como se buscasse por fôlego. Bebo ar, mas ainda me afogo com o peso dos olhos dele.

— Não me importo mais com as partes que foram tiradas de mim. Eu deixaria que os Criadores as arrancassem de novo só para ter você.

— Não acho que é o suficiente.

Ele me solta. Suas sobrancelhas materializadas em sombras se curvam.

— Você me disse que os deuses que servem ao mal sofrem. — Trato de emendar, muito ciente da ausência de seu toque. — Disse que nós, que servimos ao bem, só existimos porque a nossa felicidade foi arrancada de vocês.

Pesadelo cruza os braços, rebentos reunidos ao seu redor, e assente de modo quase envergonhado. Posso ver que ele ainda se ressente, ao menos de si mesmo, por ter revelado os temores que o atormentavam.

— Isso significa que a separação não é tão boa quanto nós pensávamos — concluo, e ele bufa.

— Claro que não é — desdenha, parecendo o deus espinhoso que encontrei do outro lado da barreira ao espiar por um buraquinho no muro pela primeira vez.

— Então precisamos encontrar um jeito de distribuir o bem. Devolver o que foi roubado não só de você, mas de todos. Nosso egoísmo ao menos serviu para expor algo bom: não precisamos que os Criadores nos devolvam a unidade.

E o deus entende. Percebo pelo modo como sua expressão contrariada suaviza pouco a pouco e suas sombras se afastam, quase dóceis. Eu ainda temo que possam me machucar. Agora, entretanto, de uma forma que eu goste demais para meu próprio bem.

— Você faria isso, Sonho? Acabaria com tudo o que conhece por deuses como nós?

Seu "nós" soa como um terremoto que, inevitavelmente, o leva para longe. De repente não somos mais Sonho e Pesadelo, e sim Pesadelo e outros; aqueles que ele considera iguais, família.

Venço o espaço que nos separa. Sou a marola e, com esforço, chego à terra firme da ilha que ele ergueu para si mesmo. Meus dedos cortam o tempo, o espaço, e pousam sobre seus antebraços. Escorregam para cima, reconhecendo músculos retesados, e se agarram a seus ombros.

Solto a âncora, e somos novamente um só quando ele me envolve com saudade, desejo, medo e sombras.

— Uma vez você me perguntou qual era o meu maior sonho. Lembra?

Ele assente.

Corro a mão por seu perfil, sentindo dúvidas e preocupações, mas dessa vez os estilhaços não me cortam.

— Meu sonho, Pesadelo, é que todos possam sonhar.

66
Pesadelo

Vejo os lábios da deusa dos sonhos se moverem, mas não sei se verdadeiramente ouço o que diz. A compreensão é como uma brisa suave que me atinge, e algo dentro de mim se desmancha.

Um nó. Um ponto-final. Sinto o deslizar, o desfiar. Tinta. Carvão. Nanquim feito sombras. Meus sentimentos se transformam em linhas e vírgulas, de repente estendidos diante de mim.

Eu os entendo.

E onde antes havia apenas um emaranhado, surge uma sensação quente e brilhante. Ela me envolve e força meus dedos a agarrarem Sonho não com posse ou desejo, mas com carinho e algo mais.

A sombra de um toque, embora meus rebentos de escuridão nada tenham a ver com isso. Se ocultaram no fundo de um dos meus muitos abismos, enquanto o sentimento crescia até tomar uma forma conhecida, não porque já a vi, mas porque já presenciei seu trabalho, já queimei diante de sua impressão.

Já fingi não sentir.

— Amor. — O nome me escapa sem a intenção de uma saudação; porém deve ter parecido um cumprimento, já que a entidade recém-materializada sorri em nossa direção.

— Sonho!

Amor toma a deusa dos sonhos de minhas mãos com facilidade demais; com familiaridade demais. Seu corpo é forte, porém esbelto. São linhas e poder bruto. Não é o perfeito oposto de minha irmã, Maldade, mas reconheço os motivos que ela tem para odiar aquela presença e, mesmo assim, desejar sua atenção: a entidade me subjuga com um simples olhar.

Temo que esteja aqui, pois entendo o que isso significa.

— Sonho, você está viva!

Meu complemento divino chora, feliz e triste. As emoções dela são complexas, assim como as que eu mesmo estou sentindo agora, tentando decifrar.

— Ah, Amor, me perdoe, mas não posso mais dar o que querem de mim. — Sonho se desmancha no aconchego do abraço de querubim. — Não posso lutar por essa separação tão dolorosa.

Amor afaga o rosto da irmã com dedos incrivelmente delicados. Há carinho genuíno, e percebo que já vivi algo assim mesmo antes de encontrar um buraquinho no muro.

Mastigo minhas bochechas.

— Não precisa se explicar, irmã. Nada importa, só saber que você está aqui já é muito bom. — Um soluço interrompe a confissão da entidade. — Nós sentimos sua ausência; achamos que tivéssemos te perdido para a evanescência.

Sonho também soluça, e minhas sombras lutam na superfície entre o desejo de consolá-la, beber seu sofrimento até me afogar, e a abominação que sentem pela presença de Amor.

Eu não teria convocado Amor, teria?

O que um pesadelo saberia sobre amar?

— Eu não fui completamente sincera, Amor. Menti para você e para a Luz. Para as mamães e para todos os nossos irmãos.

Penso no mapa para Aéther que a deusa levava escondido nas costas, e me pergunto se ela não teria dividido isso nem mesmo com os deuses que servem ao bem. Deve ter sido um fardo difícil para carregar sozinha, especialmente considerando que ela, quando nos conhecemos, não sabia mentir.

— E que deus é sempre sincero, Sonho? — Amor é eficiente em acalmar a irmã. Suas palavras soam mais sábias do que eu gostaria de admitir, e fico aliviado. — Todo mundo mente ou oculta alguma coisa. É da nossa natureza, eu acho.

A deusa suspira, aquebrantada. Posso sentir seu coração batendo, mesmo à distância, e é o meu que corre para encontrá-lo, se atrapalhando um pouco nos compassos.

— Eu tinha um mapa, Amor — confessa ela, enfim, e é o modo como seus ombros apontam para baixo e seus dedos dos pés revolvem a terra que me indica sua melancolia. — Um mapa para *casa*. Mas a Escuridão o roubou de mim, e estou com medo do que ela pode fazer com ele. Ela parecia capaz de qualquer coisa para chegar até Aéther.

Como se para ilustrar, Sonho ajunta os cachos pálidos feito poeira de estrelas todos de um lado e mostra as costas. A pele negra marrom-escura exibe as marcas do que minha irmã mais velha lhe fez, e diante das cicatrizes luminosas não consigo mais esperar.

Minhas sombras vencem a batalha contra o temor e a repulsa que sentem pela presença de Amor e se esticam em direção à deusa. Elas a envolvem como a noite devoradora de estrelas, e Sonho se assusta por um momento, como um perfeito passarinho, antes de me reconhecer.

— Sonho... — As mãos de Amor também estão sobre ela, e alguns rebentos se desprendem, mostrando presas coléricas, envenenadas por possessão.

Ela é minha.

— Não se preocupe, deus dos pesadelos — diz a entidade, se voltando para mim pela primeira vez desde que se materializou, pisoteando o jardim que fiz nascer para Sonho, e as flores com as quais ela própria o completou. Seus olhos são vítreos e me prendem, pois neles vejo o reflexo de todas as verdades disfarçadas de mentiras que já contei. Angústia, Medo... Eu também os amei. — Amo a minha irmã tanto quanto você. Não posso nem vou fazer nenhum mal a ela e, por extensão, não farei mal a você. Afinal, foi a força dos seus sentimentos que me convocou.

Mordo a língua bem forte, sorvendo sangue imortal e palavras repletas dos espinhos que, um por um, arranquei das rosas para que jamais ferissem os dedos de Sonho.

Por instinto, quero gritar que não a amo. Que a deusa é posse e desejo, sede de vingança, apenas um meio. No entanto, quando os olhos de estrelas dela me encontram, eu me embriago de nebulosas.

Abro meu mais vil sorriso.

Amor sorri de volta, entendendo tudo o que não digo e, talvez, mais. Dizem que a entidade é louca e, se fosse o caso, a loucura lhe cairia bem. Seus traços inomináveis são belos e pacíficos, porém carregados de uma qualidade quase perigosa. Realmente ficaria muito bem ao lado de Maldade.

— Não sei o que significa o fato de os nossos bem-amados Criadores terem te confiado o mapa, minha querida irmã. — A presença imortal se volta novamente para a deusa dos sonhos, com os gestos fluidos e decididos. — De qualquer forma, já não sei se faz alguma diferença Escuridão querer usá-lo.

— Bem, a separação ainda impera, e devemos protegê-la ao menos para impedir o colapso dos filamentos. Não?

— Não, minha querida irmã. Você não entendeu? — Amor balança a cabeça com pesar. — Os muros entre os bosques... todos caíram.

67

Sonho

Os muros caíram.

Ouvi perfeitamente o que Amor disse, mas não consegui encontrar sentido para as palavras, especialmente *aquelas* palavras, colocadas *naquela* ordem específica.

— Desde o reino de Luz — prossegue a entidade, que tem muito mais tempo de existência e, portanto, muito mais sabedoria. De repente, neste bosque de sonhos impossíveis plantados pelas mãos de Pesadelo, a diferença de éons entre nós parece quase intransponível. — O chão estremeceu quando o seu bosque desapareceu dentro daquela fenda monstruosa, e todos os tijolos ruíram. Os muros caíram e, ah, minha querida irmã... — Seu semblante se molda de um jeito novo e estranho; as linhas de sua boca estremecem. — Não há nada que os impeça de cruzar para o nosso lado.

Amor pronuncia a última parte quase em um sussurro conspiratório, e enquanto compreendo o que disse, me pergunto se é de fato possível existir uma realidade, apenas em um único filamento, onde não existam *nós* e *eles*. Onde nossas diferenças não sejam justificadas por uma barreira de poder.

Onde bem e mal coexistam, como antes, quando nunca éramos obrigados a nos separar.

— Tenho uma ideia. Talvez nós possamos mostrar que não precisamos entrar em guerra — proponho.

Os lábios de meu complemento divino se curvam antes de perguntar:

— Qual é a sua sugestão?

— Quero mostrar que nós podemos conviver. Você e eu somos o exemplo perfeito.

— Poderia funcionar. — Amor parece se perder nos próprios pensamentos por um instante. — Eu, particularmente, já me cansei de sustentar tanta separação. Mas não sei se eles, os deuses de lá, vão nos aceitar.

— Escuridão só quer vingança — lembra Pesadelo.

— É por isso que nós vamos precisar da ajuda de todos — elaboro um pouco mais. — Precisamos dos deuses que servem à luz, Amor. — Eu me viro em sua direção, necessitada de seu olhar para saber se compreende minha ideia. — E dos que servem ao mal, Pesadelo. — Não preciso olhar para ele para saber que me entendeu perfeitamente. — Seria possível reunir todos os filhos dos Criadores em um só lugar outra vez? Isso nunca aconteceu.

— Não se preocupe com isso — diz Amor, e de repente portar notícias ruins parece ser sua prerrogativa. — Todos já estão reunidos nas fronteiras dos reinos que sobraram. Apenas as correntes estão impedindo que o pior aconteça.

Pesadelo ergue uma mão grande e a fecha em torno do próprio pescoço. As sombras vazam como espinhos de seus pulsos e palmas. Pingam no chão como orvalho entumecido, mas não ousam perturbar as flores.

— Então vamos quebrá-las — sugere ele, com um sorriso perverso a me fazer promessas.

68
Pesadelo

Nunca estive no reino de Escuridão, e penso que jamais saberei, considerando a situação em que nós nos encontramos, se algum cataclisma o destruiu, ou se por alguma loucura maior do que eu poderia ter previsto, foi assim tão vazio desde a sua concepção.

Minha irmã mais velha era ainda menos inclinada a receber visitas do que eu. Ela nos proibiu de pisar em seus domínios, e embora nenhum de nós tenha feito muitas perguntas, ou tentado argumentar, a ordem sempre vinha acompanhada da mesma explicação: *nós não suportaríamos as trevas de seu abismo.*

Vejo, agora, que tinha razão.

Meus pés chafurdam em esqueletos roídos conforme avanço em direção à fronteira onde o muro entre os reinos das primeiras deusas caiu.

Tenho vontade de amaldiçoá-lo mesmo agora, mas a tarefa de controlar minhas sombras exige muito de meu poder e atenção. Elas se debatem como vermes sob a luz. Queimam e gritam e me pinicam, e sei que agem assim em razão da influência da deusa da escuridão.

Mesmo que não esteja aqui, tudo *é* ela. Inclusive estes rebentos que me pertencem são parte de sua substância. E por isso eles lutam comigo enquanto eu os arrasto, submissos.

— Vocês não devem obedecer à Escuridão — murmuro, observando a fronteira se achegar. A luz que irradia desde o outro lado quase me fulmina, e ergo um braço para proteger os olhos, já que as sombras se recusam a me proteger. — Vocês não são só escuridão. Somos mais. Muito mais.

Elas não parecem muito convencidas, no entanto. Se debatem no vazio, pois, sim, aqui tudo é vazio. O fim do abismo, o ponto em suspensão entre cair e enfim encontrar o chão. Escuridão não esboçou qualquer criação.

Por todo o reino, ecoa sua solidão, e enfim entendo a verdade de suas aspirações. O desejo de retornar ao que ela sempre disse ser nosso por direito. A completude.

Ah, minha irmã, queria que não houvéssemos sido tão tolos a ponto de pensar que encontraríamos isso apenas em Aéther. Você teve muitos éons a mais do que eu para entender, e o estado de seu próprio reino apenas me prova que também teve muito mais tempo para sofrer.

— Pesadelo. — A voz é de Maldade, porém o tom não ecoa feito lâminas rasgando meu ouvido. Ou ela mudou, ou eu mudei. Não sei dizer neste espaço que nos separa. — Pesadelo!

Ela se materializa para junto de mim, e suas mãos se cravam em meus ombros sem aviso. Não há mais garras expostas, tampouco vontade de me tirar sangue. Minha irmã do meio se coloca de joelhos, penitente e, enfim, soluça.

Seu pranto é como vidro quebrado, um incômodo com o qual ninguém quer lidar, difícil de recolher, e me agacho até que nossos olhos se encontrem.

— Você me deixou esvanecer — acuso, porém não com raiva. É apenas um fato, uma provocação entre irmãos. Durante muito tempo, não tive nada nem ninguém além dela, que nunca se deixou afastar.

— E você não esvaneceu. — Ela suspira. — Como, Pesadelo? Senti o tempo e o espaço se deformarem para preencher sua ausência. Senti uma parte de mim arrancada. Como pode estar aqui?

— É um insulto você pensar que seria assim tão fácil se livrar de mim, sua cria malfeita de Deuses. Eu... eu tive alguma ajuda, ou os Criadores me pouparam. Não sei bem, mas descobri uma coisa que vocês precisam saber.

Maldade se ergue com um movimento ligeiro e fluido. Em um momento ela está, e no outro também, porém em outra posição. Ambas são possíveis e nunca se anulariam.

— Escuridão conseguiu o mapa, Pesadelo. — Ela morde os lábios, com as presas cravando fundo na lembrança de um sorriso perturbado. — Ela o arrancou de Sonho, sinto muito.

Essa última parte Maldade acrescenta com uma delicadeza que lhe parece deslocada, quase arrancada das próprias entranhas para me agradar ou, ao menos, não me ofender.

Sim, ela mudou, e agora percebo o que sempre esteve bem à minha frente.

— Eu sei.

O que eu pretendia dizer depois, embora não tivesse pensado demais nisso, se perde quando sou envolvido em um abraço eterno. Detesto ser tocado sem permissão, mas tento não me mover por cortesia.

— Estou bem, mãe — garanto, pois conheço bem aqueles dedos gélidos. Eu os herdei e os segurei enquanto dava os primeiros passos trôpegos de uma alma imortal encerrada em matéria.

— Pesadelo. — Angústia resfolega, recém-materializada, um pouco abatida, porém iluminada, como ficam aqueles que têm os sonhos realizados, agora sei. — Eu orei para os Criadores, meu filho. Pedi como não fazia há tempos.

— Eu também rezei — afirma Medo, não mais que alguns passos de distância. Seu semblante ainda é tormentoso, porém a luz se espalha como se pudesse fazê-lo até mesmo erguer um pouco os ombros.

— Eu também. — A confissão soa contradita nos lábios predatórios de Vingança, porém conheço seus olhos. Ela fala a verdade.

— E eu.

Um por um, os servos do mal se materializam entre os charcos que fedem à reclusão da minha irmã mais velha, confirmando a própria heresia. Talvez já estivessem ali, reunidos na fronteira vendo os muros cair, ou talvez tenham vindo quando sentiram o empuxo da minha aparição. Não importa, de fato, pois fico feliz que se importem.

Meu coração bate acelerado como naquela primeira noite tempestuosa, quando encarei cada um desses deuses pela primeira vez e soube que eu fui o último a ser forjado.

— Vocês rezaram?

Tempo, Poder e Vida nunca atenderam às nossas orações. Todos fomos isolados, mas nunca nos escapou o fato de que os deuses que serviam ao bem ainda eram, ao menos, ouvidos. Havia uma deusa, entretanto, que nunca ignorava um chamado.

E enquanto ela existisse, eu jamais deixaria de acreditar que sonhos verdadeiros, não importa quem os sonhasse, seriam realizados.

69

Sonho

Mamães são as primeiras que abraço e, quando nossas lágrimas caem na superfície do reino de Luz, brotos perolados crescem e abrem pétalas em forma de saudade. Não pude retornar para meu próprio reino, que não existe mais, mas Amor disse que nossos irmãos estavam todos reunidos aqui.

— Ah, minha querida!
— Sonho!
— Pelos Criadores, você está viva!
— Abençoados sejam!

Vou passando de mão em mão, de deus em deus, e quando enfim me dou conta, estou parada em frente à Luz, corporificada e sólida como cintilas de estrelas.

— Pensei que eu passaria toda a eternidade sem conhecer o medo, minha irmã — diz ela, e sua voz me acaricia na alma. — Mas quando a sua presença divina desapareceu e os muros ruíram, eu o vi parado bem ali, do outro lado.

Os olhos de Luz focam um ponto às minhas costas, e só quando viro, me dou conta de que todos os deuses que servem ao mal estão reunidos junto à fronteira.

A expectativa estremece o ar e a essência de cada ser. Faz os corações retumbarem, e a matéria dos filamentos se eletrificar.

Eu os encaro um por um. Eles, que são tão diferentes, mas que de uma forma ou outra também são irmãos. Não conheço nada além do nome de alguns, mas não demoro a identificá-los, como se os reconhecesse de outras vidas. De muito tempo. Do tempo em que nenhum filho de deus era metade; do tempo em que um coração podia sentir amor e desespero, esperança e medo; em que verdade e mentira andavam lado a lado.

Mera expressão emprestada dos mundanos, é claro. Eu sou todas as vidas; todas as possibilidades. Eu sou também os sonhos que eles já sonharam mesmo sem saber. Sou os meus próprios sonhos, aglutinados e esculpidos, moldados na forma de um deus feito de sombras e estilhaços que já não esconde seus sorrisos para mim.

As correntes pesam, e agora já não há barreira ou engodo que as oculte. São elos pesados, verdadeiros fardos, que nos prendem ao desejo de separação.

— Os Deuses antigos, nossos bem-amados Criadores, me presentearam com um mapa para Aéther — falo alto, desejosa de que os esporos deste reino carreguem minhas palavras para o outro lado. Só então me dou conta de que se não há muros, não há lados. — Eu o escondi por todos esses éons, mas Escuridão o roubou.

Meus pés me levam para mais perto, e nem mesmo o toque cheio de ternura de Luz é capaz de me parar.

— Ela acha que precisa retornar para Aéther para retomar a completude. Acha que só lá poderá retomar a metade que lhe tiraram. Mas isso não é verdade. O que nos falta está bem aqui.

Vejo os deuses que servem ao mal confabularem enquanto meus próprios irmãos sussurram entre si. Alguns parecem suspeitar que eu esteja louca, mas Amor se adianta e atesta a minha verdade. Pede que, ao menos, me ouçam e considerem.

— E o que te faz pensar que você sabe o que a nossa irmã quer de verdade, deusa dos sonhos? — Os lábios de Maldade se crispam quando ela fala meu nome. Eu a reconheço do campo de flores, mas tento não me envergonhar.

Mamães se achegam a meu lado. São escudos e barreiras. Os muros caíram, porém elas ainda sustentam a separação. Cada presença imortal aqui, nesta inesperada reunião, cada ser celestial que respira e vive, se acostumou demais às próprias correntes.

Não me surpreenderia se eles tivessem receio em se libertar.

— Eu não sei — confesso e, em parte perdida em mim mesma, encontro aquele não lugar onde pertenço a Pesadelo. Ele já me espera, pés descalços, vestido em sombras. — Mas sei o que *eu* quero. Eu sonho em ser completa.

Em meus pensamentos, o deus dos pesadelos já me abraça e somos como o céu e o brilho do luar. Matéria escura, espaço, estrelas e nebulosas. Na realidade que nos abarca, ele atravessa lentamente em direção ao reino de Luz.

Os deuses que servem ao mal gritam, tentam fazê-lo parar. Alguns de meus irmãos também se manifestam e pedem que ele se afaste da fronteira.

Mas não há como evitar...

Será que não entendem?

70
Pesadelo

— Você quer impedir que a nossa irmã alcance a vingança que nós estamos tramando há tanto tempo? Você é mesmo assim, tão mais egoísta do que o necessário?

Tento não pensar mal de Maldade apenas pela ingenuidade de sua pergunta. Ela ainda rejeita a verdade, posso ver no fio de suas presas, no medo em seu olhar. Tão acostumada a morder, não consegue parar nem mesmo diante dos próprios ossos.

— Não. — Meus pés estão bem perto da fronteira agora. Quase cego pelas criações do reino de Luz, a única coisa que posso verdadeiramente sentir é Sonho. *Minha* Sonho. — Quero impedir que ela fique sozinha, Maldade. Quero que ela entenda que nunca esteve só, na verdade.

Minha irmã do meio desdenha enquanto os outros não ousam nem mesmo respirar:

— Olhe só para você. Brincou entre as pernas de uma deusa do bem, e agora está falando como se fosse altruísta.

Minhas sombras se viram para ela prontas para cumprir algumas das promessas de violência tão recentes que ainda nem cicatrizaram, porém resisto. Me controlo, não porque tenho algo a provar, mas porque quero. Quero ser mais do que crueldade e destruição.

Eu *sou* mais, pois agora também sou o que Sonho me ofereceu.

— Não sou altruísta, Maldade. Sou uma essência tão mutilada quanto a sua, se já esqueceu. Um deus partido em dois, e minha outra metade está ali.

Meus dedos e rebentos de escuridão apontam, se esticando, em direção à deusa que é meu complemento divino.

— E o que você acha que vai acontecer, seu grande tolo? Acha mesmo que os Criadores vão permitir esse sacrilégio que vocês cometeram?

— Não interessa. Tenho que tentar.

Quando chego bem na divisa onde as nuvens densas de Escuridão encontram a placidez de Luz, me detenho. Lembro um tempo em que minhas sombras testavam uma barreira de poder incansavelmente, dia e noite, desejosas por poder tomar tudo o que havia do outro lado.

Temo que o poder dos Deuses antigos ainda esteja ali, pronto para me repelir. Temo, como nunca, que Sonho esteja outra vez inalcançável e que Maldade tenha razão, mas meu corpo irrompe para o outro lado de uma só vez, e a incandescência ameaça me consumir.

Sou apenas um ponto naufragado. Um barco em um último parágrafo. Um pingo de nanquim sob um guardanapo. Um dia, serei varrido. Esquecido. Meu corpo será roído e devolvido à poeira, mas não hoje. Hoje luto para existir, pois minha metade está aqui, e quero mostrar a todos esses deuses mutilados que não precisam mais ser sozinhos.

— Estou aqui, Pesadelo — murmura Sonho, seus lábios próximos ao meu ouvido enquanto as borboletas dela me cobrem de rascunhos. Suas mãos seguram as minhas, e então sei o que sou.

Outra vez, completo.

71

Sonho

Não preciso abrir a boca para falar com Pesadelo. Não preciso nem mesmo respirar. Sou uma deusa, mas ele me rouba o fôlego, e, de repente, tudo o que vejo são seus olhos: duas janelas para uma noite escura e sem estrelas, dois buracos nos quais eu mergulho sem jamais encontrar o fim, pois suas sombras me mantêm em segurança, apertada, junto ao ponto onde seu pedaço de alma arrancada foi devolvido.

Ouço meu complemento divino chamá-lo de demônio com carinho. Estão se acostumando um ao outro, após tanto tempo separados, e tento não atrapalhá-los.

Você está sentindo isso? Penso que pergunto, mas não chega a ser uma pergunta. É um sonho acordado, um véu que me esqueci de tirar. São meus olhos fechados, de repente tão abertos que posso enxergar coisas pequenas. Poeira de tempo, fios de estrelas.

Não sei. Eu só... sinto você, é o que o deus me responde.

Me surpreendo ao não sentir seu corpo neste que seria o outro lado. Na verdade, ele está comigo, e também em mim. *Nós* estamos.

Isso é ser inteiro?

Ele, que também sou eu, me segura mais perto, mesmo sem mãos.

Se for, tudo bem por mim.

※

Os deuses estão gritando, pois nunca antes um de nós ousou cruzar uma barreira. Agora não existem mais bloqueios físicos, mas crenças antigas são difíceis de quebrar — e correntes antigas, ainda mais.

Estou abraçada a Pesadelo, protegendo seu corpo da luz fulminante do reino de minha irmã mais velha com um redemoinho de borboletas. Não temo pela verdade em seu coração, que agora conheço tão bem quanto o meu, mas pelos Criadores terem nos feito com alguma qualidade repelente; isto é, que ele esvaneça simplesmente por pisar aqui.

Nós dois estremecemos.

Seu queixo repousa no alto de minha cabeça, meu peito se encaixa em algum lugar junto ao seu, e as sombras nos envolvem também, vigilantes.

Parecemos ficar assim por um longo tempo. Éons caberiam em nosso abraço, embora quase não exista espaço entre nós. Minha pele se dobra para aderir à dele; seus dedos me procuram por debaixo das camadas de ossos e poeira de estrelas.

Só quando ouso aguçar minha percepção é que enfim compreendo o que tantas vozes, juntas, dizem. Elas repetem a mesma exclamação, tão presas a este instante quanto nós:

— As correntes!

— As correntes sumiram!

Como se tivesse acabado de despertar de um dos meus próprios sonhos, abro primeiro um olho, e só depois me aventuro com o outro. O deus à minha frente já fez isso: ele me estuda com íris assustadas, preenchidas de reflexos de estrelas.

Suas mãos seguram meu rosto, polegares afagando lábios, e ele me afasta apenas o suficiente. Sua boca se abre, então, em um sorriso cheio. Já não é hesitante, muito menos estilhaçado. Ainda guarda aquela qualidade perversa que me faz perecer; exibe sombras de promessas do que pode e vai fazer, mas está completo.

— Minhas correntes sumiram — sussurra ele, tão baixinho que parece temer que os Criadores o ouçam. As mãos me abandonam e tateiam o próprio pescoço, assim como as sombras que se espalham pela pele, fluindo como o sangue em suas veias imortais. — Eu não estou mais sentindo o peso delas, Sonho.

Respiro fundo, esperando sentir os familiares elos que me prendiam à punição eterna; as mãos severas de Tempo, Poder e Vida. Mas eu teria que engolir todo o ar de todos os mundos, em todos os filamentos, antes de sufocar outra vez.

As correntes que me prendiam não existem mais.

72

Pesadelo

Maldade é a primeira a se ajoelhar, mas eu não esperaria menos dela. Com o incentivo de seu gesto, a fronteira entre os reinos de Luz e Escuridão se pinta com as cores de infinitos seres celestiais rendidos pelo que veem.

Este não é o tipo de coisa que se poderia forjar. Sonho e eu quebramos, juntos, nossas próprias correntes.

— Vocês conseguiram.

A expressão da deusa da luz, a irmã mais velha de Sonho, é de completo espanto. Ela é tão pequena quanto minha própria irmã mais velha, e a perversidade que falta em uma, de certo sobeja na outra. Seus pés se esfumaçam junto à relva cintilante, de modo que se torna impossível distinguir onde o corpo dela começa, e ela é mais essência do que matéria enquanto cai feito um esporo de flor.

— Os mundos não pereceram. As realidades não colapsaram.

Amor a socorre com mãos firmes e enormes, ao menos se comparadas às dela.

— Equilíbrio perfeito — murmura Sonho, junto a mim. — Agora, nós somos um.

— Mas Escuridão não sabe. — Me dou conta quando falo, pois minhas sombras gritam. — Ela não entende, está perdida na própria dor. Ela quer ir a Aéther para se vingar.

— Precisamos buscá-la — interrompe Luz, com o rosto de boneca manchado por lágrimas de diamantes.

O peso de seus éons parece recair sobre os ombros estreitos, porém a deusa não recua nem sucumbe.

— A verdade é que há muito tempo eu quero ser inteira, apesar de ter aceitado a separação — confessa com alívio, levando as mãozinhas ao peito. Ela se dirige a cada um dos deuses do seu lado do bosque, e também aos meus próprios irmãos, que se acotovelam no limite da fronteira. Não ousariam pisar deste lado, e não me surpreenderia se sentissem completa repulsa pelo que acabei de fazer. — Sonho e Pesadelo mostraram que podemos quebrar nossas próprias correntes. Eu também quero tentar.

— Mas, Luz... — interrompe Cautela. — Você comungaria com Escuridão?

No limiar, Vingança sibila.

— Você fala como se nós fôssemos menos.

— Ora, é porque são!

— Já chega dessa discussão — pede Sonho, embora o fundo de suas palavras resvale em uma ordem. Quando todos os pares de olhos se voltam para ela, suas bochechas coram. — Por favor, eu imploro, não vamos brigar. Já passamos tanto tempo separados...

Fico pensando se deveria ajudá-la, mas a deusa dos sonhos nunca precisou de favores para conseguir o que quer. Se ela mudou justo a mim, deus dos pesadelos, sei que pode convencê-los. O que faço, no entanto, é mandar algumas sombras se enrodilharem em seus braços, finas como pulseiras, para incentivá-la.

Eu acredito, é o que quero dizer.

— Tantos éons se passaram, mas eu tenho certeza de que todos vocês ainda se lembram da sensação — prossegue ela, altiva. Seus cachos reluzem, e as estrelas nos olhos, mais do que nunca, explodem. — Nenhum de nós é totalmente bom, nem totalmente mau. Eu mesma fui egoísta muitas vezes e menti, mesmo antes de conhecer Pesadelo. — A deusa se volta, outra vez, para mim. Seu semblante é amoroso e agradecido. — E ele também sabia ser bondoso. Perdoou minhas falhas tantas vezes...

Maldade bufa, quebrando a tensão.

— Nós não queremos historinhas apaixonadas, queremos vingança — fala, espumando de raiva.

— Eu não. — Minha mãe dá um passo corajoso para a frente; os dedos dos seus pés já sobre as reluzentes gramíneas da fronteira do reino de Luz. Ela é a personificação da angústia, porém, neste ímpeto de coragem, eu a vejo espelhar a própria metade, a deusa-emoção Serenidade. — Quero ser completa, mas não preciso destruir os filamentos.

Mentira concorda, embora eu não entenda se é sincera:

— Se fizermos tudo ruir, não vamos ter onde viver, nem mortais para servir. De que valeria a nossa existência?

— Eu não nasci para servir — debocha minha irmã do meio, de repente muito mais resistente do que parecia.

— Nem para ser metade — interrompe Amor, se aproximando ainda mais da fronteira. A entidade estende uma mão grande, que parece macia. Seus gestos são delicados e decididos. — Por que você não me aceita de uma vez, Maldade?

A deusa da maldade é tomada por um rubor que faz seu cabelo parecer ainda mais vermelho.

— Não diga besteira...

— Sei que vocês estão com medo — interrompo, por fim, quando parece que estamos diante de um impasse.

Do outro lado, que já nem pode ser considerado diferente, meu pai assente.

— Eu sou a personificação do medo, mas também não quero mais ser metade — confessa ele.

— Vocês todos me conhecem, eu sou o deus dos pesadelos. Fui o último a nascer, e já insultei, mais de uma vez, cada um de vocês. Já pensei em destruir esses bosques e todos os mundos e realidades. Arranquei um pedaço da minha própria alma para ser capaz de fazer isso acontecer. — Minha boca se contorce, e percebo que estou sorrindo sem segundas intenções. — Mas nada teria funcionado, e eu ainda seria metade. Por que vocês querem sofrer?

— Nós já sofremos todos os dias desde a separação — responde Aflição.

— E não acham que já foi o suficiente?

Vejo que alguns deuses concordam.

— Onde esse seu mapa começava, Sonho? — pergunta Luz para a irmã.

— Venham comigo, eu vou mostrar.

73
Sonho

Se você olhar para o lugar certo no céu iluminado sob o luar, não demorará muito até perceber que o mapa começa na tempestade de areia, solidão do primeiro.

"Cajado de Tempo" é o nome que demos a essa constelação que, suspeito, é a mais antiga da qual nós, deuses filhos, temos memória. O amontoado de estrelas antepassadas pode até datar dos primeiros éons, antes dos mundos serem partidos, antes mesmo de nós, mas ainda reluz em brasas, como se tivesse acabado de nascer.

Encorajada pelo toque muito sutil de sombras, volto meus olhos para meu mais querido amigo — meu maior confidente. Junto as mãos à frente do corpo, reunindo poder, e a sensação é nova em minhas digitais: minha força agora é compartilhada com a de Pesadelo.

O empuxo cresce, logo não serei mais capaz de segurá-lo, e com um movimento muito sutil de lábios, eu rezo. Minhas palavras silenciosas são sonhos que conto aos ouvidos do luar, e ele, guardião daquele segredo tanto quanto eu, se enche de esperança.

A lua antes pequena, um mero filete de sangue contra o céu do reino de Luz, cresce até se tornar um disco perfeito e vermelho. Sob sua influência, a estrela à ponta do Cajado se acende, invocando as chamas vivas.

— Por aqui — indico.

Cada pequeno ponto longínquo cintila, e nós pulamos de cometa em cometa, de filamento em filamento, até que o caminho nos leva diretamente ao avesso.

Nós caímos para cima, quicamos em anéis de planetas, e por fim o tecido se firma sob nossos pés com um chão que não é chão. Me lembro de estar aqui com Escuridão, e de observar a linha de meu próprio filamento se acabar. Não sei o que foi feito dela, mas, seguida muito de perto pelo deus dos pesadelos e pelos que encontraram coragem para nos acompanhar, nós nos deixamos guiar pelas mãos invisíveis.

Um ponto, outro ponto. As agulhas cerzem destinos, sem nunca cansar, e conforme avançamos, vemos um bordado tomando forma: nebulosas carmim, como sangue dos deuses, em meio às quais um par de estrelas gêmeas pulsa sem parar, ditando o ritmo dos mundos e de nossos corações.

— As Mãos de Poder — falo mais para mim mesma, sem me dar conta de que Luz e Amor me observam com atenção.

São tão lindos e amáveis estes pares da minha trindade. Enquanto os vejo aqui, onde quase esvaneci, meu peito se inunda de culpa. Aperto as mãos dentro dos bolsos, onde minhas sementes de sonho cantam canções bem baixinho.

— Sinto que eu falhei com vocês — confesso, e aqui está toda a verdade para qualquer ser celestial que queira ouvi-la. — Me desculpem se eu menti.

— Você não falhou. — Amor sorri e puxa meus braços em sua direção. Nossos dedos se entrelaçam, cheios de um carinho antigo. — Olha só onde nós estamos, Sonho. O caminho para Aéther se revela à nossa frente e, ainda que não possamos entrar quando chegarmos aos portões, teremos ao menos descoberto como ser inteiros outra vez.

Luz assente, e seu brilho é tão forte aqui, na penumbra do avesso, que ela faz parecer que é dia.

— Nunca deixei de acreditar que tudo acontece com a permissão de nossos bem-amados Criadores. Você e Pesadelo, querida... o que aconteceu com vocês não foi um simples acaso. Não existe algo assim para deuses. E, se todos pudermos ser inteiros, foi porque você foi curiosa e destemida.

Porque você não se acovardou nem se acomodou, como o resto de nós.

As palavras de minha irmã mais velha me acompanham como sombras conforme avançamos pelas linhas e costuras, embora em determinado momento os fios se pareçam mais com os rebentos de Pesadelo que, descolados do próprio mestre, se aventuraram a me seguir.

Aqui, neste lugar que não é bem um lugar, nós aprendemos nossa história obliterada. Temos vislumbres de nossos princípios inteligentes, apenas como essência, nunca como corpo prisioneiro.

O passado se desfia em memórias mais recentes, e faz menção ao nascimento de Escuridão e Luz. Vemos então a ordem que as separou entremeada em cada pólen de criação. Os nascimentos de Amor e Maldade, e a forma cuidadosa como cada um dos deuses-emoção foi criado. Por último, nós: Sonho e Pesadelo.

Meu complemento sorri para mim enquanto caminhamos pelas letras bordadas de nossos próprios nomes, e, nos cantos de seus lábios, sussurrada pelas bocas de suas sombras, eu entendo a pergunta que me faz:

Quer ver nosssso futuro?

Mas a verdade é que não quero, ou talvez não precise. Estou contente em descobrir dia após dia ao seu lado, se assim os Deuses antigos nos permitirem, e tudo isso comunico também sem uma única palavra.

Ele assente — me entende.

Quando enfim adentramos no fulgor das estrelas gêmeas, olho para trás uma última vez para me certificar de que os que iniciaram a jornada conosco ainda estão aqui: Luz, Coragem, mamães Esperança e Vontade, além de Medo e Angústia, pais de Pesadelo, Vingança, Amor e Maldade, que caminham tão próximos que penso que logo serão capazes de quebrar as próprias correntes.

— O que é aquilo? — Ouço Medo perguntar. O deus é franzino, parece sempre assustado, e sua voz é imediatamente engolida pelo pulsar das Mãos de Poder.

À frente, um breu nunca antes visto. O vácuo verdadeiro, a ausência do tudo — talvez até do poder dos Criadores.

— É seguro ir em frente? — Angústia se dirige a Pesadelo, e não me escapa o fato de ela apenas me relancear vez ou outra, com muita sutileza, como se quisesse que eu a percebesse me observando, mas que não a confrontasse a respeito disso.

— Não fale besteira — interrompe minha madrinha, Coragem, que estufa o peito e passa pela deusa serva do mal como se não suportasse sua covardia. — Estamos seguindo o mapa, não estamos, Sonho?

Assinto. Talvez o caminho não seja exatamente o planejado, contudo eu jamais me enganaria quanto à posição das estrelas que marcaram meu corpo por tantos éons.

— Eu vou na frente. — Mamãe Vontade se adianta e, quando passa, uma de suas mãos acaricia meus cachos de modo muito suave, quase em uma despedida.

— Vou com você. — Mamãe Esperança a segue e, juntas como deve ser, as deusas dão um passo em direção ao abismo, antes que uma boca engula a todos nós.

74

Pesadelo

Mastigados, caímos um por sobre os outros como fios embolados. Nossas reclamações não ecoam aqui, completamente engolidas pelo vazio. Ordeno às minhas sombras que tateiem e encontrem Sonho, que a tragam para perto de mim, onde posso mantê-la segura, mas me surpreendo ao descobrir que já não as tenho. Se retraíram tanto para dentro de mim, que é inútil chamá-las.

— Que lugar é este? — pergunta Maldade, ao que me parece, de algum lugar acima. Me pergunto como se parece essa parte do caminho.

Onde estaria Escuridão?

— Essa é a última estrela no mapa: o Coração de Vida — esclarece Sonho, e meu corpo responde à voz dela, procurando-a com ânsia.

Não a encontro antes que um brilho opaco me alcance. Fraco e cansado, ele recorta os contornos de um imenso coração ou, melhor dizendo, do que restou dele. Não passa de uma casca ferida e abandonada; uma parte criada apenas para ser jogada do mesmo abismo no qual nós acabamos de cair.

— Era uma vez um coração inteiro — sussurra Amor, com a voz límpida e certa em meio à penumbra. — Um dia, esse coração se apaixonou, amou demais, profundamente, e como acontece com todo coração, ele simplesmente... *se quebrou.*

A voz da entidade parece dar um pouco de vida à luz pálida que uma solitária estrela, bem no alto, emite, e as paredes que nos contêm se tornam ainda mais distantes conforme a claridade nos permite vê-las melhor.

O vazio é infinito e se estende para todas as direções. Não encontro Sonho, mas vejo uma forma se retorcer ao longe. Ela é tão antiga quanto os Criadores, mas ainda jovem demais para ser mãe. Nunca deu vida a nada, mas dela nasceram Tristeza, Angústia e Desespero.

— Escuridão — chamo, pois a reconheço.

Eu me transformo no vento de um temporal e avanço, porém ainda não pareço rápido o bastante. O tempo aqui se estica, e me vejo talvez ainda mais longe do que estava no começo, cada vez mais incapaz de alcançar minha irmã mais velha que, pequena, embora não delicada, abraça o que restou dos próprios joelhos feitos de trevas.

Ela é um farrapo. Uma roupa velha, relegada ao esquecimento no fundo do armário de um mortal. Jamais rezaram para ela.

— Escuridão!

Não temos o costume de pronunciar seu nome, mas, ainda assim, eu a chamo. Invoco minhas sombras outra vez, e os rebentos estalam como chicotes em algum lugar dentro de mim. Fracos demais para emergir, com medo demais para sair.

Estou prestes a chamar pela deusa outra vez, quando uma intensa claridade ofusca minha visão. Muito pequena de início, ainda menor conforme se aproxima do destino: um pedúnculo; uma menina. Um rastilho de luz debaixo da porta, uma chama de vela. Um farol.

— Escuridão — fala Luz, e sua voz é um decreto engolfado em temor e esperança. É o reconhecer de uma lembrança antiga, um afago amigo. — Sou eu.

— Luz. — O tom de minha irmã mais velha é perverso ao reconhecer a própria metade, e quase imagino sua boca se abrindo para um bote cruel; suas garras cheias de coisas vis, prontas para macular a primeira serva do bem e se vingar, como sempre quis. Enquanto as assisto cheio de preocupação, no entanto, nada disso acontece. Na verdade, percebo que Escuridão apenas estremece, como um poço cheio de solidão. — Você veio.

— Eu vim. Por você.

Escuridão balança a cabeça, como se não acreditasse, e mesmo esse mínimo movimento dispersa um pouco mais de suas densas trevas. Ela desaparece pouco a pouco, e se não sairmos logo daqui, talvez possa até mesmo desvanecer.

— O mapa era uma farsa, como todo o resto — explica ela, desapontada. Sua qualidade esmagadora por fim a dominou, e a deusa parece ter poucos suspiros para compartilhar. — Nós somos mesmo filhos indignos. Não merecemos nem um arroubo de verdade. Não existe um caminho de volta para casa. Não há redenção para a nossa condição.

— Escuridão... — Luz tenta interromper.

— Não fale que você não está feliz por isso, Luz. Justo você, pilar dos servos do bem. A mais brilhante, a celestial. — A boca da deusa da escuridão cospe maldições em um eclipse de ódio e conformidade. — Ainda me lembro da expressão nos rostos *deles* quando te viram, meu complemento divino. É, você deve estar muito feliz. Por todos esses éons, eu te ataquei. Planejei sabotagens para todos. Agora, eu vou desvanecer, e você não vai ter mais com o que se preocupar.

— Nada disso importa, Escuridão. Nunca importou, porque eu não posso brilhar sem você. — A deusa da luz estica um braço muito lentamente, vencendo a resistência daquele não espaço como se mergulhasse na penumbra do próprio passado.

— O que você está fazendo?

Minha irmã mais velha tenta se retrair, mas seu corpo já não é um corpo. Nunca foi, na verdade, e agora é sua essência que se desprende em nuvens de fumaça, engolindo dedos e esvaziando botas de crocodilo.

— Não se aproxime, Luz. Não chegue perto de mim. Você não vai me corromper! — grita ela, ensandecida, antes de atacar.

Por um instante, eu as assisto se engalfinharem sem se tocar. Trevas e luz, dentes prontos para mastigar. As duas crescem e crescem, tanto que esmagam as paredes do coração, fazendo com que elas estremeçam. As deusas se lançam, chama e apagão, alívio e desespero, esperança e solidão.

Vazam, e todos nós sentimos a batalha que travam, Escuridão atacando, e Luz recebendo cada golpe sem revidar, embora seus olhos pranteiem de dor.

No entremeio da fumaça vermelha pelo sangue derramado, assisto a uma mãe, em um filamento qualquer, pegar sua bolsa dependurada e sair pela porta sem sequer relancear o berço. Ela anda até os pés doerem, até a consciência amortizar a culpa, pois a deusa da escuridão venceu, dentro de seu coração.

Em outro mundo, outro tempo, um homem atarracado de chapéu de palha ateia fogo a uma mata já esturricada, fazendo as contas de quanto poderá ganhar com a plantação. Escuridão venceu.

Uma criança afana um pouco para comer. Uma mão desce pesada com um tapa. Um cachorro é abandonado na beira de uma estrada. Escuridão ganha em cada batalha que as duas deusas travam, pintando o mundo dos mortais com suas sombras mortíferas; sua podridão. Cria guerras e bombas e passados amargos. Ri loucamente, enquanto investe, sem se dar conta de que a deusa da luz é paciente.

Eu também não compreendia antes. Não antes de descer até o fim de mim mesmo por Sonho e de me unir a ela, mas as deusas da luz e da escuridão jogam este jogo desde que nasceram, muitos éons antes de qualquer um de nós existir.

Luz conhece o próprio ofício, e para aquela mãe que abandonou o filho porque jamais quis gestar, e está cansada e deprimida, ela dá o presente do perdão.

Para o homem que devastou e queimou, quando a fome chega, dá a dádiva da compreensão.

Planta suas sementes de paz, tão pequenininhas, que só as vemos quando começam a crescer e a se transformar: primeiro, uma centelha. Depois, um clarão. Para cada ato terrível que Escuridão incentivou, Luz oferece meios para que dezenas de atos bons se desenrolem.

Minha irmã mais velha não desiste, e nós as assistimos batalhar por uma batida de coração, ou um punhado de éons. Mas ela já havia sido mastigada antes de chegarmos até aqui, consumida pelo próprio desejo irreparável de ser inteira, e dá sinais de cansaço.

A deusa da luz também parece no limite dos próprios poderes; e quando o ritmo do entrave diminui, ela conclama, com um gesto de mãos, seus faroleiros para auxiliar. Eu nunca os tinha visto, apenas ouvido histórias sobre os locais onde ela os mantém para sustentar os mundos. A força das chamas me faz gritar.

Sou fustigado pelo poder dos servos e seus cajados, esporos que adensam a matéria da deusa, inteiramente feita de feixes e raios. Ela cresce e se torna tão brilhante que Escuridão é obrigada a se afastar. Mergulha em direção ao fundo do coração, praguejando.

— Olha só o que você fez. — A voz de minha irmã sempre tão cruel está embargada e, sem sombras que lhe formem os braços, ela tenta agarrar com a boca os pedaços de si mesma que se soltam como flocos.

Luz suspira e, mesmo aqui, à distância, vejo seu peito subir e descer. Com um aceno, manda seus faroleiros embora, e suas cintilas, que estão rasgadas feito tiras, ela recolhe como pode, feito uma boneca de pano. Então se aproxima da deusa da escuridão outra vez, devagar.

— Você ainda se lembra, Escuridão, de como era se sentar à beira do abismo no princípio de tudo? — pergunta, cansada.

Um longo tempo se passa antes que minha irmã mais velha enfim se digne a responder:

— Lembro. — Ela começa a soluçar, e suas lágrimas nunca caem, pois, em sua fome, as devora. — Lembro como era antes de eles nos separarem.

— Naquele tempo, você ainda não me odiava.

Escuridão parece sorrir, embora seja difícil identificar suas expressões daqui.

— Você ainda não era uma metade tão irritante.

— Você me amava — afirma a deusa da luz, sem pestanejar.

As botas de crocodilo que minha irmã mais velha sempre usa caem, descoladas de suas pernas que também sumiram. Ela agora não passa de uma boca e, logo, nada vai restar senão o rancor que roeu seu coração.

— Eu ainda te amo, Luz — confessa, num arroubo, e os espaços entre suas palavras soam como uma despedida. Meu peito se aperta, minhas sombras gritam. — Como não amaria? Você e eu já fomos uma, e por isso eu me odeio ainda mais do que te odeio.

— Você ainda se lembra de como era cair? Nós fazíamos muito isso juntas.

— De mãos dadas, né? Você tinha tanto medo. Nunca foi muito corajosa.

— Então você deve saber que só é ruim no começo. Quer tentar uma última vez?

Com essas palavras, Luz abraça Escuridão.

75
Sonho

Luz e Escuridão.

Quando as criações mais antigas de nossa hierarquia celestial se tocam pela primeira vez desde que a unidade dos mundos foi quebrada, batidas ecoam pelas paredes do velho coração.

A primeira é como Tempo: fugaz. A segunda, como Poder: mera resposta. Apenas a terceira, no entanto, é que convoca a substância de Vida: súbita, forte. O coração bate em galopes, e para cada um dos pulsares cansados, uma estrela nasce.

Tum tum, ele faz.

Tum tum, os nossos reagem.

Somos sangue em veios de tempo. Somos raízes de vento, esporos de vida, promessas; dívidas. Somos os punidos, mas também a própria punição. *Nós* somos os muros e cada elo de corrente.

Então como mamães — ah, minhas mamães — sempre me alertaram que aconteceria se o equilíbrio fosse corrompido, os filamentos se descosturam. Não há mais mãos para bordar destinos, nem fios para tecer para a frente. O material do qual os mundos foram feitos sempre pareceu frágil, mas agora ele se rasga como uma coisa qualquer. Um sonho perdido, uma miragem.

Luz e Escuridão se aceitaram, e o preço dessa união é o fim dos fins. Do outro lado, os olhos de Pesadelo me encontram, e não preciso ouvir sua voz, tampouco sentir suas sombras, para entender o que me diz.

Somos os últimos.

Dentro deste coração vazio que aprende a se encher outra vez, no entanto, percebo que fomos os últimos deuses a nascer porque este momento, talvez, sempre esteve alinhavado em um ponto-final. Costurado em si mesmo com um padrão intrincado, tão difícil de divisar que jamais o teríamos notado.

Nós somos os últimos, porque somos os únicos que podem fazer o que é necessário. Somos os que herdaram os poderes dos que vieram antes e, portanto, os mais fortes. Nascemos para que nada nem ninguém, nenhuma criatura, nem mesmo a mínima réstia de criação, tivesse de ser dividida outra vez.

Nós somos.

Agulha e linha.

Para a frente e para a frente, tecendo um novo destino, dissolvendo as correntes.

Nós somos.

Equilíbrio perfeito e verdadeiro. Esperança, Vontade, Angústia, Medo.

Nós somos.

E porque somos é que, de mãos dadas, borboletas e rebentos de escuridão, alcançamos o avesso dos mundos e o remendamos um ponto por vez.

Não há como salvar o padrão que os Criadores fizeram — não temos tanto poder, tampouco habilidade. Por isso, criamos o nosso. Tecemos e cosemos nossos mundos, nossas realidades, onde sonhos jamais se separarão de pesadelos.

Nós somos.

A fibra e os costureiros.

Enquanto lutamos para que as realidades não colapsem e tudo o que já foi criado pereça, nós nos desfazemos de nossas próprias vestes. Carne, sangue de deuses, ossos celestes. Doamos tudo o que temos, e cada gota de poder alimenta a linha e a agulha.

Nós somos.

Os pontos da costura.

Pois um sonhador jamais saberia que sonhou, a menos que um dia tivesse pesadelos.

Nós somos.

Muito pouco do que um dia já fomos, mas não menores por isso.

Somos juntos, inteiros, enquanto nos despedimos de tudo o que conhecemos. Nós nos doamos como iguais. Bem e mal, na mesma proporção, pois um não existiria sem o outro, tampouco bastaria.

Nós somos.

O equilíbrio perfeito sobre o qual sempre ouvimos falar, por fim, liberado para os mundos que conseguimos salvar doando tudo o que somos, inclusive a nossa imortalidade.

Os lábios de Pesadelo me mantêm em linha reta, suas sombras seguram as pontas para o arremate, e eles são a última coisa da qual me lembro antes de sentir todo o meu poder se esvair, dado de bom grado. Talvez seja o nosso fim. Se for, tudo bem por mim.

Agora aprendi a ser inteira.

FRAGMENTOS

A casa dos Deuses antigos tem muitas moradas.
Tantas que cada um de nós tomou o próprio filamento bordado em sonhos, tecido em pesadelos, e fez dele um lar.

76
Sonho

É muito estranho ter que colocar sapatos para sair de casa. Eles me apertam, não deixam meus dedos respirarem e me incomodam. É claro, *como eu poderia sentir a terra debaixo dos pés quando estão enfurnados em botas o dia todo?*

De todo modo, entendo que mundanos têm regras e, vivendo aqui, preciso segui-las — no começo, fui para a rua descalça, mas recebi alguns olhares feios. Por isso, amarro os cadarços de forma caprichosa e, de frente para um espelho oval enfeitado por uma moldura bonita, me esforço para fazer meu chapéu parar quieto em meio a tantos cachos. Posso ter perdido a poeira estelar contida neles, os enfraquecido, mas eles certamente permanecem tão pálidos e inquietos quanto antes.

Observo meu reflexo, satisfeita. Uso um vestido azul-claro rodado muito apropriado para a vida na cidadezinha onde escolhemos morar, minhas botas são de um material marrom resistente, porém flexível, e meu chapéu foi enfeitado com um raminho de flores que peguei no jardim.

A porta do quarto está fechada, mas não me impede de ouvir uma voz abafada no andar de baixo, e é para lá que meus passos me levam, sem pressa. As tábuas de madeira da escada rangem, mas tudo bem, porque não tento ser sorrateira; mundanos não têm tão boa audição quanto deuses.

Quando enfim chego até a cozinha de balcões lustrosos, forno a lenha, pia de pedra e cortinas em frente às janelinhas, uma chaleira está apitando junto ao fogão. Pesadelo está parado ali em frente, segurando seus grãos de café moídos e vendo a água se derramar em seus sapatos pretos e no chão.

— Precisa de ajuda? — pergunto, recostada no batente.

Ele se vira para me olhar, emburrado, e seus brincos roxos e brilhantes acompanham o movimento, assim como alguns fios de cabelo que, para sua infelicidade, não são mais feitos de rebentos de escuridão. Vez ou outra, ele diz que sente saudade da voz dos besouros que faziam comentários sórdidos em seus ouvidos, e eu o pego no jardim, procurando entre os ramos das minhas plantas por alguns insetos com quem conversar.

Na última semana, ficou completamente convencido de que a joaninha amarela que pousou na roseira da porta de entrada era nossa querida amiga, que ele havia nomeado de Perdição, mas não conseguimos concluir se era verdade ou não. De toda forma, eu não me atrevi a interromper suas conversas sussurradas.

— Odeio essa coisa — diz Pesadelo, apontando para os botões do aparato. — Eu preferia comer fora. — Então seus olhos se iluminam, íris grandes e pretas. Seu rosto já não é mais tão pálido. — Na verdade, eu preferia mesmo era só não ter que comer.

Me adianto, quando fica claro que ele não faz a menor ideia de que não pode mais simplesmente desejar que a chaleira silencie, ou que a água pare de borbulhar, e desligo o fogo que a fazia apitar.

— Somos mortais agora — lembro, levando a ponta dos dedos até seu queixo, onde alguns fios de barba começaram a crescer. A pele dele ainda é gélida. — Você precisa se comportar, dormir... comer. Não dá mais pra voltar atrás.

O olhar de Pesadelo se afia. Muito embora tenha perdido aquela característica cruel, sinto sua malícia aflorar quando os cílios longos batem nas bochechas esculpidas, mas não mais afiadas, e ele pisca.

— Minha doce Sonho, minha perdição — diz, e seus lábios corados me chamam talvez sem querer.

Não há qualquer poder celestial neles, mas ouso dizer que Pesadelo não é do tipo que precisaria de tais estratagemas.

Mesmo hoje, seus sorrisos desmancham mundanos onde quer que ele os distribua.

— Você sabe que eu não gosto nem um pouco dessa história de me comportar.

Suas mãos me seguram, me trazem para mais perto, e de repente estamos respirando juntos. Estes, eu diria, são os meus momentos favoritos: agora preciso respirar para viver, e, portanto, não posso evitar sentir um pouco do cheiro dele toda vez que inspiro o ar. É um aroma fresco, como as flores que plantamos e como nossa roupa de cama lavada, posta para secar no jardim. Ele cheira a lar.

Os dedos de Pesadelo sobem pelas minhas costas. Suaves como sombras de um toque que eu jamais cansaria de sentir e que toda vez me faz arrepiar. As mãos se entrelaçam nos meus cachos, e ele se inclina como se pudesse me engolir.

Talvez, antes de cedermos nossos poderes de deuses para costurar os filamentos de volta, ele pudesse. Agora, no entanto, é ainda mais prazeroso passar horas pela casa, na cama, nas poltronas e bancadas, no tapete da sala, enquanto o vejo tentar, dia após dia.

— Você está brilhando como poeira de estrelas hoje. — Ele abre os botões do meu vestido, expondo meus ombros e a ponta de algumas cicatrizes. Sem pressa, beija cada uma com devoção.

— Você também não está nada mal — falo baixinho, concentrada na sutileza do toque que faz minha pele se arrepiar.

— Queria te fazer uma pergunta. — Pesadelo coloca os olhos sobre os meus, matéria escura que se preencheu contra o que um dia já foram estrelas, e sinto, pela proximidade, seu coração acelerar.

Sorrio, feliz, relanceando o vaso repleto de flores frescas que ele acabou de colher lá fora.

— Pode perguntar.

Por um momento, sua hesitação me lembra de quando ele tinha poder para prender as palavras, e suas sombras murmuravam ideias perversas. Com a fronte corada e os dedos bem juntos dos meus, fala:

— Você acha que os mortais também podem ser felizes para sempre? Porque eu quero ser. Com você.

FRAGMENTOS

Para nos punir, os Criadores nos separaram — ou pelo menos, era isso o que achávamos. Hoje, acredito que o problema nunca esteve em nós, e sim neles, que não suportaram ver, de forma tão clara e de repente corpórea, as próprias falhas.

Escuridão, Maldade, Tristeza, Vingança, Mentira, Desespero, Avareza, Angústia, Medo... Quantos de nós, obrigados a seguir o mal, sofremos até que os Deuses antigos percebessem que o problema com as metades é que elas nunca deixam de tentar ser um inteiro?

Eu mesmo, um dia chamado de Pesadelo, encontrei uma maneira de recuperar o que me roubaram. Não nos bosques celestiais, quando quebrei as correntes que me aprisionavam, mas depois, muito depois, em uma noite que não foi nem a mais terna ou bonita, nem das mais terríveis.

O luar estava sorrindo de forma gentil, e havia apenas algumas nuvens no céu, todas segurando o fôlego de tanta expectativa.

Quando o primeiro choro ecoou pelo quarto, os deuses desceram para visitar.

Coragem foi a primeira a tentar dar uma bênção, mas Covardia não permitiu que ela se aproximasse do berço — elas ainda não encontraram uma maneira de se entender. Logo Felicidade estava gritando com Preocupação, Medo intercedendo em favor de Escuridão, tão decidida a entregar as próprias botas de crocodilo como presente que sequer percebeu que só serviriam daqui a muitos anos. Tantos seres celestiais reunidos no mesmo quarto... Foi uma confusão.

Amor, percebendo o quanto Sonho estava cansada do parto e o quão perto eu estava de colocar todos porta afora mesmo sem ter poderes, por fim conseguiu convencê-los a partir.

Fiquei feliz por terem vindo, mas a criança no berço, embrulhada num cobertor, de pele negra marrom-clara e cabelo escuro feito nanquim, nasceu de um sonho e de um pesadelo. Ela jamais precisaria de qualquer outra bênção para ser feliz.

Já é um inteiro.

Alguns filhos de Tempo, Poder e Vida

Coragem e Covardia

Luz e Escuridão

Perdão e Vingança

Verdade Mentira

Modéstia e Vaidade

Amor e Maldade

Gentileza e Arrogância

Compaixão e Avareza

Alívio e Desespero

Caridade e Ganância

Felicidade e Tristeza

Loucura e Razão

Determinação e Timidez

Inocência e Culpa

Curiosidade e Discrição

Generosidade e Egoísmo

Paixão e Desdém

Sossego e Danação

Euforia e Melancolia

Empatia e Desprezo

Fé e Desconfiança

Atração e Pavor

Orgulho e Preconceito

Doçura e Ira

∞

Surpresa e Espanto

Júbilo e Lamento

Serenidade e Angústia

Temperança e Insolência

Propósito e Indecisão

Calma e Raiva

Cautela e Impulso

Ciúme e Indiferença

Liberdade e Desejo

Alento e Aflição

Obediência e Teimosia

Esperança e Medo

Vontade e Preguiça

Audácia e Vergonha

Compreensão e Cólera

Carinho e Violência

Benevolência e Crueldade

Entusiasmo e Letargia

Gratidão e Ignorância

Sonho e Pesadelo

Segurança e Perigo

Agradecimentos

Minha história favorita diz que "o coração é um fardo pesado", mas com certeza o fardo de carregar nossos próprios sonhos é muito mais árduo — e, por vezes, solitário.

Dediquei esta história à minha mãe, que me ensinou, antes de todas as coisas, a sonhar, e é a ela que quero agradecer primeiro. Por fazer tanto por mim, por sempre me incentivar e por acreditar. *Nós conseguimos.*

A meu pai, minha irmã e meu marido — e minhas gatinhas de terapia, Ravena e Pepê, com quem tantas vezes tive que dividir a cadeira —, que também me apoiaram a cada passo desse caminho longo e por vezes tortuoso, mas que me trouxe a um destino lindo. Sou grata por ter o amor de vocês que, mais do que qualquer coisa, me ajudou a aceitar meus pesadelos.

Aos meus amigos queridos que sabem quem são e minha família. Vocês estão em cada linha que escrevo, em cada centelha de ideia. Se hoje sou o que sou, foi porque vocês nunca me permitiram duvidar de que eu tinha histórias para contar.

Agradeço também à minha agente, Karol, ao meu editor, e a todo o pessoal da editora, que me ajudaram no processo de publicação deste livro que é tão importante para mim. Coloquei nele as coisas das quais mais gosto, meus medos e meus desejos, mas tem muito trabalho duro aqui, e eu não teria conseguido sem todos esses profissionais que me mostraram como a minha história poderia melhorar, tiveram paciência e acolheram minhas inseguranças.

Por fim, agradeço a você, que me lê e faz meus sonhos se realizarem.

Podemos não conseguir afastar nossos pesadelos para sempre, mas espero que você, um dia, encontre uma forma de conviver melhor com os seus — transformei os meus em um cara moreno sarcástico de passado misterioso, e foi um bom começo.
Sonhe.

FONTES Just Cosmic, More Pro
PAPEL Pólen Bold 90 g/m²
IMPRESSÃO Imprensa da Fé